Friedrich Ani
Die unterirdische Sonne

Friedrich Ani

Die unterirdische Sonne

Roman

cbt ist der Jugendbuchverlag
in der Verlagsgruppe Random House

Verlagsgruppe Random House FSC® N001967
Das für dieses Buch verwendete FSC®-zertifizierte
Papier *EOS* liefert
Salzer Papier, St. Pölten, Austria.

Gesetzt nach den Regeln der Rechtschreibreform

2. Auflage 2014
© 2014 cbt Verlag, München
Alle Rechte vorbehalten
Abdruck der Liedzeilen aus »Mein Herz brennt
von Rammstein« (S. 334): Musik und Text: Richard Kruspe,
Paul Landers, Till Lindemann, Doktor Christian Lorenz,
Oliver Riedel, Christoph Schneider,
© by Musik Edition Discoton GmbH/Universal Music
Publishing Group und © TAMTAM FIALIK Musikverlag e. K.
Umschlaggestaltung: semper smile, München
unter Verwendung von Motiven von
© Shutterstock (Mika Shysh, suns07)
SK · Herstellung: KW
Satz: KompetenzCenter, Mönchengladbach
Druck: GGP Media GmbH, Pößneck
ISBN: 978-3-570-16261-3
Printed in Germany

www.cbt-jugendbuch.de

ERSTER AKT

1

»Ich hab keine Angst, hab ich nicht ...«

»L-Lügner.«

»... Hab ich einfach nicht, Schiss vielleicht, aber Angst, nö, Angst hab ich keine. Wenn wir Ski fahren waren, bin ich immer Schuss runter, mach ich immer noch. Mein Vater sagt immer: Geh den Schritt, denk nicht nach, tu's! Er kennt sich aus, der war Profi, mein Vater, zweite Liga, gesetzt, ist in jedem Spiel aufgelaufen, vier Tore im Pokal, er war fester Bestandteil der Mannschaft, der Trainer hat auf ihn gebaut. Ohne meinen Vater wär da nichts gelaufen, die wären niemals aus der dritten Liga aufgestiegen ohne ihn. Hab Filme gesehen ...«

»K-Kannst du n-nicht mal sch-still sein ...«

»... Auf seiner Feier liefen die besten Spiele seiner Laufbahn, als Loop im Hintergrund, für die Gäste, ohne Ton. Aber ich kenn die alle mit Ton, das ist ja klar. Wir haben die immer wieder angeschaut, mein Vater und ich, in seinem Partykeller. Entspannte Abende, mein Alter in der Bundesliga. Und ohne den ganzen Kreuzbandhorror und Adduktorenhorror und Muskelfaserrisshorror würd der heut noch spielen, und zwar in der ersten Liga.

Das ist eben das Risiko. Wenn du den entscheidenden Schritt machst, musst du damit rechnen, dass dir einer von hinten reingrätscht. Damit rechnest du, aber es nützt dir nichts.

Er hat alles versucht bis zur letzten Minute, die besten Ärzte, Reha mit persönlichem Trainer. Meine Ma hat ihn unterstützt, wo sie nur konnte. Hab ihn oft besucht, hab die Bälle geholt. Ein eiserner Mann, mein Vater. An seinem Vierzigsten vor ... vor Kurzem, da waren sie alle da, und sie haben ihn hochleben lassen und Bier gesoffen, wie nur Profis saufen. Ich war stolz auf meinen Vater. Meine Ma, glaub ich, auch.

Er macht jetzt Autovermietung, hab ich euch das schon erzählt? Also, wenn einer von euch eine perfekte Kiste braucht, mein Vater ist euer Mann. Hab mir schon überlegt, später so eine Vermietung aufzumachen, da kannst du gut Geld verdienen, die Geschäftsleute und die Touristen brauchen immer ein Auto, das ist solide, das hat Zukunft.«

»B-bitte sei jetzt m-mal k-kurz ruhig, b-bitte.«

»Ja, genau, Maren. Kapiert? Hör auf die Maren, Mann! Jetzt hab ich deinen blöden Namen vergessen.«

»Conrad.«

»Hunger.«

»Du nervst, Sophia.«

»Du hast gar nichts zu sagen.«

»Autovermietung! Touristen? Dann fang doch hier auf der Insel damit an, da gibt's Milliarden Touristen, jeden Tag, einer blöder als der andere.«

»Sind wir auf einer Insel?«

»Conrad, ja? Hol mal Luft. Ob wir auf einer Insel sind? Wie bist du denn hergekommen?«

»S-so was darfst d-du n-nicht fragen, Eike, d-das ist v-verb-boten.«

»Entspannung, Maren. Bleib einfach liegen.«

»Ich will was essen.«

»Heut gibt's nichts mehr, blöde Kuh.«

»S-Sophia ist k-keine b-blöde K-Kuh, sie ist m-meine F-Freundin.«

»Schon recht, Maren. Hey, Conrad! Ich hab dich was gefragt. Bist du taub? Sind deine Ohren Schrott oder was? Sind wir auf einer Insel? Wo denn sonst, du Schrotthändler.«

»Die haben mir was zu trinken gegeben, dann war ich weg. Total. Hab nichts mitgekriegt, ehrlich. Zwischendurch haben sie mich aus dem Kofferraum geholt, damit ich neue Luft krieg. Sie haben mir was zu trinken gegeben und Sandwiches. Das war's. Und dann haben sie mir die Augen verbunden ...«

»H-hast du n-nicht das M-Meer g-gero-gerochen, C-Conrad?«

»Nö. Ich war die ganze Zeit im Kofferraum und dann in dem Zimmer oben, bis ... gestern oder so. Seit wann bin ich jetzt bei euch hier unten? Gestern, oder? Gestern, oder? Oder nicht?«

»V-vielleicht«, sagte Maren.

»Wenn du reden willst, red.«

»Hab deinen Namen vergessen.«

»Sophia.«

»Ich sag ja, er hat Schrottohren«, sagte Eike. »Der Schrotthändler mit seinen Schrottohren.«

»Wir haben's kapiert, Eike. Hör zu, Conrad, wenn's dir gut tut, quatsch. Nerv uns aber nicht. Das Wichtigste ist, kein Satz über oben.«

»Haben sie mir gesagt, immer wieder und wieder, bevor … bevor …«

»Sprich nicht drüber.«

»Okay, Maren.«

»Ich heiß Sophia.«

»Tschuldigung …«

»Beruhig dich. Ganz ruhig, Conrad. Da ist noch Wasser in der Flasche, trink einen Schluck. Gut. Setz dich endlich hin. Entspann dich. Denk an was Schönes. Du hast nicht gecheckt, dass du am Meer bist? Egal, Schwester Regal. Ist ja nicht verboten, den Namen der Insel auszusprechen. Den hat jeder von uns gehört. Außer dir. Die Insel heißt Vohrland.«

»Kenn ich.«

»Warst du schon mal da?«

»Nö. Vohrland. Hab ich nicht gewusst, Sophia, wirklich.«

»Schon okay. Trink noch einen Schluck. Du sollst trinken. Ist wichtig. Gut. Pause. Durchschnaufen. Wir wissen Bescheid, wir sind da, wo du bist. Schau dich um: Fernseher, Toilette. Wir kriegen unser Essen.«

»Scheißfraß.«

»Verhunger doch, Eike, dann bleibt mehr für uns. Du gewöhnst dich dran, Conrad. Denk nicht nach. Denk nicht, was morgen ist. Morgen wird's so oder so. Ja? Jetzt bist du hier. Genau seit gestern. Du redest, also bist du nicht stumm. Du atmest, du hast Augen und Ohren. Du bist ein menschliches Wesen. Wie wir alle.«

»Ich heul gleich.«

Sophia beugte sich zu Eike hinunter und verpasste ihm eine so harte Ohrfeige, dass er anfing zu weinen. Aber nur kurz. Er war elf Jahre alt und in seinem Herzen wohnte ein böser Hund.

Sophia war vierzehn Jahre alt und hatte Hände, die niemandem winkten.

Maren war dreizehn und ihr Stottern nichts als das Lächeln ihrer Stimme.

Conrad war sechzehn und ein Elfmeterkiller und seit einer Woche der Auswurf seiner Träume.

Als die schwere Eisentür geöffnet wurde, drehten sich Maren, Sophia und Eike sofort zur Wand. Conrad machte es ihnen nach, weil Sophia ihn mit ihrer kalten Hand im Nacken packte und mit sich zog. Er schloss dann, wie sie, die Augen.

Die Person, die Leon zurückbrachte, zog ihm den Leinensack vom Kopf, wartete einen Moment und verriegelte die Tür von außen.

Leon trug eine grüne Hose und ein gelbes Sweatshirt.

Er war zwölf Jahre alt, und jedes Mal, wenn er an seinem Blut roch, freute er sich, dass es zu ihm gehörte.

»Bin wieder da«, sagte er in den Rücken der anderen. Seine Stimme klang mechanisch wie das Flüstern einer Puppe. Und wie immer brauchten diejenigen, die zurück-

geblieben waren, eine Weile, bis sie es wagten, sich umzudrehen.

Leon blieb einfach stehen. Dann fiel er auf die Knie,
kippte zur Seite, und sein Schluchzen begann. So wussten
sie, dass er noch lebte, und fassten sich an den Händen.
Conrad hätte am liebsten nie mehr losgelassen.

Manchmal war Leon davon überzeugt, Philip Lahm wäre
sein Bruder. Er wachte auf, und ohne dass er von dem
Fußballspieler geträumt hätte, glaubte er, sich an Gesprä-
che mit ihm zu erinnern. Er blieb dann liegen und dachte
nach. Über taktische Maßnahmen, Bewegungsabläufe, die
Tricks, den Gegner durch unerwartete Raumöffnung und
Stellungswechsel zu verwirren.

Wenn seine Mutter ihn zum zweiten Mal drängte, endlich aufzustehen, hielt er die Augen geschlossen und sagte:
»Hab Traumsach zu erledigen.« Du mit deiner Traumsach,
erwiderte dann seine Mutter und ließ ihn noch fünf
Minuten liegen. Sie war eine Meisterin der Zeitplanung
und schaffte es jeden Tag, dass ihr Sohn um Punkt fünf
vor acht im Klassenzimmer saß. Von der Wohnung bis zur
Schule brauchte er zu Fuß keine zehn Minuten. Und
wenn er, was zum Glück nicht allzu oft passierte, mit seiner Traumsach im Badezimmer weitertrödelte, fuhr sie
ihn mit dem Auto hin.

An seine Mutter dachte Leon jetzt besser nicht. Er lag
auf seiner Matratze im Dunkeln und horchte auf die anderen. Kein Laut. Sie schienen zu schlafen, jeder unter
seiner Wolldecke, jeder nah an der Wand.

Er dachte, obwohl er es eigentlich nicht wollte, an seinen ersten Tag in diesem Haus. Vielleicht kam er deswegen drauf, weil es oben heute nach frisch gebackenem Zwetschgenkuchen gerochen hatte. Wie damals.

»Damals«, dachte er und war sich sofort sicher, dass er das Wort zum ersten Mal dachte. Normalerweise gehörte das Wort seiner Mutter. Die sagte oft: Damals hatten wir noch lange Kabel an den Mikrofonen, oder: Wenn ich damals die schwere Grippe ordentlich auskuriert hätte, hätte ich nicht meine Stimme verloren.

Das alles hatte sie ihm schon erzählt, als er sechs Jahre alt war. Später fing sie immer wieder damit an und er gewöhnte sich daran. Einmal entschuldigte sie sich bei ihm und meinte, sie habe sonst niemanden, mit dem sie darüber reden konnte. Dann weinte sie. Und er beschloss, ihr in Zukunft auf jeden Fall immer zuzuhören, ganz gleich, ob er die Sachen von *damals* schon alle kannte oder sie nicht ganz kapierte.

Leon hatte niemanden, dem er so gern zuhörte wie seiner Mutter. Sein Vater war ziemlich schweigsam gewesen. An ihn wollte er jetzt überhaupt nicht denken. Er wusste nicht einmal mehr genau, wie sein Vater ausgesehen hatte. In der Wohnung hing kein Foto von ihm, seine Mutter hatte schon ewig aufgehört, über ihn zu sprechen.

Am ersten Schultag, das wusste Leon noch, war sein Vater zum ersten Mal nicht aufgetaucht. Einen Monat später zogen seine Mutter und er in die kleine Wohnung, in der sie immer noch lebten. Ich ja nicht mehr, dachte Leon und horchte wieder.

Jemand schnaufte lauter als die anderen, bestimmt Conrad. Ihm musste jeder zuhören, den ganzen Tag, das ging nicht anders. Conrad war der Neue, er durfte das: reden, bis ihm der Mund ausfranste. Bei den anderen war es das Gleiche gewesen. Von einer Minute zur anderen hatte jeder angefangen, seine Geschichte zu erzählen, schon morgens um acht, und am nächsten Tag von vorn.

Reden war gut, reden war besser als heulen.

Daran, dass alle trotzdem heulten, hatte Leon sich gewöhnt.

Woran er sich niemals gewöhnen würde, war alles andere.

Oft dachte Leon, dass er an seinem elften Geburtstag an dem grünen Häuschen hätte vorbeigehen und hinunter zum Fluss laufen sollen, wo ihn hinter all den dicht gewachsenen Büschen und Bäumen niemand bemerkt hätte. Doch wahrscheinlich hätte er es so lange nicht ausgehalten. Ganz sicher sogar.

Aber wenn, dachte er am heutigen Sonntag seit dem Aufstehen fast ununterbrochen, ihm rechtzeitig die Worte seiner Mutter eingefallen wären, und wenn er bei dem komischen Geräusch, das er an der Tür hörte und das ihm gleich verdächtig erschienen war, umgedreht wäre, hätte er ein großer Fußballspieler werden und in einer Villa im Grünen leben können.

Stattdessen war er in einem Keller gefangen.

Manchmal hatte er solche Schmerzen, dass er nicht einmal einen Ball festhalten konnte. Er hatte keinen Ball, aber wenn er seine zitternden Hände und seine flatternden Arme betrachtete, wusste er Bescheid.

Seine Mutter sagte immer: Geh da nicht rein, das ist ein ekliger Ort.

Wieso hatte er nicht daran gedacht? Das war doch leicht, sich so einen Satz zu merken, vor allem, weil seine Mutter ihn immer wieder gesagt hatte.

Sonst war doch niemand da, dem sie so einen Satz hätte sagen können.

Nur er. Und er hatte zugehört. Jedes Mal.

Und dann hatte er den Satz vergessen.

Das Geräusch hatte er doch gehört! Und er war trotzdem reingegangen. Obwohl er ein wenig Angst gehabt hatte.

Nicht genug Angst.

Und als er wieder denken konnte, dachte er als Erstes an den Satz seiner Mutter, und dann heulte er. Das Auto, in dem er gefesselt und halb betäubt lag, raste über die Autobahn. Auch wenn er nicht hätte schwören mögen, dass es eine Autobahn war und nicht eine Achterbahn in einem Albtraum. Wie früher, wie *damals*, als er noch klein war und seine Mutter ihm in der Nacht den Schweiß vom Körper wischen musste, weil das Rasen im Traum einfach nicht aufgehört hatte.

Plötzlich hielt er die Luft an. Da war ein Geräusch, bildete er sich ein, kein Schnaufen. Schritte?

Er atmete mit weit offenem Mund lautlos ein und aus. Vielleicht hatte er sich getäuscht. So fest er konnte, presste er die Augen zu. Im Raum war es vollkommen dunkel. Es gab kein Fenster, das Licht wurde automatisch ein- und ausgeschaltet. Wie spät es sein mochte, wusste Leon nicht,

aber er glaubte nicht, dass jetzt noch jemand von oben
herunterkäme und einen von ihnen abholte.

Seit einem Jahr wurde er abgeholt und zurückgebracht.
Was mit ihm in der Zwischenzeit passierte, durfte niemand erfahren.

Niemals. Wer darüber redete, musste sterben. Davon
war er überzeugt.

Leon vergaß das Geräusch, das wahrscheinlich sowieso
nicht existiert hatte, und zog die Wolldecke noch ein Stück
höher.

Bevor Eike und die anderen kamen, hätte er sowieso
mit niemandem darüber reden können. Er redete auch
nicht mit sich selbst. Das hatte er eigentlich gern getan,
nachts im Bett, wenn er aufwachte und vor lauter Stille
Herzklopfen bekam.

Das war zu Hause gewesen, in seinem weichen Bett mit
den bunten Kissen und dem Elch und dem Löwen, die
ihn bewachten, obwohl er eigentlich schon zu alt für
Stofftiere war. Seit er hier war, fiel Leon jeden Abend vor
Müdigkeit in einen bleiernen Schlaf und wachte erst auf,
wenn das Licht anging oder Eike ihm auf den Kopf klopfte, als wäre sein Kopf eine Tür.

Als im Lauf des Jahres Eike und die anderen kamen, hätte
Leon dem einen oder anderen vielleicht etwas zuflüstern
können.

Flüstern war verboten.

Wer flüstert, stirbt, hatte einer der Männer gesagt.
Dann war er gegangen und hatte die schwere Eisentür ver-

riegelt, die aussah wie die Türen in Fernsehfilmen, die im Gefängnis spielten. Bloß ohne Klappe.

Hungern mussten sie nicht. Leon leckte sich die Lippen. Heute hatte jeder ein halbes gegrilltes Hähnchen und Pommes frites essen dürfen. Eike hatte seines stehen lassen und nur die Pommes gegessen. Sophia und Conrad hatten sich Eikes Hähnchen geteilt. Sie hätten ihm, Leon, etwas abgegeben, wenn er gewollt hätte. Er war so in Gedanken versunken, dass für seinen Bauch keine Luft mehr übrig geblieben war.

Dann war er abgeholt worden und die anderen hatten einen Film im Fernsehen geschaut.

»Sch-schläfst d-du sch-schon?«

Die Stimme war leise, wie gehaucht. Trotzdem stieß Leon einen Schrei aus und fing an, am ganzen Körper zu zittern.

In Wahrheit hatte er nicht geschrien, seine Stimme war bloß in seinem Kopf explodiert. Die Angst vor der Strafe, die, so vermutete er, noch viel schlimmer wäre als alles, was er sonst ertragen musste, passte auf Leon auf wie ein Kuscheltier. Niemals hätte er in der Nacht einen Laut von sich gegeben oder sonst etwas Verbotenes getan.

»Sch-Schuldigung«, flüsterte Maren.

Wann sie sich neben ihn gelegt hatte, war Leon nicht klar. Er umklammerte die Decke und drückte seinen Kopf tief ins Kissen. Irgendwie machte Maren dasselbe, direkt neben ihm, auf seinem Kissen. Als sie ihre Hand auf seinen Hinterkopf legte und mit ihren Lippen sein Ohr berührte, hielt er wieder die Luft an. So lange, bis er glaubte, zu ersticken. Dann wurde ihm die Berührung ihres Mundes an seinem Ohr bewusst und er machte keinen Mucks. Genau wie Maren.

Nach einer Zeit, die ihm ewig vorkam, dachte er, dass diese Berührung das Schönste war, was er seit einem Jahr erlebt hatte. Niemals würde er jemandem davon erzählen, nicht einmal Maren.

Wenn die Männer ihn – weil er einen Fehler begangen hatte oder sie ihn nicht mehr brauchten oder einfach nur so – töten sollten, würde er in der letzten Sekunde an Marens Lippen an seinem Ohr denken.

»H-hab eine B-Bitte.«

Leon blieb stumm. Es kam ihm vor, als könnte er ihren Atem bis in seinen Bauch spüren. Mit der Hand, die vorher an seinem Hinterkopf gewesen war, umschloss sie nun seine Ohrmuschel. »H-halt bitte d-deine H-Hand an meinen B-Bauch, b-bitte, Leon.«

Er begriff nicht, was sie damit meinte. Er wusste es, aber seine Vorstellung reichte nicht an ihre Worte heran.

Behutsam drehte er den Kopf in ihre Richtung. Die Augen hielt er geschlossen, als wäre Maren dann weniger nah. Mit einer langsamen, umständlichen Bewegung knickte er seinen linken Arm ab und schirmte mit der Hand seinen Mund ab.

»Versteh ich nicht«, sagte er leise. Er glaubte nicht, dass Maren ihn verstanden hatte.

»S-so.« Mit ihren kalten Fingern nahm sie seine immer noch zitternde Hand und zog sie auf ihren Bauch, unter ihr Sweatshirt. Er schämte sich sofort. Ganz fest hielt sie seine Hand dort, mit ihrer obenauf.

Zum dritten Mal wagte er nicht zu atmen, was ihm diesmal nur ein paar Sekunden gelang. Sein Herz schlug so wild, dass er glaubte, es wäre durch die Mikrofone bis nach oben zu hören.

»D-danke, L-Leon. Ist sch-schon b-besser.«

Die Furcht, was passieren würde, falls einer der Erwachsenen die Szene auf dem Monitor mitkriegte, verscheuchte Leon mit dem Gedanken an Marens Lippen an seinem Ohr.

Ihr Bauch war jetzt wärmer als vorher, dachte er. Nach einer Weile überlegte er, ob er seine Hand ein winziges Stück bewegen sollte.

Als hockte plötzlich ein Depp in seinem Kopf, der was mitzubestimmen hatte, rannen ihm Tränen über die Wangen.

Leon unterdrückte ein Schluchzen und presste die Lippen aufeinander. Das dämliche Heulen machte seinen Handwunsch kaputt.

Aber er nahm die Hand nicht weg. Marens Bauch hob und senkte sich. Leon glaubte schon, sie wäre direkt neben ihm eingeschlafen.

»D-danke«, flüsterte sie. »T-tut jetzt n-nicht mehr so w-weh. Ich g-geh jetzt w-wieder r-rüber.«

Sie rückte von ihm weg und er drückte seine Hand auf ihren Bauch.

»Warte.« Er horchte. Jemand schnaufte, bestimmt Conrad. Sonst war es still. Er beugte sich über Marens Kopf und berührte mit seinen Lippen ihr Ohr, das, wenn seine Nase nicht durchgeknallt war, nach Pflaumenkuchen roch. »Ich verrat dir was, nur dir.«

Sekundenlang traute er sich nicht, weiterzuflüstern.

»Ich hab heut Geburtstag.«

Als wäre die Situation für ihn nicht schon verwirrend genug, fuhr Marens Kopf herum, und bevor er einmal Luft holen konnte, drückte sie ihm einen Kuss auf den Mund.

Im nächsten Moment war sie verschwunden, so lautlos im Dunkeln, wie sie gekommen war. Leon lag auf dem Rücken, schnupperte an seiner Hand und dachte, dass er schon ewig nicht mehr so viele Geschenke an seinem Geburtstag bekommen hatte.

2

Montag, das hatten sie herausgefunden, war meist ein guter Tag. Ohne, dass sie jemals darüber gesprochen hätten, bedeutete ein guter Tag, dass nur einer von ihnen abgeholt und nicht mehr als zwei Stunden gebraucht wurde.

Meist mussten sie zu zweit oder dritt nach oben gehen.

Nach dem Frühstück – eine Scheibe Brot mit Erdbeermarmelade für jeden und eine Tasse Schokolade – setzten sie sich an den rechteckigen Holztisch und sahen einander an. Jeden Montag, jeden Tag.

An diesem Montag war Sophia die Letzte, die aus dem Bad kam. Sie setzte sich an die rechte Schmalseite des Tisches und verbreitete einen strengen Geruch nach Seife. Eike wurde fast schlecht, aber er sagte nichts, jedenfalls nicht direkt.

Eike saß neben Conrad an der hinteren Längsseite des Tisches, mit dem Rücken zur Wand und dem Blick zur Tür. So lautete die Regel. Wer neu war, musste sich auf einen der beiden Wandstühle setzen. An diesem Montag hatte niemand Lust, etwas zu sagen. Sogar der Fernseher blieb aus.

Den beiden Jungen gegenüber saßen Leon und Maren

reglos nebeneinander. Wenn Maren ihn anschaute – öfter als sonst, wie Leon schien –, lächelte sie ein wenig, nur so viel, dass es aussah wie immer, wie aus Schüchternheit. Leon jedoch war überzeugt, dass heute mehr dahintersteckte als sonst. Sein Herz hatte wieder angefangen zu poltern, als Maren aus dem Bad gekommen war und sich neben ihn gesetzt hatte.

Wie fast immer, hatte Leon sich als Erster gewaschen und die Zähne geputzt. Gleich würde er noch einmal reingehen müssen. In dieser Woche hatte er Klo-Dienst. Toilette und Dusche schrubben, Waschbecken und Fußboden ordentlich putzen, und wenn der Mann, der zur Kontrolle kam, nicht zufrieden war, ein zweites Mal.

Bei Leon hatte der Mann schon lange nichts mehr zu meckern, ganz anders als bei Maren oder Sophia. Einmal musste Maren fünf Stunden im Bad bleiben und jeden Zentimeter wieder und wieder abreiben und polieren, bis ihre Finger schon steif wurden.

Dagegen war Leon ein Profi, was kein Wunder war, weil er von seiner Mutter gelernt hatte, wie man schnell und gründlich sauber machte. Seine Mutter war nicht nur eine Superputzerin, sie verdiente ihr Geld auch noch als Verkäuferin im Supermarkt und am Samstagabend und am Sonntag als Superbedienung im Bowlingcenter. Anders reichte das Geld nicht, wie sie immer wieder erklärt hatte. Er war stolz auf sie. Was das Putzen anging, hätte er gern mal mit ihr gewetteifert, aber sie meinte, er wäre noch viel zu jung für solche Arbeiten und sollte lieber seine Kindheit genießen.

Leon konnte sich nichts Rechtes unter Genießen vorstellen. Wenn er den Mut hätte, würde er einen der Männer oder die Frau von oben fragen, ob er jede Woche das Bad sauber machen dürfe. Das wäre vielleicht was zum Genießen gewesen. Er kannte die Tricks und hatte wenig Mühe dabei, während die anderen die Arbeit ekelhaft fanden oder sie, wie Eike, hassten.

Für Leon begann diese Woche auf jeden Fall gut. Und als Maren ihn ansah und auf ihre Art lächelte, fiel ihm wieder ein, dass er heute Geburtstag hatte.

Beinah hätte er etwas gesagt.

Er war nicht dumm. Er war lange genug hier, um zu wissen, dass man nicht sagen durfte, was einem wichtig war oder man gern gehabt hätte. Eine Tablette gegen die Schmerzen zum Beispiel. Einen Baumkuchen zum Geburtstag.

Wenn seine Mutter hier wäre ...

»Was spielen?«, fragte Sophia.

Nichts passierte. Conrad und Eike blieben stumm. Beide hatten den Kopf in die Fäuste gestützt und taten so, als würden sie den Tisch anstarren. In Wahrheit warfen sie immer wieder einen Blick zur Eisentür, zwischen Leon und Maren hindurch, die so taten, als bemerkten sie es nicht.

Über Conrads ruhiges Dasitzen wunderte Leon sich ein wenig. Conrad war erst eine Woche hier und schon drei Mal oben gewesen und hatte offensichtlich trotzdem keine Albträume in der Nacht.

Conrad wollte fragen, wieso der andere ihn die ganze

Zeit anglotzte. Er schaffte es nicht. Etwas stimmte nicht mit ihm. Als wäre seine Stimme über Nacht zerbröselt. Schon seit dem Aufstehen versuchte er sich daran zu erinnern, was er geträumt hatte. Beim Einschlafen hatte er fast keine Angst gehabt und sich auf ein neues Abenteuer gefreut, auf ein Fußballspiel, in dem er plötzlich auf dem Platz stand und sein Tor verteidigen musste.

In seinen Träumen gehörten Fußballspiele und Autofahrten zu seinen Lieblingserlebnissen. Eigentlich war er sich beim Einschlafen gestern Abend sicher gewesen, er würde gleich wieder unterwegs sein und wild herumfahren, ohne Ziel und Furcht. Er saß dann auf dem Beifahrersitz, die Landschaft kam ihm vertraut vor, obwohl ihm gleichzeitig klar war, dass er sie noch nie gesehen hatte. Den Mann neben ihm kannte er, auch wenn er vergessen hatte, woher und wie er hieß. Der Mann sprach kein Wort. Der Einzige, der redete, war Conrad. Er konnte seine Stimme hören, die anders klang als sonst und trotzdem aus seinem Mund kam. Das war alles seltsam. Aber auch logisch und schön. Irgendwann wachte er dann immer auf und sah noch eine Weile die Straße, die Berge und das flimmernde Licht in seinem Bett, und in seinem Kopf klang seine Stimme nach, ganz deutlich.

Heute Morgen war alles farblos und still gewesen. Sekundenlang hatte er nicht gewusst, wo er sich befand. Das Licht hatte gebrannt. Jemand war im Bad und putzte sich die Zähne. Leon natürlich. Conrad hatte die Decke über den Kopf gezogen und versucht, in den Traum zurückzukehren. Unmöglich, dass keiner da war.

Conrad träumte, seit er sich erinnern konnte.

Davon würde er den anderen gern erzählen.

Dass Leon ihn anstarrte, störte ihn. Er senkte den Kopf und sah zur Eisentür. Wenn er nicht bald seinen Traum wiederfand, würde er sterben, falls die Tür aufging und er an der Reihe war.

»O-okay.« Maren schaute in die Runde. »D-dann erzählt h-halt j-jeder seinen T-Traum von h-heut Nacht, und n-nicht sch-schwindeln!«

Wie blöd war das eigentlich? Taucht sein Vater im Dorf auf, bringt alles durcheinander, säuft wie blöd und will Kohle. Eike schmückte die Geschichte inzwischen aus. Das bedeutete nicht, dass sie deswegen nicht mehr stimmte. Alles war genau so passiert, manche Momente ohne ihn als Zeugen. Deswegen nahm er seine Fantasie zu Hilfe.

Auch wegen der Dauer der Geschichte. Bei den ersten Malen hatte er festgestellt, dass er im Kopf zu früh fertig war und den Rest der Zeit alles mitbekam, was sie mit ihm anstellten. Das passierte ihm drei oder vier Mal, dann nie wieder.

Der Film begann, wenn Eike abgeholt wurde, und ging nach seiner Rückkehr in den Keller noch einige Minuten weiter. Da lag er schon wieder unter seiner Decke, mit angezogenen Beinen und, weil anscheinend jeder Knochen seinen eigenen Schmerz haben wollte, wie blöde zitternd.

Perfekt.

25

Biegt der schwarze Schrottopel in die Einfahrt ein und bleibt stehen. Vor dem Schuppen, in dem der Riemer sein Zeug lagert, Mistgabeln, Schaufeln, Schubkarren, Mähmaschinen, massenhaft Kübel und Eimer. Und wer steigt aus? Mein Alter. Schwarze Lederhose, schwarzes Hemd, schwarze Lederjacke, schwarze Stiefel. So steht der da wie der Schwarze Mann und wartet auf was.

Siehst du den? Ich seh ihn vom Fenster aus, hab grad Hausaufgaben gemacht, Englisch, erste Klasse auf dem Gymnasium. Meine Mutter will, dass ich mal gut Geld verdien in einem richtigen Beruf. Mein Bruder geht auf die Realschule, der ist nach einem Jahr wieder runter vom Gymnasium. Ist nicht damit zurechtgekommen. Der kommt mit einer Menge Sachen nicht zurecht. Darüber reden wir später.

Steht also mein Alter da. Freitagmittag. Zündet sich eine Fluppe an, mit einem Zippo, das kenn ich, und schaut sich um. Da kommt der alte Riemer aus seinem Schuppen, in Gummistiefeln, weißt schon, die er immer im Saustall anhat oder eigentlich dauernd, und sagt zu meinem Alten: Parken geht hier nicht.

Sagt mein Alter: Und wer sind Sie?

Sagt der Riemer: Ich bin der Grundbesitzer.

So ist der. Die zwei stehen sich eine Zeit lang gegenüber –

– Natürlich hat er seine Kiste trotzdem weiter da geparkt, und der Riemer ist zu meiner –

– Wir haben uns fast ein Jahr nicht mehr gesehen, mein Alter und ich, er lebt hauptsächlich in Berlin, arbeitet auf dem Bau. Er ist Polier, die Leute sagen, er kennt sich aus und ist ein guter Boss. Kann ich nicht beurteilen. Meine Mutter und er telefonieren öfter. Seit sie mit Linus und mir aufs Land gezogen ist, kommt er nur noch selten in die alte Stadtwohnung, wo wir früher alle zusammen gelebt haben, in Berg am Laim.

Überraschung!, sagt er zu meiner Mutter. Sie ist noch im Geschäft und bedient grad einen Kunden. Sie küssen sich und der Kunde sagt: Sie sind der Vater von Eike und Linus. Und dann sagt der Typ noch: Muss Ihnen was verraten, ich dachte lang, Eike ist ein Mädchen.

Was für ein Blödmann. Eike kommt von Icke, sagt mein Alter, und das bedeutet Ich. Also bin ich ich, Icke Eike. Das kapieren die in dem Dorf nicht. Ich hasse das Dorf.

Ich wollt da nicht hin, Linus auch nicht. Wir wollten in der Stadt bleiben, wo unsere Freunde waren, in Berg am Laim, in der Gegend. Aber unsre Mutter meinte, jetzt wär der Umzug noch möglich, weil ich in die Grundschule komm und mein Bruder in die höhere Schule, das passt. Uns hat niemand gefragt. Mein Vater war in Berlin auf der Baustelle. Das war schon immer so, dass er lieber in Berlin gearbeitet hat als in der Nähe von uns. Wahrscheinlich, weil er in Berlin geboren ist, in Ostberlin, sagt er immer, das ist ihm wichtig. Als er mal in München zu tun hatte, lernte er meine Mutter kennen, und die beiden haben sich verliebt und geheiratet. Nach Berlin umziehen wollte meine Mutter nicht, wegen ihrer Eltern, sagt sie, die leben auf dem Land und haben ihr Uhren- und Schmuckgeschäft.

Und als die krank wurden, mussten wir umziehen. Wir sind wegen der Großeltern da rausgezogen. Gefragt hat uns niemand.

Das ist so voll blöde da.

Am Nachmittag kommt der Linus von der Schule aus der Kreisstadt. Er und mein Vater haben irgendwelche Probleme miteinander. Jedes Mal, wenn sie sich sehen, zoffen sie sich. Auch an dem Freitag. Beim Abendessen. Weiß nicht mehr, worum's ging. Hab nicht hingehört, ich hör nie –

– Filmriss wieder. Geht schon wieder. Das werd ich auch noch hinkriegen, dass uns nichts mehr stört –

– Linus und mein Alter: Da sind sie, sie gehen gemeinsam in die Kneipe. Interessiert mich nicht. Ich bleib daheim in meinem Zimmer und spiel Computer. Meine Mutter will, dass ich weniger spiel und mehr lern, jetzt, wo ich auf dem Gymnasium bin und besser sein soll als mein Bruder. Bin sowieso besser als der Versager. Sie sind alle Versager. Wenn sie keine wären, wär ich nicht hier. Falsch! Das gehört nicht zum Film. Wegschmeißen –

– Ich bin so blöde. Mein Alter und Linus gehen in den »Hirschen«. Da sitzen der Hofmann Benedikt und der alte Gruber. Sagt der Gruber zu meinem Alten: Mein Beileid. Sagt mein Alter: Was für Beileid? Sagt der Gruber: Sie schauen aus, als würden Sie von einer Beerdigung kommen. Sagt der Linus: Sauf weiter, Gruber. Sagt der Benedikt: Pass bloß auf. Sagt der Linus: Auf was? Sagt der Benedikt: Auf deine Zähne. Sagt der Linus: Ich schlag mich nicht mit Kindern. So war er schon immer, erst mal jeden provozieren. Der Hofmann Benedikt wiegt mindestens hundert Kilo und schaut aus wie ein Monster, er ist gelernter Schmied, glaub ich, die Bauern bringen ihre Pferde zu dem. Wenn der zuhaut und dich trifft, kannst du deinen Kopf vergessen, der haut dich platt wie ein Schnitzel. In der Nacht bin ich aufgewacht, als sie nach Hause gekommen sind und in der Küche Lärm gemacht haben.

Am nächsten Morgen hör ich, wie mein Alter meine Mutter um Geld anschnorrt, zweitausend Euro will er von ihr haben.

Sie: Hab ich nicht.

Er: Euer Safe ist doch voll.

Sie: Nein.

Er: Ich brauch das Geld für ein neues Auto.

Ich hab dann mein Müsli gegessen, und sie haben weiter diskutiert. Irgendwann fängt meine Mutter an zu heulen. Das ist mir so peinlich, dass ich raus in den Garten geh und mich vor den Zaun stelle und den Kühen zuschau, wie sie auf der Wiese rumstehen und scheißen. Was noch Blöderes fällt mir nicht ein. Und dann kommt Boss angelaufen und fletscht die Zähne.

Boss ist der Schäferhund vom Riemer-Bauern, aber ich wette, dass in dem Hund nicht bloß ein Schäferhund steckt, sondern ein Monster und ein außerirdisches Wesen, das die Menschheit ausrotten will. Er ist so schwarz wie die Klamotten von meinem Alten, und wenn er bellt, klingt's, als wär da noch ein zweiter Köter in ihm drin, der nicht rausdarf.

Ich hass den Boss, er mich auch. Wir schauen uns an,

und er bellt wie blöde, und ich geh einfach weg. Wenn ich eine Pistole hätt, würd ich ihn erschießen. Linus lacht mich aus, weil er denkt, ich hab Angst. Ich hab keine Angst vor dem Hund, ich möcht ihn nur killen. Aber vorher hetz ich ihn noch auf Linus, den Feigling.

Den brauchen wir jetzt nicht.

Nach dem Gespräch mit meiner Mutter fährt mein Alter mit seinem Schrottopel durch die Gegend. Meine Großeltern will er nicht besuchen, obwohl meine Mutter ihn darum gebeten hat. Kann ich verstehen, dass er da nicht hinwill. Mein Opa liegt den ganzen Tag im Bett, meine Mutter sagt, er ist ein Pflegefall, und meine Oma redet Sachen, die man nicht versteht. Deswegen macht meine Mutter das Geschäft allein und hat noch die Frau Lutz angestellt.

Mein Alter fährt also durch die Gegend, und als Linus endlich aufsteht, so gegen Mittag, blafft er meine Mutter an, weil sie ihn nicht geweckt hat. Er muss um eins auf dem Fußballplatz sein, was meine Mutter nicht gewusst hat. Wieso er überhaupt da hinfährt, begreif ich nicht, die letzten Male hat er nur auf der Bank gesessen und durfte sich nicht mal warmlaufen.

In der Zwischenzeit –

– Was genau mein Alter im Alpenhof will, kann ich nicht sagen. Auf alle Fälle isst er Mittag in dem Hotel, das zwanzig Kilometer vom Dorf entfernt auf einem Aussichtsberg liegt. Und trinkt was dazu, ist ja klar. Die Sonne scheint, die Tische auf der Terrasse sind voll, und die Bedienungen schauen aus wie auf dem Oktoberfest. Er raucht

Zigaretten und bestellt Kaffee und Schnaps. Die Berge sind so nah, dass du sie fast anlangen kannst. Der Samstag ist so warm wie im Sommer. Meine Mutter steht im Geschäft und hat wenig zu tun, weil die Leute lieber in die Stadt fahren oder kein Geld mehr für Ketten und Ringe oder Uhren ausgeben wollen.

Du wirst mal einen richtig guten Job haben, sagt meine Mutter zu mir.

Und ich: Ich kauf mir ein Haus und spreng es in die Luft.

Wieso denn, um Gottes willen?, sagt meine Mutter.

Und ich: Weil ich die Leute in dem Haus nicht mag.

So was macht sie fertig und ich geh wieder in mein Zimmer und spiel Computer. Meinen Bruder begleit ich an diesem Samstag nicht zum Fußballplatz. Weil ich keine Lust hab, rumzusitzen und mir die Idioten anzuschauen, die keinen Ball stoppen können.

Grad, als ich in die Küche runtergeh, um mir was zu essen zu holen, klingelt es an der Tür. Ich mach auf, da stehen zwei Polizisten. Der eine heißt Haberl, und der fragt mich, ob meine Mutter da ist. Ich sag: Die ist im Geschäft.

Und er: Bist du allein im Haus?

Ja, sag ich.

Und er: Es ist was Schlimmes passiert.

Ich denk an Linus, und der Haberl sagt: Dein Vater ist mit dem Auto verunglückt, er ist gestorben.

Ich schau den Haberl an wie eine blöde Kuh auf der Wiese, ziemlich lang insgesamt, glaub ich. Dann geh ich rauf in mein Zimmer und sperr die Tür ab. Irgendwann klopft meine Mutter, ich sperr auf, sie quetscht mich an sich und heult, und ich fang auch an zu heulen, obwohl ich das nicht will. Mein Bruder steht bloß blöde rum.

Ist schon schlimm alles. Er ist mit seinem Schrottopel gegen einen Baum gefahren. Angeschnallt war er nicht, hat die Polizei erzählt.

Ausgerechnet an dem Tag ist Linus eingewechselt worden und hat sogar ein Tor geschossen. Das hätt er unserm Alten erzählen können, ist eine Nachricht, finde ich. Ging nicht mehr. Er ist extra aus Berlin gekommen, um sich zweitausend Euro zu leihen. Und dann fährt er gegen einen Baum, der ist fast abgeknickt, so brutal ist der Schrottopel dagegengekracht.

Die Beerdigung kommt im zweiten Teil vom Film, irgendwann. Außerdem wär mir lieber, die würden den Fernseher ausmachen, damit ich meine Ruhe hab jetzt.

Die Berge hinterm Alpenhof sind so nah da, dass ich mich fast dahinter verstecken könnt.

Nicht nur, weil sie den Bericht interessant fanden, stellte Conrad den Ton des Fernsehers lauter, sondern auch wegen Eike. Sie wussten alle, dass er sie dafür hasste, wenn sie ihm zuhörten anstatt zu reden oder den Fernseher aufzudrehen.

Eike lag unter seiner Decke und wimmerte und wollte für sich sein. Dafür hatte jeder von ihnen Verständnis. Nach der Rückkehr von oben hatten sie alle ihre eigenen Methoden entwickelt. Maren, genau wie Sophia, ging sofort ins Bad, schloss die Tür und kam mindestens eine Stunde lang nicht mehr heraus. Wer aufs Klo musste, hatte Pech gehabt.

Conrad kauerte sich auf seine Matratze und hielt die Hände vors Gesicht und summte eine unheimlich und bedrohlich klingende Melodie vor sich hin.

Und Leon lief, nachdem die Eisentür wieder hinter ihm ins Schloss gefallen war, immer im Kreis. Es sah aus, als würde er Fußball ohne Ball spielen. Er täuschte mit dem Oberkörper links an und machte gleichzeitig einen Schritt nach rechts, als würde er seinen Gegenspieler ausdribbeln. Manchmal musste einer der anderen ihn stoppen. Meist war es Maren, die die Geduld verlor. Sie sprang auf und hielt Leon fest, so lange, bis er mit schlenkernden Armen auf der Stelle trat und schließlich in Regungslosigkeit verfiel. Dann half Maren ihm, sich an den Tisch zu setzen, und stellte ein Glas Wasser vor ihn hin. Nach einigen Minuten griff er mit beiden Händen danach und führte das Glas wie einen schweren Kelch an seine blassen, trockenen Lippen.

Jetzt saßen sie zu viert nebeneinander am Tisch, die beiden Mädchen in der Mitte. Sie verfolgten einen Beitrag im Regionalsender. Schon wieder, sagte eine Sprecherin, fehle von einem Jungen aus Süddeutschland jede Spur: Conrad, sechzehn Jahre alt.

Die Jugendlichen zeigten keine Reaktion.

Sophia und Maren hielten sich an den Händen. Insgesamt, fuhr die Sprecherin fort, seien damit innerhalb eines Jahres neun Kinder und Jugendliche aus dem süddeutschen Raum auf mysteriöse Weise verschwunden. Bis heute

habe die Polizei keinerlei Hinweise auf ihren Aufenthaltsort und die Umstände ihres Verschwindens.

Die Kamera zeigte neun Fotos. Als sie ihr eigenes sah,
hob Maren den Arm und winkte mit ausdrucksloser Miene
zum Fernseher.

»Jedes Jahr«, sagte eine Reporterin, »verschwinden etwa
einhunderttausend Menschen in Deutschland. Auch wenn
die meisten von ihnen nach kurzer Zeit zurückkehren, löst
ihre Abwesenheit oft Panik, Angst und Verzweiflung in
den Familien aus, erst recht, wenn es sich um ein Kind
handelt. Zurzeit gelten in Deutschland fünfhundertzwan-
zig Kinder bis dreizehn Jahren als unauffindbar. Obwohl
die Polizei in den Fällen der verschwundenen dreizehnjäh-
rigen Maren und des elfjährigen Eike sogar mit Kameras
und Radarwagen im Einsatz war, um alle Fahrzeuge zu
blitzen, die in den Wohngegenden der beiden Kinder unterwegs waren, fand sie keine Spur. Eine auf inzwischen
vierzig Mitglieder aufgestockte Sonderkommission des
Landeskriminalamtes arbeitet Tag und Nacht Hinweise aus
der Bevölkerung ab. In vielen Landkreisen haben Eltern
Fahrgemeinschaften gegründet, um ihre Kinder sicher zur
Schule und wieder nach Hause zu bringen. An manchen
Schulen und Kindergärten patrouillieren Wachdienste. Ob
hinter den Vermisstenfällen womöglich ein internationaler
Menschenhändlerring steckt, wollte die Kripo bisher nicht
bestätigen. Ein Sprecher erklärte, man ermittle in alle
Richtungen.«

Dem Bericht über das Wetter hörten die Jugendlichen
nicht mehr zu.

Conrad schaltete den Fernseher aus. Sie starrten auf den dunklen Bildschirm.

Wahrscheinlich, dachte Leon, hatte das Fernsehen schon öfter über ihn und die anderen berichtet, aber sie hatten die Sendungen bisher immer verpasst.

Conrad wollte etwas sagen. Vor Schreck brachte er keinen Ton heraus. Plötzlich raste ein Gedanke durch seinen Kopf:

Wenn sie fernsehen durften und ihre Fotos sahen und mitkriegten, dass die Polizei in ganz Deutschland nach ihnen suchte, dann würden sie sich doch nicht mehr einschüchtern lassen! Sondern alles daran setzen, sich bemerkbar zu machen, irgendein Zeichen nach draußen zu senden.

Doch das schien den beiden Männern und der Frau oben egal zu sein.

Und das bedeutete, dachte Conrad und warf Leon, der angefangen hatte, lautlos zu weinen, einen Blick zu, dass sie sterben würden. Dass es keine Hoffnung gab. Dass sie ruhig wissen durften, was draußen passierte, weil sie nie wieder dorthin zurückkehren würden.

Der Fernseher ist unser Fenster zum Tod, dachte Conrad.

Nie zuvor war ihm die Situation, in der sie sich befanden, so klar gewesen. Nach einer Woche hatte er endlich alles begriffen. Ihm war schlecht.

Er sprang auf, rannte ins Bad und schlug die Tür hinter sich zu. Er würgte über dem Waschbecken, erbrach sich aber nicht.

Als er ins Zimmer zurückkam, war es totenstill. Da fiel ihm auf, dass Eike seinen Kopf unter der Decke hervorgestreckt hatte und aus Augen, die Conrad noch nie so riesig und schwarz erschienen waren, ins Leere starrte. Eikes Gesicht war rot und nass.

Dann stand Sophia auf. Sie ließ Marens Hand los und kam um den Tisch herum. Ohne jemanden anzusehen, stellte sie sich mit hängenden Schultern in die Mitte des Raumes.

»Kann mich mal jemand umarmen, bitte?«, sagte sie.

3

Sie kamen herein, einer nach dem anderen, angezogen wie
junge Sportler. Sie drehten ein paar Mal den Kopf mit
dem Jutesack darüber, befolgten den Befehl des Mannes,
der sie hergebracht hatte. Sie knieten sich auf die Matratze,
Gesicht zur Wand, und warteten ab. Der Mann zog ihnen
den Sack vom Kopf, ging nach draußen, verriegelte die
Eisentür.

Wer schon da war, hatte die Augen geschlossen und keinen Mucks gemacht.

Leon war als Erster da gewesen, ihm folgte Maren.
Zwei Monate später wurde Sophia gebracht, kurz darauf
Eike und zuletzt Conrad. Ihre Namen verschwiegen sie
einander zunächst. Als müssten sie ein Geheimnis preisgeben und würden sich verraten oder gegen ein Gebot
verstoßen.

Conrad war der Einzige gewesen, der seinen Namen
von sich aus gesagt hatte. Maren und Leon hatten sich
wochenlang immer nur angesehen und kaum ein Wort
gesprochen. Einmal hatte Maren geflüstert: »G-grüß
d-dich.«

Ihre Stimme hatte Leon so erschreckt, dass er sich eine

Stunde lang in die Ecke neben der Eisentür stellte, mit dem Gesicht zur Wand. Am nächsten Tag jedoch schämte er sich für sein Verhalten und fing an, aus seinem Leben zu erzählen, so, wie er es in den folgenden Wochen noch öfter tun würde, gegenüber den Neuankömmlingen. Alle hörten ihm immer zu. Und wenn er eine Weile geredet hatte, breitete sich, wie er bald feststellte, eine eigenartige Wärme in ihm aus, die ihn ruhiger werden und weniger weinen ließ.

Manchmal weinte er und wusste nicht, wieso.

Ihm war so vieles peinlich, eigentlich alles, was er tat und dachte. Und seine ewige Angst und seine Stimme, die ihm vorkam wie die eines Mädchens. Deswegen mochte er Sophia vom ersten Satz an. Ihre Stimme klang hart und klar und nicht so knubbelig wie seine eigene. Leider sagte Sophia anfangs immer nur kurze Sätze, und man musste aufpassen, dass man keinen verpasste.

Den ersten Nachmittag mit ihr würde er niemals vergessen.

Ein Sonntag im Juni, und er wusste genau, dass draußen die Sonne schien, auch wenn er es nicht beweisen konnte.

Maren war nicht da. Sie war oben.

Er saß am Tisch an der linken Schmalseite, Sophia an der rechten Schmalseite. Er glaubte, Sophia käme immer näher, je länger sie sich ansahen.

Sie sahen sich mindestens fünfzig Minuten lang an, wortlos, beinah reglos, die Hände auf dem Tisch, nach vorn gebeugt, beide.

Sophia trug ein blaues Sweatshirt, Leon ein gelbes. Die Farben würden sich nicht mehr ändern. Leon und Maren hatten das schon begriffen, Sophia noch nicht, sie war erst fünf Tage da. Keiner wusste, wie Sophia hieß, und sie wusste nicht, wie die beiden anderen hießen. Wozu auch?, dachte Leon, sie würden sowieso bald sterben.

Und dasselbe dachte er wieder, als er Sophia fünfzig Minuten lang in die grünen Augen schaute.

Plötzlich sagte sie: »Die trauen sich was.«

Ihre Stimme klang dermaßen deutlich, dass Leon zusammenzuckte. Sein Körper bebte. Nach einer Weile sackte er in sich zusammen, legte die Arme auf den Tisch und seinen Kopf darauf, die linke Wange auf dem linken Unterarm. Der Ärmel seines Sweatshirts war hochgerutscht, die Haut glänzte weiß wie Schnee. Und sie war kalt, aber das konnte Sophia nicht wissen.

Als Leon erschrak, hatte sie eine halbe Sekunde lang gelächelt. Er hatte es nicht bemerkt.

»Was?«, fragte er. Ungeduldig wartete er auf ihre Stimme.

»Die kidnappen uns einfach.«

Weil er so gebannt in die Stille und auf ihren nächsten Satz lauschte, fiel ihm nicht auf, dass sie auf eine Reaktion von ihm wartete.

»Sag was.«

»Was?« Verdutzt kniff er die Augen zusammen und hob den Kopf.

»Von wo bist du?«, fragte sie.

39

Unwillkürlich blickte er zu der Kamera über der Tür. Dann verschränkte er die Arme auf dem Tisch und senkte den Kopf. »Das darf ich nicht sagen.«

»Darfst du schon.«

»Nein. Du darfst auch nicht sagen, woher du bist. Wir dürfen nichts sagen, was mit uns zu tun hat, sonst bringen sie uns um.«

»Die brauchen uns doch noch.«

Der Satz erschreckte ihn noch mehr als ihr erster vorhin. Er sah sie an, so ratlos wie fasziniert, und sein Blut, das voller Angst war, hinterließ in seinem Herzen winzige Funken, die er jedes Mal spürte, wenn Sophias grüner Blick ihn traf.

Sein Mund stand offen, er keuchte und hörte es nicht.

»Hast du Schmerzen?«

»Was hab ich?«

»Wir sterben schon nicht.«

»Nein«, sagte er. Das Wort kam von selber aus seinem Mund.

»Genau. Wie alt bist du? Zehn?«

»Zwölf.«

»Wie alt bin ich, was schätzt du?«

Er schüttelte den Kopf. Das passierte einfach so.

»Ich bin vierzehn«, sagte sie. »Wieso schüttelst du den Kopf?«

Abrupt hörte er damit auf. Er wollte etwas sagen, fand aber nicht die passenden Worte. Auch wäre er gern aufgestanden und hätte sich neben sie gesetzt. Allein der Wunsch tat ihm weh. Er traute sich nicht und hatte keine Ahnung, wieso. Wenn sie rüberkäme und sich neben ihn setzen würde, wäre er gerettet, dachte er.

»Gerettet«, sagte er laut und schunkelte mit dem Kopf, was er manchmal unbewusst tat.

»Was machst du da?«

»Nichts.« Er schunkelte weiter. Dann sah er ihren Blick und verharrte. »Was ist?«

»Wie lang bist du schon hier?«

»Lang.«

»Hast du Geschwister?«

»Nein.«

»Ich auch nicht. Hast du Hunger?«

»Nein.«

»Ich schon.« Sie sah zur Anrichte, auf der zwei Plastikflaschen mit Wasser, drei Flaschen Limonade und drei Gläser standen.

»Sag doch was.« Leon brauchte ihre Stimme.

»Mag nicht mehr.«

»Bitte. Bitte.«

»Was ist los mit dir?« Sophia hörte nicht auf, ihn anzusehen.

Dafür, dass er keine Antwort wusste oder herausbrachte, hätte er am liebsten seinen Kopf auf den Tisch geschlagen, mit voller Wucht, wie der Mann, der ihn in der öffentlichen Toilette gepackt und gegen die Wand geschleudert und dann entführt hatte. Genauso.

Er saß bloß da und schämte sich.

Tränen liefen ihm über die Wangen, er hatte nicht einmal die Kraft, sie abzuwischen. Unentwegt sah er das

Mädchen gegenüber an, ihr rundes, helles, unversehrtes Gesicht. Und er hörte sein Herz schlagen und glaubte, es wollte ihn sprengen. Andauernd tauchte das Bild seiner Mutter vor ihm auf. Auch dafür schämte er sich, obwohl er sie maßlos vermisste. Aber jetzt war ja Sophia da. Er konnte sie berühren, wenn er die Arme ausstreckte. Warum tat er es nicht? Er schaute nur, und alles war verschwommen.

Schließlich wischte er sich die Augen ab, wie immer, stützte den Kopf in beide Hände und presste die Lippen aufeinander. Bin jetzt stark, dachte er.

»Kennst du die Bibel?« Sophias Stimme machte ihn sofort noch stärker. Er schüttelte den Kopf.

Natürlich wusste er, dass Jesus gekreuzigt und an Heiligabend geboren worden und später in den Himmel aufgefahren war. Das wusste jeder. Wenn er sich jedoch verriet, dachte Leon, würde Sophia womöglich aufhören zu reden, und das durfte nicht passieren.

Er wartete ab, den Kopf einige Zentimeter vom Arm entfernt.

Beim ersten Wort ließ er den Kopf wieder sinken und schloss die Augen. So war das, als er klein war und seine Mutter ihm zum Einschlafen aus dem Märchenbuch vorlas.

»Am Anfang schuf der liebe Gott den Himmel und die Erde.«

Sophia warf ihm einen langen Blick zu, den er nicht sah. Schon die ganze Zeit, seit ihrer Ankunft, stellte sie sich vor, der Kleine wäre ihr Bruder, ihr Verbündeter. Und

sosehr sie ihn auch früher gequält und verarscht hätte, in
diesem Keller würde er zu ihr stehen und sie nicht im
Stich lassen, niemals.

Sophia hatte solche Angst vor dem Tod.

Dass sie überhaupt noch am Leben war, kam ihr wie ein
Wunder vor. Eigentlich wollte sie nicht mehr leben. Angst
zu sterben hatte sie trotzdem.

Im Lieferwagen, in dem sie geknebelt und gefesselt gelegen hatte, hatte es nach Benzin gerochen. Während der
Fahrt hatte sie nur den einen Gedanken, vergewaltigt und
anschließend verbrannt zu werden. Damit nichts von ihr
übrig blieb und niemand sie identifizieren konnte. Zu
ihrem Erstaunen kam alles anders. Wobei es kein Staunen
war, das sie empfand, sondern eine erschöpfte Art von
Verwunderung.

Die beiden Männer trugen sie aus dem Wagen – wo
sie sich befand, wusste sie nicht, sie bildete sich ein,
Kräuter und ein wenig Meer zu riechen – und legten sie
in ein Bett. Sie nahmen ihr die Fesseln ab und das Tuch
vom Mund. Das Tuch über ihren Augen ließen sie dran.
Sie befahlen ihr, sich auf den Bauch zu legen und sich
auszuziehen, ohne sich umzudrehen. Das tat sie. Danach
nahmen sie ihr die Augenbinde ab. Einer der Männer
sagte, wenn sie etwas von dem erzähle, was in diesem
Raum vor sich gehe, würde sie erdrosselt und vergraben
werden.

Wem, dachte sie in diesem Moment, sollte sie denn etwas
erzählen?

Das Bett war auf allen vier Seiten vergittert. Einer der

Männer sagte, sie solle sich umdrehen und alles tun, was man von ihr verlangte. Erst jetzt fiel ihr auf, dass der Raum offenbar beheizt wurde. Sie schwitzte. Vor dem Bett stand ein Mann mit einer Mütze und einer dunklen Brille. Er trug eine schwarze Hose und einen schwarzen Rollkragenpullover und hielt eine kleine Kamera vor dem Gesicht. Über dem Bett brannten zwei helle Glühbirnen. Ihre Kleider waren verschwunden, vermutlich hatte der zweite Mann sie mitgenommen.

Der Mann mit der Kamera befahl ihr, nur ihn anzusehen, dann würde ihr nichts geschehen. Er gab ihr Anweisungen und sie befolgte sie. Wenn sie zögerte, etwas Bestimmtes zu tun, drohte er ihr mit Schlägen. Dann machte sie weiter. Am Ende, zwei oder drei Stunden später, brach sie in ein heftiges Weinen aus.

Sie hörte schlagartig damit auf, als ihr jemand einen Jutesack über den Kopf stülpte.

In dieser Sekunde kehrte die Angst zurück.

Doch sie wurde nicht erdrosselt.

Einer der Männer befahl ihr, sich eine Trainingshose, ein Sweatshirt und Socken anzuziehen. Danach führte er sie durchs Haus. Sie roch Kaffee und Parfüm. Sie gingen eine Treppe hinunter, wo es kälter wurde. Der Mann öffnete eine schwere Eisentür. Er schubste sie in einen Raum, zog ihr den Sack vom Kopf, ging nach draußen und verriegelte die Tür.

An der Wand gegenüber knieten zwei Jugendliche, ein Junge und ein Mädchen.

Da wusste sie, dass sie in der Hölle war.

»Die Erde war eine Wüste. Finsternis lag über der Flut.« Sophia betrachtete Leon, der aussah, als würde er schlafen. Als ältere Schwester war sie dafür verantwortlich, dass er am Abend friedlich einschlief, wenn die Mama nicht da war und ihm vorlesen konnte. »Und Gott sprach: Es werde Licht.«

»Und es ist Licht geworden«, sagte Leon, ohne die Augen zu öffnen.

»Du sollst einschlafen«, flüsterte Sophia, als meine sie es ernst. Sie meinte es auch ernst.

»Und der liebe Gott trennte das Licht von der Finsternis, und es wurde Abend, und es wurde Morgen, und so begann der erste Tag.«

Leon öffnete die Augen und schloss sie wieder und atmete ruhig.

»Dann machte der liebe Gott ein Gewölbe und nannte es Himmel. Und es wurde Abend, und es wurde Morgen, und der zweite Tag begann.«

Obwohl sie eine Weile nicht sprach, schaute Leon nicht nach, was los war. Er wusste, ihre Stimme käme gleich wieder. Und da war sie auch schon.

»Gott«, sagte Sophia mit fester, klarer Stimme, »befahl dem Wasser, sich zu sammeln an einem bestimmten Ort, damit man das Trockene sehen konnte. Das Trockene nannte er Land und das Wasser Meer. Und es war gut. Dann befahl er dem Land, Pflanzen wachsen zu lassen und Bäume mit Früchten. Und so geschah es auch. Und alles war gut. Und es wurde Abend und Morgen und der dritte Tag begann.«

45

Leon schlug die Augen auf. »Und jetzt macht er die Sonne und die Sterne, stimmt's?«

»Stimmt.« Für einen Moment dachte Sophia an Maren, die seit mindestens einer Stunde oben war. Sie wischte sich über die Augen, wie Leon es immer machte, wenn er geweint hatte.

»Er wollte, dass Lichter am Himmel sind, kleine und große, ein Licht für die Nacht und eins für den Tag, das allergrößte. Die Lichter trennten den Tag von der Finsternis und das war gut. Nach dem vierten Tag schuf Gott die Fische und andere Lebewesen fürs Wasser und Vögel für die Luft. Er sagte: Seid fruchtbar und vermehrt euch, und das taten sie dann auch alle. Und nach dem fünften Tag suchte Gott die Tiere fürs Land aus, Kühe und Hasen und alle möglichen Wesen, die herumkrochen oder über die Wiesen und Felder liefen. Da war was los.«

Nach einem langen Schweigen, bei dem die beiden sich wieder ununterbrochen ansahen, sagte Leon leise: »Und dann hat er uns gemacht.«

Der Gedanke an Maren und die Männer kam zurück. Sophia umklammerte, so fest sie konnte, die Tischkante und versuchte, sich mit aller Macht zu konzentrieren. Sie wollte, dass jedes einzelne Wort stimmte.

»Lass uns Menschen machen, sprach Gott. Und die sollen über die Fische des Meeres herrschen ...«

Das stimmte nicht, überlegte sie, aber falsch war es auch nicht. So oft hatte sie die Worte schon gehört und jetzt brachte sie sie nicht zustande.

»Was ist denn?«, fragte Leon mürrisch.

»Ich kann die Bibel nicht auswendig.«

»Doch.«

»Das steht da anders, ich sag das bloß alles so.«

»Ist doch gut, das passt schon. Du darfst nicht still sein.«

»Wieso nicht?« Sophia ahnte, was er meinte. Er war länger hier als sie und hatte schon oft allein am Tisch gesessen, nachdem Maren geholt worden war. Sophia wollte ihn fragen, was er dann immer getan hatte.

Dabei wusste sie noch nicht einmal seinen Namen.

»Bitte«, sagte er.

Bei dem Wort dachte sie an die alten Frauen, die in den Kirchenbänken knieten und den Herrgott um Beistand anflehten oder um eine Erklärung für das Unbegreifliche.

»Entschuldige«, sagte sie mit sanfter Stimme, die Leon sofort an die seiner Mutter erinnerte, wenn sie wieder mal vor lauter Stress einen wichtigen Termin in der Schule vergessen hatte. Dann strich sie ihm mit ihrer nach einer fruchtigen Creme riechenden Hand über die Wange und sagte: Entschuldige, mein Schatz. Und später, wenn er allein war, rieb er sich die Backe und schnupperte an den Fingern.

»Also, Gott schuf die Menschen nach seinem Abbild«, begann Sophia.

Leon nickte.

»Mann und Frau hat er erschaffen. Und er sagte zu ihnen: Seid fruchtbar und vermehrt euch. Und die Erde sollten sie bevölkern und sich die Fische und die Landtiere untertan machen. Und dann gab er ihnen die Pflanzen und Bäume, damit sie was zu essen haben. Nicht nur die Menschen, auch die Tiere dürfen sich von den Bäumen und Pflanzen und Früchten ernähren, alle Lebewesen unter dem Himmelszelt. Und so war es gut. Abend und Morgen, und das war der sechste Tag. Am nächsten Tag schlief Gott vor Erschöpfung aus.«

Leon kicherte, aber nur tief drinnen, weil er sich genierte.

»Und Gott«, sagte Sophia und sah Leon so fest in die Augen, dass er die Luft anhielt, »segnete den siebten Tag und erklärte ihn für heilig, weil er geruht und sein großes Werk vollendet hatte. So sind Himmel und Erde entstanden und die Menschen und Tiere und die Zeit.«

Leon rang nach Luft. Diesen Sonntagnachmittag im Juni würde er niemals vergessen.

Sophia stand auf und ging zur Anrichte, schraubte die Flasche mit dem Orangensaft auf, trank einen Schluck. Sie behielt die Flasche in der Hand. Als Leon sich zu ihr umdrehte, hielt sie ihm die Flasche hin. Er schüttelte den Kopf.

»Woher weißt du das alles so genau?«, fragte er.

»Ich bin Ministrantin. Und manchmal darf ich beim Gottesdienst aus der Bibel vorlesen.«

»Weil du so eine gute Stimme hast.«

Sophia schraubte die Flasche zu und stellte sie wieder hin. »Wollen wir beten?«

Die Frage verwirrte Leon. Er wusste nicht, was er antworten sollte.

»Für Maren.« Sophia ging zu ihm und blieb neben ihm

stehen. Sie roch nach Seife, das bildete er sich bestimmt nicht ein. »Ein Vaterunser.«

Plötzlich kam die Angst zu Leon zurück. Die ganze Zeit über, während Sophia von der Erschaffung der Erde und der Menschen erzählt hatte, war sie weg gewesen, er hatte schon fast nicht mehr an sie gedacht. Und jetzt kroch sie seinen Rachen runter bis in den Bauch und in seine Beine, und er fing an zu zittern. Tränen liefen ihm über die Wangen. Er krümmte sich und schämte sich bis ans Ende der Welt.

Eine Minute lang bemerkte er nicht, dass Sophia die Arme um ihn schlang. Sie kniete neben ihm und hielt ihn fest umklammert. Als er es wahrnahm, stellte er sich vor, wie schön es wäre, genau jetzt zu sterben.

Da hörten sie Schritte und das vertraute Klirren des Schlüsselbundes.

Erschrocken ließ Sophia den Jungen los. Sie sprangen gleichzeitig auf und knieten sich vor die Wand und schlossen die Augen.

Die Eisentür wurde geöffnet. Sie hörten Marens schnelle, heisere Atemzüge. Dann sagte der Mann: »In der Bibel lesen ist nie verkehrt.«

Kurz darauf fiel die Eisentür ins Schloss und die Schritte im Kellerflur verstummten.

Obwohl die Tür aus Eisen war, befand sich am oberen Rand – das hatte Leon am ersten Tag entdeckt – ein winziger Spalt, so, als hätte die Tür nicht in den alten Rahmen gepasst.

Bevor Sophia und Leon sich umdrehten, war Maren

schon ins Bad gelaufen und hatte die Tür geschlossen. Sie würgte und übergab sich in die Toilettenschüssel. Die beiden hörten, wie sie sich das Gesicht wusch und immer wieder ausspuckte.

Dann war es still.

Sophia strich Leon über die Wange und sagte kein Wort. Er zuckte mit den Händen. Im letzten Moment hielt er inne. Beinah hätte er Sophia umarmt.

4

Immer, wenn der erste Schnee fiel, stand sie am Fenster und drückte sich die Nase platt. Sie schnupperte am kalten Glas und ihre Blicke huschten zwischen den Flocken umher. Es kam ihr dann vor, als begänne eine neue, wundersame Zeit, in der ihr Leben sich veränderte und alle Menschen schönere Gesichter bekämen. Für Maren waren die ersten Schneeflocken des Jahres Boten einer verheißungsvollen Welt.

Im wirklichen Leben ging Maren aufs Gymnasium und wusste nicht, wozu. In keinem Fach schrieb sie bessere Noten als eine Vier. Fächer wie Physik und Chemie blieben ihr völlig unverständlich. Sie zwang sich, Lehrbücher seitenweise auswendig zu lernen, um keine Fünf oder Sechs zu kassieren und womöglich die Klasse wiederholen zu müssen. Das war ihre schlimmste Vorstellung.

Ihre zweitschlimmste Vorstellung war, dass ihre beste Freundin Annabel nie wieder aus dem Koma erwachte.

Vor acht Wochen war Annabel auf dem Heimweg von der Schule von einem Auto angefahren und schwer verletzt worden. Der Fahrer, so berichteten später die Ärzte, hatte wegen Unterzuckerung das Bewusstsein verloren.

Nachdem der Wagen das Mädchen zu Boden geschleudert hatte, prallte er gegen eine Hausmauer. Der einunddreißigjährige Fahrer starb auf dem Weg ins Krankenhaus.

In Marens Klasse waren zwei Jungen, Zwillinge, die ebenfalls unter Diabetes litten und sich regelmäßig spritzen mussten. Manchmal taten sie es mitten im Unterricht, oder sie packten nur ihre kleinen Messgeräte aus, mit denen sie ihre Blutwerte kontrollierten.

An jenem kalten, nach Schnee riechenden Tag im April, als Maren das Kreiskrankenhaus verließ, war ihre Vorstellung, dass Annabel vielleicht nie mehr aufwachte, schlimmer als die, in der Schule durchzufallen.

Auf dem Weg zum Bahnhof überlegte sie, ob sie Gott bitten sollte, Annabel das richtige Leben zurückzugeben, wenn sie dafür die Achte zweimal machte.

Mit Gott zu reden, war schwierig. Sowohl ihr Vater als auch ihre Mutter waren vor langer Zeit aus der Kirche ausgetreten, hatten ihr aber die Wahl gelassen, in den Religionsunterricht zu gehen oder in Ethik. Sie blieb bei Religion, auch wegen Annabel, die aus einer ziemlich katholischen Familie kam. In den Gottesdienst begleitete Maren ihre Freundin allerdings nie, und wenn sie ehrlich war, bereitete ihr die Vorstellung eines höheren Wesens Kopfzerbrechen. Sie hatte ihre Zweifel, respektierte aber Annabels Gläubigkeit.

Vermutlich hatte sie an jenem Tag zu lange gegrübelt. Oder sie war zwischendurch öfter stehen geblieben, um ihren Rucksack mit den schweren Kladden und Büchern abzusetzen. Jedenfalls brauchte sie für den Weg länger als sonst.

Wie gewöhnlich war sie von der Schule aus direkt ins Krankenhaus gegangen. Wegen Annabel hatte sie neuerdings immer das dicke Märchenbuch dabei, aus dem sie ihr vorlas.

Am ersten Nachmittag hatte sie verzweifelt am Bett gesessen und nicht gewusst, was sie ihrer stummen, weit entfernten Freundin erzählen sollte. Geräte fiepten, Maren bekam fast Zahnschmerzen davon. Vier Stunden hatte sie ausgehalten – nur unterbrochen von einem Gang zur Toilette und einem Kurzbesuch in der Caféteria, wo sie eine halbe Tasse heiße Schokolade trank –, dann verließ sie weinend das Zimmer.

Zu Hause zermarterte sie sich den Kopf, was sie in den nächsten Tagen für ihre Freundin tun könnte. Weder mit ihrer Mutter noch mit ihrem Vater wollte sie darüber sprechen, sie kam sich schäbig vor, dass ihr selbst nichts einfiel. Beim Essen saß sie schweigend am Tisch. Erst, als sie schon die Zähne geputzt und sich zum Schlafen ins Bett gelegt hatte, explodierte eine Idee in ihrem Kopf.

Sie sprang auf, ging zum chaotischen Bücherregal neben der Tür und zog die Sammlung mit den Märchen heraus. Sofort kippten die anderen Bücher ineinander, einige fielen auf den Boden. Aus diesem dicken Buch hatte die Großmutter vorgelesen, wenn Maren krank war und sich unfassbar einsam fühlte. Die Geschichten und die melodische Stimme hatten sie jedes Mal besänftigt, und manchmal tauchten einige der Personen und Tiere in ihren Träumen auf und spielten mit ihr und machten sie fast wieder gesund.

Maren selbst hatte noch nie jemandem etwas vorgelesen. Am Anfang verhaspelte sie sich oft, dann immer weniger, und schließlich, schon am dritten Nachmittag, las sie fehlerlos Seite für Seite. Zwischendurch warf sie einen Blick auf Annabels weißes Gesicht und stellte sich vor, der Schnee ihrer Haut würde bald schmelzen und ihre Augen würden aufblühen wie Krokusse im Frühling.

Das Buch war in Leinen gebunden, alt und schwer, und es passte gerade noch in den Rucksack.

Bestimmt hatte sie ihn auch an diesem frühen Abend mehrmals abgesetzt, weil ihr die Riemen an der Schulter wehtaten.

Hinterher konnte sie sich an nichts mehr erinnern. Den Weg von der Klinik zum See, an dem der Bahnhof lag, war sie in letzter Zeit unzählige Male gegangen, sie hätte ihn mit verbundenen Augen gefunden. Sie wusste genau, wie lange sie brauchte und wann der Bus abfuhr.

Doch an jenem Montag im April kam sie zu spät.

Der Bus war weg und der nächste würde erst in knapp zwei Stunden fahren.

Während sie auf einer Bank am Rondell – gegenüber dem Taxistand und dem Haupteingang, aus dem ständig Leute von der S-Bahn kamen – den Apfel aß, den ihr eine Krankenschwester geschenkt hatte, überlegte sie, ob sie ihren Vater anrufen und bitten sollte, sie abzuholen.

Ihre Mutter war seit dem Wochenende auf einem Seminar in Berlin, wo sie Vorträge über die gesunde Ernährung von Kindern hielt und aus ihrem neuen Ratgeberbuch vorlas.

»Hi, Maren.«

Vor ihr hatte ein Auto angehalten. Der Fahrer beugte sich über den Beifahrersitz und streckte den Kopf aus dem Seitenfenster. Sie kannte den Mann nicht.

»Ich bin Paul Haberl, der Onkel von Edwin«, sagte er. »Soll ich dich mitnehmen?«

Sie schluckte den letzten Apfelbissen runter, warf den Rest in den Abfalleimer neben der Bank und legte die Hände auf den Rucksack, den sie vor sich auf den Boden gestellt hatte. Der Mann trug eine Brille, die irgendwie schief hing, einen braunen Schnurrbart und roch nach Alkohol. Er lächelte und nickte, und sie wusste nicht, wieso.

»Komm zufällig vorbei und seh dich hier sitzen. Edwin hat mir von dir erzählt.«

»Was denn?«, sagte sie. Ihr war kalt. Obwohl sie den Apfel gegessen hatte, war ihr schlecht vor Hunger.

»Nichts Spezielles«, sagte Haberl. »Er mag dich anscheinend sehr.«

Für einen Moment glaubte Maren, den Mann schon einmal gesehen zu haben. Sie kam nicht drauf, wo.

»Ich muss los«, sagte er. »Ein Freund von mir hat zum Abendessen eingeladen, er wird morgen fünfzig und will reinfeiern. Steig ein, bevor du noch einschneist.«

Der Mann hatte recht: Mitten im April fielen Schneeflocken aus dem schwarzen Himmel. Maren legte den Kopf in den Nacken und öffnete unwillkürlich den Mund. In dieser Sekunde war sie sich ganz sicher, dass Annabel bald aufwachen würde.

Im Auto roch es nach Bier und Rasierwasser.

Maren saß angeschnallt auf dem Beifahrersitz und sah aus dem Seitenfenster. Wegen des unangenehmen Geruchs im Auto, doch vor allem wegen der Flocken draußen, die tanzten, als gäbe es die Schwerkraft nicht.

Das Auto verließ über die Ringstraße die Kreisstadt. Maren legte die Hände an die Schläfen, als könne sie so mehr erkennen. Schwarze Felder rasten vorüber, umschwirrt von den weißen Boten einer zaubrischen, fernen Welt.

Plötzlich fiel ihr ein, wo sie den Mann schon einmal gesehen hatte. Im Café Stroh. Dort trafen sich ihre Mitschülerinnen fast täglich in der Pause oder nach dem Unterricht. Das Café lag nur eine Straße vom Gymnasium entfernt und hatte die leckersten Muffins und den besten Latte der Stadt. Die Blicke der Männer am Tresen entgingen den Mädchen nicht, aber keines von ihnen kümmerte sich darum. Wenn einer der Typen versuchte, sich ranzuwanzen, war Henrik zur Stelle, Annabels Bruder.

Henrik war siebzehn, fast einen Meter achtzig groß und Kickboxer. Annabel war ziemlich stolz auf ihn, und Maren, wenn sie ehrlich war, auch. Eigentlich gehörte das Café Stroh den älteren Schülern, jüngere brauchten eine Art Bürgen oder zumindest einen Verwandten, der sie begleitete. Maren und Annabel standen unter Henriks persönlichem Schutz. Sie waren deshalb respektiert von allen und unantastbar.

Als Maren den Mann von der Seite anschaute, war sie sich nicht mehr sicher. »Kennen Sie das Café Stroh?«

»Was?« Er schien vollständig aufs Fahren durch die

56

schneeverwehte Nacht konzentriert zu sein. Im Licht der Scheinwerfer schienen Tausende von Flocken auf die Windschutzscheibe zuzurasen.

»Hab grad überlegt, ob ich Sie schon mal gesehen hab.«

»Ich hab den Erwin mal in der Schule besucht, sollte eine Überraschung sein.«

»Der heißt aber Edwin.«

»Und was hab ich gesagt?« Mit zusammengekniffenen Augen saß er vornübergebeugt hinterm Lenkrad.

»Erwin.«

»Ehrlich?« Er schüttelte den Kopf und schaute in den Rückspiegel. Dann nestelte er an seiner Brille und strich sich mit dem Daumen über den Schnurrbart. »Bin heut schon den ganzen Tag wirr drauf. Fühl mich nicht gut. Muss mal anhalten.«

»Wieso sind Sie nicht abgebogen? Wir müssen umdrehen.« Ihr Unbehagen, das sie seit dem Einsteigen empfunden hatte, verwandelte sich in Wut. Ihr war schlecht vom Hunger und der ekelhaften Luft. Wenn der Typ nicht sofort umdrehte, würde sie doch noch ihren Vater anrufen, damit er sie irgendwo aufgabelte. Sie umklammerte das Handy in ihrer rechten Jackentasche.

Der Mann – Maren hatte seinen Namen vergessen – hielt den Wagen an. Er schaltete den Motor aus und atmete tief ein. Dann nahm er die Brille ab, betrachtete sie, als sähe er sie zum ersten Mal, schüttelte den Kopf, stieß einen Seufzer aus, den Maren sofort bedrohlich fand.

Sie konnte nicht erklären, wieso, doch ihr brummender, leerer, missgelaunter Bauch sagte ihr, dass sie schnellstmöglich aus dem Auto rausmusste und weit weglaufen sollte.

Später erinnerte sie sich an ihre Hand an der schneekalten Fensterscheibe der Beifahrertür. Wieso ihre Hand an der Scheibe und nicht am Türgriff war, wusste sie nicht mehr.

Als sie wach wurde, kauerte sie vor dem Beifahrersitz am Boden, an Händen und Füßen mit Paketschnur gefesselt, mit einer schwarzen Decke über dem Kopf.

Vielleicht war die Decke gar nicht schwarz, sondern die Welt um sie herum.

Sie bildete sich ein, der Geruch wäre anders als vorher. Wahrscheinlich wegen der Decke. Ihr Hunger war wie weggeblasen.

Während sie in dem mit hoher Geschwindigkeit fahrenden Auto hin und her geschüttelt wurde und sich mehrmals den Kopf am Armaturenbrett anschlug, gelang ihr kein einziger klarer Gedanke.

Dann spürte sie ein Kratzen im Hals und in der Nase. Auf der Zunge hatte sie einen unangenehmen Geschmack.

Wieder krachte sie mit der Stirn gegen eine Kante.

Aber die Decke verrutschte nicht. Alles war schwarz. Sie hörte das Röhren des Motors, sonst nichts.

Als ihr bewusst wurde, dass sie Opfer einer Entführung geworden war, erschrak sie so sehr, dass sie dachte, ihr Herz würde stehen bleiben. Auch dass sie weinte, bemerkte sie erst viel später. Sie schluchzte, der Rotz lief ihr aus der Nase und sie schmeckte ihn auf den Lippen. Dann kam nur noch ein zaghaftes Wimmern aus ihrem Mund, wie von einer eingesperrten Katze. Jemand klopfte ihr mit der flachen Hand auf den Hinterkopf. Sie zuckte zusammen und verstummte.

»Alles klar, beruhig dich«, sagte jemand. Ob es die Stimme des Mannes war, der sie im Auto mitgenommen hatte, wusste sie nicht. Da fiel ihr ein, dass sie sich nicht einmal die Marke des Autos gemerkt hatte.

Sie kicherte. Wozu hätte sie sich die Automarke merken sollen? Der Entführer würde sie ermorden. Erst vergewaltigen, dann umbringen und ihre Leiche verscharren oder in einen Fluss werfen.

»Was ist los mit dir?«

Jetzt war sie sich fast sicher, dass es nicht derselbe Mann war.

»Was ist so lustig?«

Was meinte er denn? Was war lustig?, überlegte sie.

»Sag was. Mach den Mund auf.«

Sie öffnete ihren Mund. Kein Laut. Kein Wort. Die Decke roch nach Keller. Der erneute harte Schlag auf den Kopf ließ sie aufschreien.

»Fresse halten!«

Sie hatte den Eindruck, der Wagen würde langsamer fahren. In der Ferne hörte sie das Rauschen von Verkehr. Wie auf dem Waldfriedhof im Süden der Stadt, wo ihre Großmutter begraben lag, ganz nah an der Autobahn.

Sie hatte sich nicht getäuscht. Das Auto rollte im Leerlauf und blieb stehen. Der Fahrer stellte den Motor ab. Wie der andere an der Landstraße. Wie lange war das her? Womit hatte er sie betäubt? Und wieso hatte sie sich nicht gewehrt? Wann genau war sie bewusstlos geworden? Wieso hatte sie ihr Handy nicht benutzt?

»Hör mir zu.« Die Stimme war direkt über ihr. »Wenn du tust, was ich sag, passiert dir nichts. Wir machen eine kleine Reise, nichts zu jammern. Und da bleibst du dann. Hast du mich verstanden?«

Alles, was Maren zustande brachte, war ein krächzender Laut.

»Was ist?«

Sie versuchte es ein zweites Mal. Das Krächzen wurde lauter und schnarrender. Vor Schreck duckte sie sich unter der dröhnenden Stimme. »Kannst du nicht reden?« Der Mann drückte ihren Kopf nach unten, so tief, dass sie keine Luft mehr bekam.

»A-a-aufhören, b-bitte ...« Sie wunderte sich über die Worte. Der Mann ließ sie los.

Sie keuchte und richtete sich vorsichtig auf. Nichts geschah. Sie lehnte sich an den Sitz und versuchte, die Beine zu strecken. Das gelang ihr, und sie fing vor Erleichterung wieder an zu weinen. Sie hörte das metallische Klacken eines Feuerzeugs. Der Mann öffnete die Fahrertür und inhalierte tief.

»D-danke«, flüsterte sie.

Nach einer Weile, während er rauchte und hörbar schnaufte, sagte der Mann: »Wie heißt du eigentlich?«

»M-Maren h-heiß ich.«

»Und du stotterst.«

»I-ich st-stotter doch n-nicht. W-wieso d-denn?« Noch glaubte sie, was sie sagte.

»Scheiß drauf.« Sie hörte, wie der Mann die Zigarette austrat, hustete und die Fahrertür zuknallte. »Du sollst da oben ja keine Reden halten. Musst du mal wohin?«

»W-wohin d-denn?«, fragte sie verwirrt.

»Pissen, was sonst?«

Sie wusste es nicht. Wie ein Echo hörte sie ihre Stimme im Kopf. Wie sie stotterte. Ganz deutlich konnte sie das Stottern hören. Zum ersten Mal. Ich stottere doch nicht, dachte sie.

»Was ist jetzt?«

Sie schüttelte den Kopf unter der Decke. Eine Hand packte sie im Nacken, wie eine Katze, und schüttelte ihren Kopf hin und her. »Ich sprech mit dir. Wenn du dir unterwegs in die Hosen machst, häng ich dich zum Trocknen an den nächsten Baum. Ist das klar?«

»J-Ja«, sagte ihre Stimme.

»Also?«

Sie hatte vergessen, was er meinte. Also sagte sie: »N-nein, d-danke.«

Nach einem Moment ließ er sie los, was sie mindestens eine Minute lang nicht bemerkte, so lange hielt der Druck seiner Hand an.

Das Auto hatte sich schon wieder in Bewegung gesetzt, sie hörte das Klacken des Blinkers und das Brummen anderer Fahrzeuge, als sie sich zaghaft aufrichtete und Mund und Nase umständlich an ihrer Schulter abwischte. Sie wollte den Mann fragen, ob er die Decke wegnehmen könne. Sie traute sich nicht.

Ihre Angst, wieder zu stottern, war zu groß.

61

Wenn sie eine Zeit lang still war, dachte sie, würde sie wieder ganz normal sprechen können, wie immer.

Doch dann sagte sie Hunderte von Kilometern kein Wort mehr.

Später schlief sie ein. Beim Aufwachen wusste sie nicht mehr, ob sie etwas geträumt hatte. Alles war schwarz. Immer wieder nahm sie ihren Mut zusammen und formulierte einen Satz. Jedes Wort stand fest, sie brauchte nur genügend Atem. Sie fing sogar an zu zählen. Drei, zwei, eins, los! Nichts. Keine Silbe. Sie geriet in Panik.

Womöglich war sie stumm geworden, dazu verdammt, für alle Zeit zu schweigen. Wie ihre Freundin Annabel.

Nein. Nein.

Annabel würde bald aufwachen und wieder sprechen und sich mit ihrem Bruder zoffen und Latte trinken und die Blicke der Typen am Tresen vom Café Stroh ignorieren.

Nein.

Nicht wie Annabel. Sondern wie die Taubstummen, die sie manchmal in der S-Bahn sah und die wie wild mit den Händen fuchtelten und sich toll verstanden und seltsame Laute von sich gaben.

Das wollte sie nicht. Sie wollte sprechen können und jemanden anschreien, den aufdringlichen Edwin zum Beispiel.

Edwin.

Von ihm hatte der Mann am Bahnhof gesprochen. Woher kannte er Edwin? Damit hatte alles angefangen. Sie presste die Lippen aufeinander. Und fing wieder an zu zählen. Drei, zwei, eins.

»K-kennen S-Sie den E-Edwin?« Ihre heisere Stimme war laut.

»Schrei hier nicht so rum«, erwiderte der Mann. »Ich kenn keinen Edwin.«

Maren war wieder verstummt. Sie hörte ihre Stimme, ganz deutlich, jeden Buchstaben einzeln und manche doppelt. Sie wünschte, ein hohler Baum würde sie für alle Zeit verschlingen, wie das ungezogene Marienkind im Märchen.

5

Sie hatten nie Hunger. Außer Sophia, die immer hungrig war. Sie bekamen genug zu trinken, durften fernsehen und sich duschen, so oft sie wollten und so lange immer nur einer oder eine von ihnen ins Bad ging. Die sanitären Anlagen funktionierten reibungslos und sahen neu aus. Über der Toilettenschüssel befand sich die Öffnung eines Lüftungsschachts, wie in einem gewöhnlichen, etwas veralteten Badezimmer.

Der Kellerraum wurde beheizt. Von morgens um acht bis abends um neun brannte an der Decke eine Glühbirne in einem blauen Lampenschirm. Die Matratzen und Decken waren vorher unbenutzt gewesen. Drei ausgebleichte, abgetretene rotbraune Teppiche bedeckten fast die gesamte Fläche des Bodens.

Dreimal in der Woche kam einer der Männer und ließ die Eisentür mehrere Minuten lang offen stehen, um zu lüften. Währenddessen mussten sie mit geschlossenen Augen vor der hinteren Wand knien. Sie sogen die frische, kalte Luft tief in ihre Lungen.

Maren bildete sich ein, das Meer zu riechen. Conrad überlegte, woher die Luft kam, und Eike blinzelte mit einem Auge. Eines Tages, nicht mehr lang hin, das wusste er genau, würde er aufspringen und auf den Mann losgehen. Und wenn die anderen ihm dabei halfen, würde er ihn umbringen. Dann dachte er, dass die anderen zu feige waren und der Mann ihn umbringen würde. An manchen Tagen war ihm das scheißegal, an anderen verschluckte er sich fast vor Angst.

Leon presste immer die Hände zwischen die Knie und lehnte die Stirn an die kalte Steinmauer. Schon als er noch allein im Keller gewesen war, hatte er an den Lüftungstagen an seine Mutter gedacht. Beim Putzen riss sie immer alle Fenster auf – egal, welches Wetter draußen war – und ermahnte ihn, »aus dem Zug zu gehen«.

Das hatte er lange nicht verstanden, weil sie doch beide in einem Zimmer waren und nicht in einem Zug. Er machte dann einen Schritt und wartete, wie seine Mutter reagierte. Und sie sagte: Noch weiter, ganz da rüber! Er folgte ihr, traute sich aber nicht zu fragen, wann der Zug endlich zum Fenster reinkommen würde.

Daran dachte er nach einem Jahr noch immer, wenn der Mann sie aufforderte, zur Wand zu gehen und keinen Mucks zu machen.

Sophia war die Einzige, die sich die Wochentage merkte, an denen die Aktion stattfand.

Dienstag, Donnerstag, Samstag.

Anschließend schloss der Mann wortlos die Eisentür und verschwand.

»Feige Schweine«, sagte Eike, steckte die Hände in seine schwarze Polyesterhose, ging zur Tür und trat dagegen.

Wie die anderen trug er dicke graue Wollsocken, keine
Schuhe. Das Geräusch, das sein Tritt verursachte, klang
dumpf und lächerlich. Conrad warf Sophia einen Blick
zu, und wie auf ein Zeichen hin setzten sie sich an den
Tisch, mit dem Rücken zur Tür. Leon fing an, im Kreis zu
laufen. Maren ging ins Bad, hockte sich mit gekreuzten
Beinen auf den heruntergeklappten Toilettendeckel, verschränkte die Arme und versuchte, an etwas Bestimmtes
zu denken. An ihre Freundin Annabel. An ein Märchen,
das gut ausging.

Das passierte an jedem der drei Tage. Eike trat gegen
die Tür, Leon kreiselte durch den Raum, Sophia und Conrad setzten sich so eng nebeneinander, dass sich ihre
Schultern berührten, Maren verschanzte sich im Bad.

Dann redeten sie bis zum Abend kein Wort miteinander. Die Einzige, die Gute Nacht sagte, wenn das Licht ausging, war Sophia.

Im Lauf der Zeit hatten sie Rituale entwickelt. Strate-
gien der Selbstbehauptung. Sie wussten eigentlich nicht,
wie sie es schafften. Die Angst schien ihre Empfindungen
zu vereisen und gleichzeitig in ihrem Kopf gewisse Hand-
lungsabläufe zu koordinieren, die sie dankbar annahmen.

Wenn es still war und sie auf ihren Matratzen lagen,
nachts in tiefer Dunkelheit oder nach der Rückkehr von
oben, setzten sie ihr wahres Leben in Gedanken fort, die
auf einmal wieder da waren, vertraut und gewaltig, als
schlügen Flammen aus ihrem Gehirn.

In diesen Augenblicken begriffen sie, dass sie in einer
perversen Gegenwart hausten. Und ihre Vorstellungskraft

reichte nicht aus, um zu begreifen, warum sie überhaupt noch am Leben waren.

In diesen wenigen Minuten hatten alle fünf das Gefühl, lebende Tote zu sein, und keiner von ihnen hätte jemals so viel Angst für möglich gehalten.

Drei, vier Minuten lang, mehrmals in einer Woche, verfaulten sie von innen her. Es kam ihnen vor, als würde ein Unsichtbarer mit einem Messer ihre Haut von den Knochen abschälen und in den Müll werfen.

Keiner der fünf erinnerte sich am nächsten Morgen an seine Träume. Sie wunderten sich bloß vage über ihr Gesicht im Spiegel.

Das unvorstellbare Wunder aber war, dass sie im künstlichen Licht des neuen Tages ihre Furcht fast vollständig vergessen hatten. Man hätte meinen können, sie gingen nach oben, um das Fürchten zu lernen, so aufrecht warteten sie an der Eisentür auf den Mann, der sie abholte.

Ohne zu stolpern, stiegen sie mit dem Sack über dem Kopf die Treppe hinauf. Sie kannten den Weg und ahnten, was sie erwartete. Keiner zögerte oder schluchzte. Keines der Mädchen klammerte sich im Kellerraum ein letztes Mal an das andere oder an einen der Jungen. Gehorsam und ohne Widerworte schienen sie den Erwachsenen gegenüberzutreten, wohlerzogene Kinder, die wussten, was sich gehörte.

Für die Frau, deren Namen die Kinder niemals hörten, stellte vor allem Leon den Inbegriff des Mustersohnes dar. Er war hier, um erzogen zu werden, und wenn er sich wehrte, war er umso nützlicher für sie. Dann blieb ihr noch mehr Zeit für die Vervollkommnung seines Wesens, das sie am liebsten jeden Tag um sich gehabt hätte.

Auch die Mädchen lehrte sie Untertänigkeit. Conrad war ihr zu alt. Und Eike, der sie anwiderte, wurde für andere Dinge gebraucht. Außerdem waren Eikes Tage auf der Insel gezählt.

Und so stumm, wie sie gegangen waren, kehrten die Jugendlichen in den Keller zurück – doch diesmal gehorchte ihr Körper ihnen nicht mehr. Deswegen musste jeder auf seine Weise die eigenen Schmerzen und Gedankenbilder besänftigen. Keiner von ihnen fand den Mut, sich den anderen anzuvertrauen. Wozu auch? Jeder wusste Bescheid, sie erlebten alle das Gleiche – glaubten sie. Und oft war es auch so.

Dann wurden sie zu zweit ins Gitterbett oder in den Zwinger gesperrt. Die Männer kamen, mit Kameras oder ohne.

Nur am Montag war jeder allein da oben, und erst recht verloren sie kein Wort über das, was ihnen widerfuhr.

So lautete die Regel: Wer spricht, stirbt.

Sie glaubten es.

An diesem Sonntag war Conrad seit genau einer Woche hier. Und seit einer Stunde kauerte er auf seiner Matratze.

Sein Bauch, seine Beine schmerzten und brannten. Obwohl sie ihm ein großes Glas Mineralwasser gegeben hatten, damit er seinen Mund ausspülen konnte, würgte er immer noch.

Mit der Wolldecke über Kopf und Schultern drehte er sich zur Wand und hoffte, niemand würde ihn ansehen.

Das taten sie auch nicht. Aus Respekt und weil sie wussten, dass es Tage gab, an denen die Männer Drogen genommen oder zu viel gesoffen hatten und unberechenbar waren. Nicht mal der Hund vom Bauer Riemer, dachte Eike dann, würde jemals so ausrasten wie der eine Kerl in dem Zimmer. Sogar wenn er Rattengift gefressen hätte, wäre Boss nicht so feige, sich in einen Welpen zu verbeißen. Davon war Eike überzeugt, und er überlegte, ob er Conrad das sagen sollte, um ihn irgendwie zu trösten oder abzulenken.

Doch Eike schwieg. Heut noch, dachte er, aber lang halt ich nicht mehr still, das schwör ich euch, und dann schneid ich euch das Herz raus und nagel es an die Wand.

Wie von einem elektrischen Schlag getroffen, sprang Eike auf, stürzte zur Tür und trat mit dem rechten Fuß zweimal dagegen.

Im selben Moment ging das Licht aus.

»Immer noch keine Angst, oder was?«

Seit fünf Minuten lehnte Eike an der Eisentür und verspürte nicht die geringste Lust, ins Bad zu gehen und seinen Putzdienst zu beginnen. Üble Träume hatten ihn durch die Nacht gescheucht. Dass Conrad ihn zwei Mal aufgeweckt und ermahnt hatte, ruhig zu sein, kotzte ihn immer noch an.

»Du kannst nicht schlafen vor lauter Schiss. Schau mal in den Spiegel, dann weißt du, wie einer aussieht, der sich bepisst vor Angst.«

»H-hör endlich a-auf, Ei-Eike.«

»Ich h-hör a-aber n-nicht a-a-auf«, äffte er Maren nach. »Was glotzt du so blöde?«

»Was ist denn mit dir los?«, sagte Sophia, die neben Maren am Tisch saß. Conrad hockte, an die Wand gelehnt, noch auf seiner Matratze. Er hatte kaum geschlafen, konnte sich an keinen Traum erinnern und hörte immer noch Eikes furchterregendes Keuchen in der Nacht.

Ansatzlos schlug Eike mit der flachen Hand gegen die Tür. Obwohl er klein war, besaß er eine enorme Kraft in den Armen. Sein gedrungener Körper schien zu vibrieren, während er immer lauter redete und sein Gesicht eine dunkelrote Färbung annahm. »Verarsch mich bloß nicht«, rief er.

Maren warf einen ängstlichen Blick zur Kamera über der Tür.

»Solche wie dich kenn ich. Mein Bruder ist so einer. Ihr seid alle feige und verlogen. Wenn's drauf ankommt, verpisst ihr euch zu Mami. Bei den Mädchen kommst du groß raus, Conrad, das kann jeder. Du tust bloß so, und in Wirklichkeit geht es dir am Arsch vorbei, wie's den andern geht und was eigentlich los ist. Weil du nur an dich selber denkst, die ganze Zeit. Du überlegst dir, wie du dich wegschleichen kannst, ohne dass wer was merkt. Stimmt's? Ich sag dir mal was, hör zu. Hör mir bloß zu, sonst komm ich rüber und tret dir wohin, dass du dir wünschst, du wärst ein Mädchen. Linus ist genau so einer wie du, der rührt keinen Finger für irgendwen, nur für sich selber. So ist das bei uns in der Familie, hat er von seinem Vater geerbt. Mein Alter lebt nicht mehr.

Hör zu. Er will Fußballprofi werden. Denkt, er kriegt das hin ...«

»W-wie der L-Leon«, sagte Maren und sah an Eike vorbei zur Tür. »D-der w-will auch F-Fußballer w-werden. H-hat er erzählt, d-das ist s-sein T-Traum ...«

»Halt deine Klappe. Halt bloß die Klappe. Ich will, dass du nie wieder was sagst. Kapiert?« Eike beugte sich vor und schrie zum Tisch. »Nie mehr wieder, so lang ich hier bin, hast du das kapiert, blöde Kuh?«

Danach war es vollkommen still.

Eike keuchte. Conrad starrte ihn ebenso erschrocken wie ratlos an. Auch in der Nacht hatte Eikes Stimme wie die eines gehetzten Tieres geklungen und sein schweißnasses Gesicht hatte geglüht. Conrad fürchtete sich vor dem fünf Jahre Jüngeren.

»Drehst du jetzt durch?«, sagte Sophia.

»Was? Was?«, schrie Eike.

Maren rechnete jeden Moment damit, dass jemand die Treppe herunterkäme, die Tür aufreißen und grausame Dinge mit ihnen anstellen würde. Bisher hatten sie nur Leon abgeholt, den kleinen Schmächtigen, dachte Maren, den Sophia so gern hatte, und sie auch. Unter dem Tisch griff sie nach Sophias Hand, die kalt war wie Schnee.

»N-nicht so l-laut, bitte, Ei-Eike, b-bitte.«

Eike verzog den Mund und wandte sich wieder an Conrad, der unter der Decke die Hände ineinanderkrallte. »Vergiss die Mädchen, Mann. Hör mir zu. Verstehst du, was ich dir sagen will, Blödschädel? Ich bin extra wegen dem Linus zu dem Scheißturnier gefahren. Denkst du, das interessiert mich, wie der Versager über den Ball haut? Profi will der werden und kann nicht mal einen Ball stoppen. Aus der Luft.«

Eike hob das rechte Bein und streckte den Fuß mit der grauen Socke. Die drei anderen sahen wie gebannt hin. Conrad dachte an seinen Vater und sagte keinen Ton.

»Hab meine Mutter bequatscht, und sie hat mich mit dem Auto vom Dorf hingebracht, zwanzig Kilometer. Sie fand das gut, dass ich mich mal für den Sport meines Bruders interessier. Wieso denn? Wie scheiße blöd war das? Glotz mich nicht so an.

Keine Ahnung, wieso ich das gemacht hab. Weil er mich niedergequatscht hat, am Tag vorher. Er wollt unbedingt, dass ich mitkomm, sagt, zu dem Ding reist extra ein Trainer vom DFB an und schaut sich Spieler an. Ja und? Ihn vielleicht? Den Linus? Niemals. Aber ich wollt ihn nicht fertigmachen, der war eh schon fertig.

Verstehst du, was ich mein, Blödschädel? Ich hab mich überreden lassen, und meine Mutter fährt mich auch noch hin. Einfach nur blöde. Jetzt erklär mir, wieso ich das gemacht hab? Sag was! Los.

Nein? Genau. Wie mein Bruder. Der glotzt auch immer so in die Gegend und hat keinen Dunst von nichts. Zweinull zur Halbzeit, für die anderen, für wen sonst? Und mein Bruder? Erst mal Foul am gegnerischen Stürmer, gelbe Karte. Alles klar? Fünfte Minute, Linus ist zu langsam, der Ball tausend Meter weit weg, also haut er den Spieler um. Der Spieler muss ausgewechselt werden, Bänderriss. Von jetzt an wird er ausgepfiffen, und zwar bei jedem Ballkontakt. Logisch. Einsnull, zweinull, wo ist der Spieler mit der Nummer 6? Wo? Genau, nirgends.

In der Halbzeit hör ich, wie einer der Betreuer sagt, dass sie in der nächsten Saison dringend einen Ersatz für Linus finden müssen. Und der denkt immer noch, er wird gleich vom DFB gekauft und spielt in der nächsten Saison neben Schweini in der Nationalmannschaft.

Erklär mir mal, wie man so blöde sein kann.

Sie haben ihn weiterspielen lassen, ich hab ihn noch aus der Kabine kommen sehen. Brutaler Irrwitz.«

Er blinzelte, blickte in die Runde, keuchte wieder. Maren sah, dass Eike die Fäuste geballt hatte und seine Hände zitterten. Sophia hatte die Augen geschlossen und den Kopf gesenkt. Ihr Herz schlug so heftig, dass Maren es beinah für ihr eigenes hielt.

Eike ließ Conrad nicht aus den Augen. »Arschlöcher«, sagte er mit zuckenden Fäusten.

»U-und w-wie ging's a-aus?« Maren schaffte es einfach nicht, still zu bleiben. In der nächsten Sekunde dachte sie, der Junge würde sie dafür schrecklich bestrafen.

Und tatsächlich stürzte er auf den Tisch zu.

Sophia umklammerte Marens Hand noch fester. Wie ein Boxer trommelte Eike mit den Fäusten durch die Luft und brüllte: »Das weiß ich nicht, du dumme Kuh! Das weiß ich nicht. Weiß ich nicht.«

Es kam Maren vor, als würde Eikes Atem ihr Gesicht anzünden. »Das ist doch alles Scheiße, was du hier fragst! Wie soll ich das wissen? Das geht doch nicht. Ich war doch nicht mehr da! Kapierst du das nicht, du dumme Nuss? Wieso kapierst du das nicht?«

Er hörte auf, durch die Luft zu schlagen, und packte beide Mädchen an den Haaren. Sie saßen steif da und trauten sich nicht, ihm ins Gesicht zu sehen. Wieder und wieder zerrte er an ihren Haaren, aber sie unterdrückten ihre Schmerzen. Maren wimmerte leise, was er nicht zu hören schien.

»Ihr seid so sinnlos. Ich erklär euch die ganze Geschichte, und ihr hört überhaupt nicht zu. Wieso seid ihr so? Wieso macht ihr das mit mir? Bezahlen die euch da oben? Dass ihr so seid? So gemein und so … so …«

Er wusste kein Wort mehr und ließ die Mädchen los. Tränen rannen über Marens Gesicht und Sophia presste wieder die Augen zu. Ihre Kopfhaut war eine einzige Glut.

Eike fuchtelte mit den Armen, schüttelte sie ununterbrochen aus, als wären sie ihm eingeschlafen. Er drehte sich im Kreis, warf den Kopf hin und her und sah aus, als hätte er die Orientierung verloren. Er taumelte gegen die Tür, dann gegen die Wand, schlenkerte weiter wie wild mit den Armen und hielt abrupt inne.

Mit weit aufgerissenen Augen sah er sich um, wie jemand, der aus einem Albtraum erwacht war und sich in fremder Umgebung wiederfand. Er keuchte laut und schwankte.

Als er sich halbwegs beruhigt hatte, grinste er Maren an. »Hab mir ein Eis kaufen wollen«, sagte er mit müder, fast sanft klingender Stimme. »Da taucht der Typ auf und fragt mich was und ich geh mit ihm mit. So war das. Genau. Keine Ahnung, wie das Spiel ausgegangen ist. Achtnull? Zwei Eigentore von meinem Bruder?« Er wollte grinsen, schaffte es aber nicht.

Niemand sagte etwas.

Maren hörte auf zu weinen und lehnte den Kopf an Sophias Schulter, die ihre Augen wieder geöffnet hatte und zur Kamera über der Tür sah.

Conrad streifte die Decke ab und streckte die Beine. »Hör mal, Eike«, sagte er gleichmütig. »Solltest du nicht endlich anfangen, das Klo zu putzen?«

Weder Conrad noch die Mädchen hatten mit so einem Sprung gerechnet.

Eike machte nur einen halben Schritt nach vorn und hechtete dann auf Conrads Matratze. Er schlang den Arm um den Hals des Jungen und drückte zu. Conrad japste, schlug um sich, zappelte mit den Beinen und hatte keine Chance. Eike nahm den zweiten Arm zu Hilfe und drückte fester zu. Aus Conrads Mund rann Spucke, er röchelte und verdrehte die Augen.

In dem Moment, als Sophia aus ihrer Erstarrung erwachte, wurde die Eisentür geöffnet. Zwei Männer kamen herein. Einer von ihnen schlug Eike mit einem Baseballschläger nieder. Der andere rief den Mädchen zu: »Umdrehen!«

Sie warfen sich auf den Boden, umarmten sich gegenseitig und schlossen die Augen.

Einer der Männer schleppte den benommen auf der Matratze liegenden Eike nach draußen, der andere warf die Decke über den verzweifelt nach Luft schnappenden Conrad. »Du machst in der Woche das Klo«, rief er, schlurfte nach draußen, schlug die Tür zu und sperrte ab. Die Schritte der beiden waren schnell verklungen.

Oben steckten sie Eikes Kopf mehrmals in einen Kübel mit eiskaltem Wasser. Der Junge musste am Leben bleiben. Die Frau hatte, während sie Eikes Monolog auf dem Monitor verfolgte, erklärt, sie habe ein paar neue Ideen, wie der Kleine doch noch zu gebrauchen wäre.

Im Keller war es still.

Die beiden Mädchen knieten vor der Wand, noch lange, nachdem die Männer Eike mitgenommen hatten. Conrad lag zusammengerollt unter seiner Decke, die Hände vorm Gesicht, stumm und frierend.

Irgendwann begann Maren zu summen. Sophia stimmte ein und sie erfanden eine Melodie. Sie summten so lange weiter, bis Conrad mit schleppenden, schweren Bewegungen ins Bad ging und anfing zu putzen.

An diesem Tag sprachen sie kein Wort mehr.

Als Leon zurückgebracht wurde, warteten die Mädchen geduldig, bis er seine üblichen Runden im Kreis gelaufen war und auf der Matratze in sich zusammensackte. Dann gingen sie zu ihm, knieten sich hin, legten die Arme um ihn und drückten ihn an sich.

Conrad saß auf einem Stuhl am Tisch und schaute zu, bis Sophia ihm zuwinkte. Auf Zehenspitzen, als wäre dies eine Regel, ging er zu ihnen, kniete sich ebenfalls hin und legte seine Arme um die Schultern der Mädchen.

So verharrten sie, mit Leon in ihrer Mitte, der sich geborgen fühlte wie schon ewig nicht mehr.

Zweiter Akt

6

Seit dem Montag, als die Männer Eike abgeholt hatten,
waren fast zwei Wochen vergangen. Sonst hatte sich nichts
geändert, die Tage der Jugendlichen vergingen in Gehorsam und Stillschweigen. Über ihre Erlebnisse im Haus
verloren sie noch immer kein Wort. Sie redeten vor sich
hin, schauten gelangweilt fern, bildeten sich ein, ihre
Wunden und Furchtblicke voreinander verbergen zu können, und waren erleichtert, wenn abends das Licht ausging.

Vor allem Leon wusste kaum, wohin mit den in ihm
wütenden Bildern und dem Zorn, der ihn neuerdings wie
ein fremder hinterhältiger Schatten begleitete. So etwas
hatte er noch nie empfunden. Dass er trotzig sein konnte,
wusste er, darüber hatte sich die Frau Berger schon in der
ersten Grundschulklasse aufgeregt. Dabei wollte er auf
dem Bürgersteig bloß noch eine Weile den Baum mit den
bunten Blättern anschauen, die in seinen Augen mehr Farben hatten, als er überhaupt kannte. Und Frau Berger tat
so, als würde die Fußgängerampel erst morgen wieder
grün werden. Später fand er Trotzigsein lustig. Besonders,
wenn seine Mutter meinte, er solle endlich aus dem Zug

gehen. Dann blieb er minutenlang stehen, mitten im hereinwehenden Wind. Seine Mutter nannte ihn sturig.

Was das bedeutete, hatte er schnell begriffen, und auch, wie es sich anfühlte. Doch was ihn jetzt umtrieb und grimmig machte wie Eikes Boss-Hund, war ihm ein Rätsel.

Leon kannte das nicht: zornig sein. So wenig wie er bestimmte Farben kannte, die die Blätter im Herbst annahmen, obwohl sie vorher einfach nur grün gewesen waren.

Die Frau hatte ihn dazu gebracht, so etwas zu empfinden.

Der Mann, der ihn abholte, führte ihn nur noch zu ihr, nicht mehr in den Raum mit dem Käfig. Das Zimmer der Frau sah aus wie ein gewöhnliches Schlafzimmer, mit einem breiten Bett, einem weißen Schrank, einem Tisch am Fenster, vor dem die Rollos heruntergelassen waren.

Immer wenn er an all das dachte, zwang er sich, damit aufzuhören. Er bildete sich ein, sie könnten seine Gedanken hören. Der Ekel und sein Zorn verschwanden trotzdem nicht.

Beim ersten Mal in dem Zimmer war er an der Tür stehen geblieben. Wenn er daran dachte, was die Frau getan hatte, bloß weil er sturig sein wollte – aus einem irren unerklärlichen Überschwang heraus –, fing er an zu weinen.

Zwei Stunden hatte er in der Ecke neben der Tür stehen müssen, ohne Hemd und Hose.

Wahrscheinlich hätte er vor Schmerzen sowieso nicht sitzen können.

Nicht einmal sein Blut tröstete ihn, das er an seinem Rücken ertastete.

Seitdem tat er alles, was die Frau von ihm verlangte.

Und an diesem Samstag trieb sein Zorn ihn Runde um Runde durch den Kellerraum, bis er erschöpft zusammenbrach. Sein Schluchzen verwandelte sich in einen Schluckauf, an dem er fast erstickte.

Nachdem er ein wenig zur Ruhe gekommen war und sich gerade unter der Decke verstecken wollte, hörte er Sophias Stimme, die ihm so klar und stark vorkam wie noch nie.

»Ach, wie haben wir's gut hier«, sagte sie. »Wir werden geliebt, ist das nicht wundervoll?«

Sie saß am Tisch, in ihrem blauen Sweatshirt und ihrer weißen Hose, die Beine angewinkelt, die Füße auf dem Stuhl, und lächelte Leon an. Er wischte sich mehrmals übers Gesicht, als könne er dann besser denken oder als würden sich ihre Worte dann in andere, verständliche verwandeln. Er verstand überhaupt nicht, was Sophia ihm sagen wollte. Eigentlich war er zu erschöpft, um sie anzustarren. Dann tat er es doch, wie automatisch, und sie lächelte wieder.

»Wir sind Glückskinder. Komm setz dich zu mir«, sagte Sophia.

Nach einer Weile erhob Leon sich schwerfällig, verschränkte die Arme, machte einen Schritt und blieb stehen. Ohne es zu merken, neigte er den Kopf abwechselnd nach rechts und links und ließ das Mädchen nicht aus den Augen.

Sie waren die Einzigen im Raum.

Auch Sophia legte den Kopf schief, seufzte und schwieg.

Abrupt hielt Leon inne, kniff die Augen zusammen und setzte sich behutsam auf den Stuhl an der Längsseite des Tisches, mit dem Rücken zur Tür.

Nachdem es eine Weile totenstill gewesen war, sagte Leon: »Du spinnst.«

Sophia strich ihm über den Kopf und über die Wange. Die Berührung war so sanft, dass Leon beinah wieder angefangen hätte zu weinen. Mit aller Macht unterdrückte er seine Tränen.

»Du auch«, sagte Sophia. »Deswegen passen wir so gut zusammen.«

Er hatte schon wieder keine Ahnung, wovon sie redete.

Ähnlich wie ihre erste Begegnung würde Leon auch diesen letzten Samstag im September mit ihr niemals vergessen. Sophia hatte ein Spiel erfunden und er durchschaute auch nach Stunden das einfache Prinzip nicht. Er spielte bloß mit, ohne zu wissen, wobei. Er redete wie sie, sagte Sätze, die für ihn sinnlos und genauso übertrieben klangen wie die von Sophia.

Bald fand er das Spiel lustig. Vor allem, als der Mann kam und die Tür zum Lüften offen stehen ließ, während er im Kellerflur wartete. Wie immer an den Lüftungstagen saßen sie mit dem Rücken zur Tür auf der Matratze und starrten die Wand an. Normalerweise schwiegen sie dabei. Diesmal jedoch hörte Sophia nicht auf zu reden und Leon machte nach einigen Minuten mit.

»Ich will hier nie wieder weg«, sagte sie. »Hier sind wir in Sicherheit.«

Leon dachte eine Zeit lang nach, bevor ihm nichts dazu einfiel.

»Wir kriegen was zu essen. Das Zimmer ist warm. Und wenn wir brav sind, kann uns nichts passieren.« Sie hörte Schritte. Vermutlich kam der Mann hinter ihnen näher und blieb in der Tür stehen, um besser zuhören zu können. »Ich wollt eh von zu Hause weg. Was meinst du, Leon, sollen wir mal fragen, ob uns die Leute adoptieren?«

Es kam ihm vor, als würden in seinem Kopf die Gedanken anfangen zu dribbeln. Sophias Bemerkungen machten ihn schwindlig. Bevor er einen Ton herausbrachte, redete sie schon weiter. Die Luft um ihn herum wurde kälter. Leon bildete sich etwas ein, das ihn so sehr beschäftigte, dass er erst einmal nicht zuhören konnte.

In der Luft, glaubte er, lag ein Geruch nach frisch gebackenem Kuchen. Er überlegte, welcher Kuchen es sein könnte. Dann fiel ihm ein, wie er vor Kurzem an Marens Ohr geschnuppert hatte und an Pflaumenkuchen denken musste. Jetzt kam er nicht auf den Geruch, der von draußen hereinzog. Außerdem brachte Sophias Stimme ihn durcheinander.

»Hier haben wir alles, was wir brauchen«, sagte sie. »Hier drinnen ist es besser als irgendwo sonst. Hast du Hunger?«

»Nein«, sagte Leon wie automatisch. Eigentlich wollte er sie fragen, ob irgendetwas mit ihr nicht stimmte. Er wusste nicht, wie er es formulieren sollte. Und vielleicht meinte sie alles ja ernst.

Das war unmöglich.

Wovon redete sie überhaupt? Und warum hörte sie nicht damit auf? Und wie lange würde der Mann an der Tür noch zuhören?

»Wieso gibst du mir keine Antwort?«

»Was?«

»Sag auch mal was Schönes.«

»Weiß nichts.«

»Bist du gern hier?«

Nein, sagte Leon, aber das Wort kam nicht aus seinem Mund. Das verwunderte ihn maßlos. Er zog die Stirn in Falten und horchte, weil er fast sicher war, dass er etwas gesagt hatte.

Nichts passierte. Sophia drehte den Kopf zu ihm.

»Zur Wand schauen!«, blaffte der Mann. Leon zuckte zusammen und Sophia starrte reglos nach vorn zum grauen Beton.

In diesem Moment musste Leon wieder an das Zimmer oben im Haus denken, an die Frau, die ihm Befehle erteilte und ihn an sich zog und Dinge von ihm verlangte. Daran wollte er nicht denken. Er wollte an Sophia denken, die direkt neben ihm hockte und plötzlich nichts mehr sagte, was er unmöglich fand.

Langsam glaubte er zu begreifen: Sie redete sich was ein, um den Tag zu überstehen, die Anwesenheit des bösen Mannes, das Wegsein von Maren und Conrad, das schon mindestens drei Stunden dauerte. Sie hatte sich eine Strategie ausgedacht. Sie war viel schlauer als er.

Auch wenn Leon nicht ahnte, worauf sie eigentlich hinauswollte, flößte ihm ihr unerschütterliches Sprechen, das in seinen Ohren manchmal wie ein Singen klang, Vertrauen ein in etwas, von dem er keine Vorstellung hatte. Er wurde dann ganz ruhig und empfand ihre Nähe wie die seiner Mutter, wenn sie nachts an seinem Bett saß und ihn vor der Finsternis beschützte, einfach, indem sie ihm etwas erzählte.

»Ich schon«, sagte Sophia. »Ich bin gern hier.«

»Ich auch.« Auf einmal schienen die Worte auf seiner Zunge nur so herumzukugeln. »Und Pflaumenkuchen mag ich besonders gern, den gibt's hier immer.«

»Das stimmt. Und noch lieber hab ich Apfelkuchen. Mit Sahne. Sollen wir mal fragen, ob wir welchen bekommen?«

»Machen wir.«

Sophia hatte die Hände im Schoß gefaltet. Jetzt hob sie den Zeigefinger und bewegte ihn vorsichtig hin und her. Aus den Augenwinkeln schaute Leon dabei zu. Nach einigen Sekunden wurde ihm klar, was sie meinte.

Dabei hätte er den Mann hinter ihnen sowieso nicht gefragt. Das hätte er sich niemals getraut. Stattdessen sagte er: »Wir haben noch viel Zeit.«

Sophia lächelte, aber so kurz, dass Leon sich nicht sicher war, ob er richtig gesehen hatte. »Wenn wir nicht hier sein dürften«, sagte sie, »müssten wir in der Schule sein. Das wär schlimm.«

»Ganz schlimm.«

»Schlimmer als ganz schlimm.«

»Böse schlimm«, sagte Leon.

85

Er kam in Schwung. Die Luft, die von draußen hereinzog, wurde noch kälter, und er bildete sich ein, Salz zu schmecken. Er leckte sich die Lippen. Sie waren trocken und rissig und kamen ihm fremd vor. Nicht dran denken, dachte er und ballte die Fäuste und wiegte, ohne es zu merken, wieder den Kopf hin und her.

»In der Schule verpassen wir schon nichts.« Der Satz gefiel ihm, er hatte vorher keinen Moment darüber nachgedacht.

»Und wenn schon. Egal, Schwester Regal. Hauptsache, wir sind hier und glücklich.«

»Hauptsach, wir haben eine Traumsach.« Leon nickte und kratzte sich am Kopf. Sein Magen knurrte und er schnupperte hörbar.

»Schluss damit«, rief der Mann. Er hustete, schob die Eisentür zu und verriegelte sie. Dann knallte er ein Fenster zu und entfernte sich mit schlurfenden Schritten.

Stille.

Sophia ließ ihre Hände im Schoß kreisen. Leon sah hin und wieder weg. Dann wurde ihm bewusst, dass es keinen Grund gab, länger die Wand anzustarren, und er wandte sich um. Beine und Rücken taten ihm weh. Er dachte kurz nach, dann stand er auf und stemmte die Fäuste in die Hüften. Er fühlte seine Knochen und erschrak. Auch Sophia drehte sich um. Sie betrachtete den mageren Jungen in der grünen Hose und dem gelben ausgeblichenen Sweatshirt und wurde von maßlosem Mitgefühl überwältigt. Sie schluchzte so laut, dass Leon erschrocken herumfuhr und sie anstarrte wie vorher die Wand.

Was mit ihr passierte, wusste Sophia selbst nicht genau. Der schmächtige Kerl mit den strubbeligen blonden Haaren erbarmte sie einfach. So gekrümmt, wie er da stand, von einem versteckten, grausen Schmerz ausgemergelt, mit dem bleichen schönen Gesicht und den riesigen, immer ein wenig wässrigen hellen Augen, erschien er ihr wie eine jener Leidensgestalten aus der Bibel, die ihr Leben für Gott gaben und von den Menschen dafür bestraft wurden.

In diesem Augenblick kam ihr der Zwölfjährige wie ein Märtyrer vor, der niemals etwas verbrochen hatte und trotzdem bis an sein Lebensende für die Verbrechen anderer büßen musste.

»Was ist los?«, fragte Leon mit leiser Stimme.

»Du ...« Weiter kam sie nicht. Sie schlug die Hände vors Gesicht, erhob sich schwankend und ging ohne ein weiteres Wort ins Badezimmer. Sie schloss die Tür und fing an zu weinen.

Verdutzt schaute Leon die geschlossene Tür an. Bevor der Mann ihn unterbrochen und die Tür geschlossen hatte, wollte er noch hinzufügen, dass er seine Traumsach gern mit Sophia teilen würde. Zum Beispiel einmal mit dem Segelflieger durch die blaue Luft schweben, schwerelos wie Vögel, und unten die winzigen Dörfer vorüberziehen lassen, stundenlang, bis der Wind aufhört. Was Ähnliches hatte er schon einmal geträumt und nach dem Aufwachen seiner Mutter erzählt. Sie meinte, das sei eine positive Botschaft, bestimmt würde er wieder vom Fliegen träumen.

Aber das war nicht passiert. Also hatte er sich den einen Traum fest eingeprägt. Vielleicht, hatte er vorhin gedacht, würde der Traum in seinen Kopf zurückkehren, wenn er Sophia davon erzählte und sie bat, mitzukommen in der Nacht.

Gemeinsam mit ihr in einem Traum – das war eine so leuchtende Vorstellung, dass er in ihr versank und erst wieder den Kopf hob, als Sophia direkt vor ihm stand.

»Geh deine Hände waschen«, sagte sie. Ihre Stimme hatte wieder den glockenklaren Klang wie immer. »Und wenn du magst, unterhalten wir uns dann weiter.«

Leon betrachtete seine Hände. Seiner Meinung nach waren sie nicht schmutzig, aber er wollte ihr nicht widersprechen. Er fand, das wäre jetzt nicht der richtige Zeitpunkt.

Im Bad schloss er ebenfalls die Tür, und als er sich übers Waschbecken beugte, stutzte er. Auf dem weißen Untergrund klebte rotblaue Zahnpasta. Als er genauer hinsah, erkannte er, dass es zwei Wörter waren. Jemand hatte ins Waschbecken geschrieben: *GEGENTEIL! PSSST!*

Niemand wusste, ob auch im Bad eine Kamera installiert war. Leon glaubte es nicht. Trotzdem beugte er sich so weit nach vorn, wie er konnte, damit nur er die Zahnpastaschrift lesen konnte.

GEGENTEIL! PSSST!

Wahrscheinlich, dachte er, war er doch nicht so dumm, wie er sich oft fühlte. Die ganze Zeit schon hatte er den Eindruck gehabt, Sophia würde genau das Gegenteil von dem erzählen, was stimmte. Er hatte bloß nicht kapiert, wieso. Er kapierte es immer noch nicht.

Mit beiden Händen wischte er die Zahnpasta in den

Abfluss, wusch seine Hände ausgiebig mit Seife, trocknete sie an einem der vier Handtücher ab und hielt inne. Wie er sich gleich verhalten sollte, wusste er nicht genau, nur, dass er von nun an Sophia vollkommen vertrauen musste.

Egal, was geschah, sie war seine Verbündete. Wie früher seine Mutter. Und noch besser: Sophia war da, nah und gut duftend, und sie würde ihn nicht verlassen. Im Gegenteil: Er würde alles tun, damit sie bei ihm blieb.

Ich bin vielleicht gerettet, dachte er, als er die Tür zum Kellerraum öffnete.

Er sah noch, wie einer der Männer Sophia am Genick gepackt hatte und nach draußen führte. Über den Kopf hatten sie ihr einen Leinensack gestülpt. Der zweite Mann verriegelte die Tür, und es dauerte keine Minute, bis es wieder still war.

Leon stand an der Badezimmertür. In seinem Bauch brannte ein Scheiterhaufen.

7

Zweieinhalb Tage blieb Leon allein. Am Dienstagmorgen, erster Oktober, kam Conrad in den Keller zurück, und Leon erkannte ihn nicht sofort. Conrad stand da, die Hände überkreuz vor seiner roten Trainingshose, mit ausdruckslosem Blick, wie erstarrt, nachdem der Mann die Tür verriegelt hatte. Die Augen fixierten einen Punkt oberhalb von Leon, der noch immer auf der Matratze kniete und vor Schreck die Luft anhielt.

Conrads aschefarbene Gesichtshaut schien sich über seinen gesamten Kopf zu spannen. Obwohl Leon sich dafür schämte, dass er seinen Freund wie ein Monster anstarrte, konnte er nicht damit aufhören.

Conrad hatte keine Haare mehr. Sein Kopf war kahl geschoren. Seine Augen kamen Leon wie zwei runde Monde bei der Sonnenfinsternis vor, die er mal im Fernsehen gesehen hatte.

So schwarz und groß waren Conrads Augen noch nie gewesen. Im ersten Moment hatte Leon gedacht, der Mann hätte einen anderen Jungen gebracht und diesem vorher Conrads Hose und Sweatshirt angezogen.

In diesem Moment, da sein Gegenüber keinen Mucks

von sich gab und mit einem Angst einflößenden Blick über ihn hinwegschaute, dachte Leon, er habe mit seiner Vermutung vielleicht doch recht und der Junge war gerade erst gekidnappt worden.

»Ich …« Leon musste einen zweiten Anlauf nehmen. Er keuchte mit offenem Mund, weil er die Luft zu lange angehalten hatte. »Bist du … Conrad?«

Die Antwort kam so schnell aus dem Mund des maskenartigen Gesichts, dass Leon erschrak. »Ja.«

»Aber … aber …«

»Sie haben mich geschoren.«

»Ja, aber … aber wieso …«

»Sie wollten es so.« Es sah aus, als würde Conrads Mund von alleine sprechen. Der Rest seines Gesichts und Körpers blieb starr.

»Tut das weh?« Leon rieb, ohne es zu merken, die Knöchel seiner Fäuste aneinander.

»Geht schon.«

»Wo warst du denn so lang?«

»Oben.«

»Aber so lang.«

»Sie wollten es so.«

»Hast … hast du Hunger, Conrad?«

»Nur Durst.«

»Ich hol dir einen Saft.« Leon blieb sitzen und blickte weiter zu Conrad hinauf, der nicht aussah wie Conrad. Dann fiel ihm ein, was er versprochen hatte, und er sprang auf.

Conrad schaute ihn an. Seine Augen wie schwarze Monde, die ewig weit weg waren. »Danke.«

»Wart, ich bring dir das Glas.« Leon ging zur Anrichte und schraubte die Flasche auf. Hinter ihm ertönte eine Stimme, die ihn schon wieder erschreckte. Er drehte sich um.

»Du«, sagte Conrad. »Ich hab deinen Namen vergessen.«

Eine Sekunde lang glaubte Leon, der andere wolle ihn verarschen. Dann sah er diesen Blick und diesen bleichen unwirklichen Schädel und sagte: »Macht nichts, du bist ja noch nicht so lang da. Ich bin der Leon.«

»Entschuldige, Leon.«

Leon hatte genau hingesehen: Der Mund hatte sich nicht bewegt.

»Da sind auch noch Kekse.« Verwirrt wandte Leon sich um und goss Orangensaft in ein Glas. Er fürchtete sich ein wenig davor, Conrad schon wieder ins Gesicht sehen zu müssen.

»Nur was trinken, bitte.«

Leons Hand zitterte, als er ihm das Glas reichte. Conrad umklammerte es mit beiden Händen, trank einen Schluck und schnaufte. Zum ersten Mal, seit Leon ihn beobachtete, schloss Conrad für eine Weile die Augen. Dann öffnete er sie wieder und leerte das Glas in einem Zug. Er stöhnte leise, gab ein paar schmatzende Geräusche von sich, hielt das Glas mit beiden Händen vor dem Bauch. »Danke, Leon. Du bist ein Freund.«

»Du bist auch ein Freund«, sagte Leon unbeholfen. Er nahm Conrad das Glas aus der Hand und wusste nicht, wohin damit. Aus einem unbestimmten Grund wollte er

seinen Freund jetzt nicht allein stehen lassen. Dabei war
die Anrichte nur drei Schritte entfernt. Auf keinen Fall ab-
hauen, dachte Leon, bestimmt will er gleich was erzählen.
Doch Conrad schwieg.

Zwei, drei Minuten lang. Leon stand dabei, und es
machte ihm nichts aus. Auch als Conrad sich auf seine
Matratze fallen ließ, verharrte Leon, obwohl er fürchtete,
sein Freund habe sich wehgetan. Conrad klappte zusammen wie eine Puppe. Er zog die Beine an den Körper,
krümmte den Rücken, legte die Hände vors Gesicht und
blieb so für mehrere Stunden.

In dieser Zeit putzte Leon das Bad, obwohl es nicht
besonders schmutzig war, und lief hin und her, von einer
Wand zur anderen.

Irgendwann setzte er sich an den Tisch und weinte in
sich hinein. Dauernd sah er Conrads Bild vor sich, das
bleiche Gesicht, die riesigen Augen, den kahlen runden
Kopf, der aussah, als wäre er aus schmutzigem Plastik. Ab
und zu warf er einen Blick zur Matratze, auf der Conrad
regungslos lag und wahrscheinlich schlief.

Das stellte Leon sich schön vor: Wie sein Freund in
einem großen Auto durch eine leuchtend helle Landschaft
fährt, mit offenem Verdeck, seine Haare wehen im warmen Wind und seine Augen leuchten vor Vergnügen. Wie
zur Bestätigung nickte Leon ein paar Mal, warf wieder
einen Blick zur Matratze und klemmte die Hände unter
die Oberschenkel.

Auf diese Weise verbrachte Leon ungefähr eine Stunde,
ohne zu merken, wie die Zeit verging.

Er versuchte, sich an die Sätze zu erinnern, die Sophia ihm aus der Bibel vorgelesen hatte. Sie fielen ihm nicht mehr ein. Er wusste nur noch, dass Gott die Welt erschaffen hatte, aber nicht mehr, wieso. Hatte Sophia das überhaupt erzählt? Und wo blieb sie so lange? Und Maren. Und Eike.

Angestrengt dachte Leon darüber nach, wie lange Eike schon fort war. Mindestens zwei Wochen.

»Voll hart«, sagte er, und Conrad ruckte mit dem Kopf. »Entschuldige, wollt dich nicht erschrecken.«

Conrad gab ein dunkles, heiseres Brummen von sich. Kurz darauf fing er an, eine Melodie zu summen, in sein Kissen hinein, nur für sich selbst. Leon fand, es hörte sich gespenstisch an. Er wollte nicht hinhören, traute sich aber auch nicht, sich die Ohren zuzuhalten, weil Conrad dann beleidigt gewesen wäre. Die Melodie erinnerte Leon an einen Film, den er einmal nachts mit seiner Mutter gesehen und bei dem er sich gefürchtet hatte, was er sich aber nicht anmerken ließ. Allerdings, das fiel ihm jetzt ein, hatte sie ihm mitten im Film den Arm um die Schulter gelegt und ihn an sich gedrückt. Vor Zufriedenheit hatte er die Augen geschlossen und für eine ziemlich lange Zeit seinen Schrecken einfach vergessen.

Dann hörte Conrad abrupt auf zu summen.

Im Kellerflur waren Schritte zu hören.

Mit einer schnellen Drehung sprang Leon vom Stuhl und kniete sich vor die Wand. Conrad kroch zu ihm, setzte sich auf seine Beine und stützte sich mit beiden Händen ab. Hinter ihnen wurde die Eisentür geöffnet. Sie hörten jemanden hektisch atmen, und ein Mann sagte: »Parieren, sonst graben wir euch lebendig ein.« Er schlug die Tür zu, verriegelte sie und ging weg.

Nach einem Moment drehten die beiden Jungen sich gleichzeitig um.

Statt ihrer Trainingshosen und den Sweatshirts trugen Maren und Sophia weiße, bis zum Boden reichende Kleider, die ihnen viel zu weit waren. Die Mädchen standen nebeneinander und hielten sich an den Händen. Weder Leon noch Conrad wussten, was sie sagen sollten. Die Mädchen sahen unverändert aus, unverletzt.

Was Leon unheimlich fand, war, dass Maren und Sophia nichts sagten und ähnlich wie Conrad bei seiner Rückkehr mit starrem Blick zur Wand schauten. Und dass sie nicht zu atmen schienen. Wie die Umhänge von Puppen hingen die Kleider an ihnen herunter. Leon sah, dass die beiden barfuß waren. Und sie machten auf ihn den Eindruck, als hätten sie noch gar nicht bemerkt, dass Conrad keine Haare mehr hatte.

Conrad schwankte. Ihm war schwindlig vor Schmerzen, aber er dachte, er müsse sich genauso zusammenreißen wie Leon.

Je länger Leon keinen Ton herausbrachte, desto schuldiger fühlte er sich. Da war kein einziges Wort in ihm, das er gebrauchen konnte. Als hätte er sämtliche Wörter ein für alle Mal vergessen.

Minuten verstrichen.

Ohne ihren Blick zu verändern, sagte Maren: »H-hallo zu-zusammen.«

»Um Gottes willen«, sagte Sophia.

Im ersten Moment wussten beide Jungen nicht, was sie meinte.

»Ist nicht so schlimm«, erwiderte Conrad mit seiner heiseren Stimme, die Leon immer noch einen Schrecken einjagte.

»Ist schon schlimm.« Sophias Stimme klang hohl, nicht mehr klar und stark wie vorher. Leon schaute sie an und blinzelte heftig, um seine Tränen zu verscheuchen.

»W-willst du zu-zuerst ins B-Bad?« Maren hatte den Kopf zu ihrer Freundin gedreht.

»Geh du.«

Im nächsten Moment riss Maren sich von Sophias Hand los, stürzte ins Bad und schloss die Tür.

Wieder verging Zeit in Stille. Sophias Blick wanderte von einem Jungen zum anderen, immer wieder.

Aus einem Grund, der ihnen seltsam erschien, standen Leon und Conrad plötzlich so eng beieinander wie vorher die Mädchen und berührten sich, wie sie, an den Schultern. Leon brachte immer noch keinen Ton über die Lippen. Conrad konzentrierte sich so sehr auf die stummen Schreie seines Körpers, dass er nichts von dem wahrnahm, was vor und neben ihm passierte. Auch als Sophia schließlich etwas sagte, reagierte er nicht.

»Sie können uns im Bad sehen.«

Alles, was Leon gelang, war ein Nicken.

»Ich hab alles falsch gemacht. Aber ich lebe noch. Und ich will auch weiterleben.«

Sie hatte noch ihre Haare und sah so aus wie immer,

96

trotzdem war Leon sich einen Moment lang – wie vorher bei Conrad – nicht sicher, ob sie dieselbe Person war. Ihre Stimme hörte sich falsch an. Und das, was sie sagte, auch. Er öffnete den Mund. Sophia sah hin. Verzweifelt schloss er seinen Mund wieder und ließ den Kopf hängen.

»Ich soll euch ausrichten, wir bekommen heut kein Abendessen«, sagte Sophia.

Wortlos ging Conrad zu seiner Matratze, ließ sich fallen und drehte sich zur Wand, ohne sich zuzudecken.

»Geht's dir denn gut?«, fragte Sophia Leon.

»Ja.« Seine schnelle Antwort verwirrte ihn.

»Da bin ich froh.«

Für seinen nächsten Satz brauchte er mehrere innere Anläufe. »Und wie geht's dir und wo warst du so lang?«

Nach einem Blick zur Badezimmertür, hinter der kein Geräusch zu hören war, strich Sophia Leon über die Wange und griff nach seiner Hand, die genauso kalt war wie ihre.

»Ich bin im Paradies gewesen«, sagte sie. »Im Lande Kusch.«

Schon wieder begriff er nicht, wovon sie sprach. Er hätte sich gern an den Tisch gesetzt und vielleicht ferngesehen. Er war so froh, dass Sophia und Maren wieder da waren, schaffte es aber nicht, das zu sagen. Etwas hatte sich böse verändert. Auch wenn die Mädchen keine Verletzungen hatten – zumindest nicht im Gesicht und an den Händen – und andere Kleider trugen, traute er dem Anblick nicht. Und obwohl die Kleider, wenn er sich nicht täuschte, sogar ein wenig nach frischer Wäsche rochen, glaubte er nicht, dass sie neu und sauber waren.

Das war eigentlich das Schlimmste für ihn: Dass er die ganze Zeit den Eindruck hatte, die Mädchen spielten ihm etwas vor. Sie haben sich verkleidet, dachte er, und tun so, als kämen sie aus den Ferien, und jeden Tag hätte die Sonne geschienen.

Aber – und das hatte er genau gesehen und sich nicht eingebildet – in ihren Augen schien überhaupt keine Sonne. Sophias Augen waren weniger grün als früher, fast farblos, und Marens Augen waren nicht mehr braun, sondern grau.

Was mit ihnen geschehen sein mochte, konnte Leon sich nicht im Geringsten vorstellen. Er wusste, was sie mit ihm machten, und Conrad hatten sie die Haare vom Kopf geschnitten, so dass er aussah wie ein Soldat aus einem amerikanischen Film.

»Wieso denn?«, fragte er laut.

»Bitte?« Sophia sah ihn verwundert an. Dann lächelte sie, was ihm unecht vorkam. Welchen Grund sollte sie haben zu lächeln? Er hatte jedenfalls keinen. Dass er etwas gesagt hatte, war ihm immer noch nicht klar. In seinem Kopf herrschte ein Gedankenverhau.

»Was meinst du damit, Leon?«

Er hörte seinen Namen und fragte sich plötzlich, was an ihm alles anders geworden war und wieso niemand ihn darauf ansprach?

Mit einem Mal schwankte er. Er spürte Sophias eisige Hand und wollte sie drücken. Ihm fehlte die Kraft dazu. Seine Finger waren wie eingefroren.

»Ist dir schlecht, Leon?«

Er kam nicht dazu, eine Antwort zu geben. »Sollen wir uns an den Tisch setzen?«, fragte Sophia.

Abwesend schüttelte er den Kopf.

»Ich bin ja wieder da.«

»Ja«, sagte sein Mund. Leon hob den Kopf. Bevor er kapierte, was geschah, lehnte Sophia ihre Stirn an seine, griff nach seinen Händen und hielt sie fest.

»Bleib so«, flüsterte Sophia.

Was sonst hätte er tun sollen? Vor ihm drehte sich alles. Oder trieben ihn bloß seine Gedanken im Kreis herum? Ohne den Kopf zu bewegen, versuchte er, einen Blick auf Conrads Matratze zu werfen. Conrad schien zu schlafen.

Dann bewegte Leon die Augen nach links, in Richtung Badezimmer. Die Tür war geschlossen, kein Laut zu hören.

Flüstern war verboten, dachte er.

Ruckartig beugte er den Kopf nach hinten. »Wie war's im Paradies?«, fragte er, aus Panik und weil er laut sein musste.

Sophias Lächeln war schneller vorbei, als er einmal blinzeln konnte.

»Schön war's«, sagte sie. »Ich hab viele Bäume gesehen und Flüsse, und mich hat keine Schlange gebissen.«

»Was für eine Schlange?« Er sah ihr in die Augen und wollte das grasgrüne Grün wiederhaben, das ihn immer so ruhig gemacht hatte.

»Die böse Schlange. Weißt du?«

Er wusste es nicht und sagte: »Weiß schon. Und was noch?«

»So vieles.«

»Hab dich nicht verstanden«, sagte er mit ernster Miene.

Sie hob ihre Stimme. »Viel Schönes. Hast du auch was Schönes erlebt?«

Er ließ Sophias Hände los, obwohl er es nicht wollte. Sophia sah zur Badezimmertür. Während Leon redete, änderte sie ihre Haltung nicht.

»Ich hab sauber gemacht. Und im Fernsehen einen Film von einem Seelöwen gesehen, der auf Autos gesprungen ist. Die haben ihn geärgert. Er ist an Land gerobbt und hat sie kaputt gemacht, lustig war das.«

Sophias Kopf fuhr herum. »Hast du gelacht?«

»Was?«

»Ob du gelacht hast.«

»Worüber denn?«

»Über den Seelöwen.«

»Weiß nicht mehr.« Leon schunkelte mit dem Kopf. »Das war in Australien, glaub ich. Das war ein riesiger ...«

Sophia packte seinen Kopf mit beiden Händen und hielt ihn fest. »Hör auf. Hör einfach auf, Leon.«

Womit soll ich aufhören, dachte er, und: Sie hat angefangen! Von ihren Händen drang ein kalter Wind in seinen Kopf, der ihn zuerst erschreckte und nach einigen Sekunden in einen Zustand unglaublicher Vertrautheit versetzte. Wenn Philip Lahm sein Bruder wäre, dachte er, dann wäre Sophia seine Schwester.

»Entschuldige«, sagte er leise.

Sie ließ seinen Kopf los, betrachtete ihn schweigend.

»Erzähl mir noch was von dem Seelöwen«, sagte sie.

In Leons Ohren klang ihre Stimme beinah wie früher. Außerdem spürte er noch ihre Hände an seinen Schläfen. Eine Berührung aus Luft, die trotzdem echt war.

»Leute sind gekommen und haben ihm was zu essen gebracht, Fisch und so.« Leon war sich ganz sicher, dass ihre Hände noch da waren. »Und der Seelöwe hat sich füttern lassen. Aber irgendwann ist er zurück ins Meer gerobbt und dann nicht mehr gekommen. Da waren die Menschen traurig. Sie waren ihm nicht böse wegen der kaputten Autos, sie mochten ihn, weil er so verspielt war wie ein Kind. Er hat aber einen Haufen Tonnen gewogen, ein Monstertier war das.«

»D-den F-Film h-hab ich a-auch ge-gesehen.«

Sie musste die Tür so behutsam geöffnet haben, dass nicht das kleinste Geräusch entstanden war. Sophia und Leon drehten gleichzeitig den Kopf zu ihr.

»Wie geht's dir, Maren?«, fragte Sophia.

Maren hatte die Hände hinter dem Rücken verschränkt. Die Tür hinter ihr stand halb offen. Ihr Gesicht war gerötet und ihr Kleid verknittert, als habe sie darin geschlafen. Sie stieß einen Seufzer aus, machte einen Schritt und blieb stehen. »B-bin w-wohlauf.«

Das Wort hatte Leon noch nie gehört. Wahrscheinlich, dachte er, bedeutete es so etwas wie gesund. Er glaubte ihr nicht.

»Wo denn?«, sagte er, weil er sich über Maren ärgerte. »Wo hast du den Film angeschaut?«

»O-oben.«

Das Wort drang wie ein Pfeil in seine Ohren. Er zuckte

zusammen und schämte sich sofort für seine Frage und seinen Zorn. Er wollte etwas sagen. Da hörten sie ein Geräusch und Schritte.

Hastig weckte Leon Conrad auf und zerrte ihn in die Höhe. Die Mädchen nahmen sich wieder bei der Hand und knieten sich mit dem Gesicht zur Wand, neben Conrad, der seinen Oberkörper kaum aufrecht halten konnte. Auch Maren hatte solche Schmerzen, dass sie laut schreien könnte. Mit aller Macht unterdrückte sie jeden Laut.

Draußen war eine Stimme zu hören, die sie kannten. Die Stimme hörte nicht auf zu reden.

8

Mit der Rückkehr von Eike in den Kellerraum am frühen Abend des ersten Oktober begann für die Jugendlichen ein Albtraum, dessen Bilder sie nicht weniger verwundeten wie jener, dem sie bei den Erwachsenen ausgesetzt waren. Der Auslöser war, dass Eike, nachdem er sich in verwirrende, abseitige Geschichten aus seinem Leben hineingeschraubt hatte, alle Regeln außer Kraft setzte und Dinge beschwor, die niemand hören wollte. Nicht einmal er selbst. Doch der bösartige Hund, der aus ihm herausbrach, riss alles in Stücke, was er zu fassen bekam, und sein grauenvolles Bellen war nichts als Eikes dünne, versehrte Stimme, die nach den Tagen im oberen Stockwerk noch übrig geblieben war.

Mit dem, was passierte, hätte keiner von ihnen gerechnet.

Jeder von ihnen hatte mindestens einmal den Vorsatz, aufzuspringen, Eike zu packen, niederzuringen und ihn so lange festzuhalten, bis er verstummte oder vor Erschöpfung aufgab.

Niemand traute sich.

Wie Zuschauer saßen sie am Tisch, an ihre Angst gekettet und unfähig, auch nur ein Wort von sich zu geben.

Nur Maren warf gelegentlich einen flüchtigen Blick zur Kamera über der Eisentür und zum Türschloss und rechnete mit etwas, das noch schlimmer wäre als alles Bisherige.

Währenddessen sprang Eike durch den Raum, manchmal abwechselnd auf dem einen Bein, dann auf dem anderen. Er ließ sich gegen die Wand fallen, schlug mit der flachen Hand dagegen, warf den Kopf hin und her und verdrehte die Augen. Was immer sie ihm eingeflößt hatten, es wirkte fürchterlich und verwandelte den geschundenen Körper des Elfjährigen in eine außer Kontrolle geratene mechanische Tierpuppe.

Wenn er schrie, verschluckte er sich, und seine Stimme brach ab.

Wenn er – übergangslos und die Hände als Trichter neben dem Mund – zu flüstern begann, gehörte seine Stimme einem fremden Wesen.

Wenn er Dinge aussprach, die ihm in den vergangenen Wochen widerfahren waren, duckten sich die anderen, und Maren hielt sich die Ohren zu.

Ein einziges Mal verharrte Eike vor der Badezimmertür. Mitten im Satz ließ er die Arme fallen. Mit hängenden Schultern stand er da und keuchte, sah niemanden an, nur auf seine nackten Füße. Seine schwarze Trainingshose war verrutscht, sein graues Sweatshirt voller dunkler Schweißflecken. Das Beben in seinem Körper schien abzuklingen. Er schluckte ein paar Mal und holte lautlos Luft. Dann hob er den Kopf und blickte mit unendlicher Traurigkeit in jedes einzelne Gesicht.

Conrad war überzeugt, Eike würde sich, wie immer, wenn er von oben zurückkam, auf seine Matratze legen, unter der Wolldecke verschwinden und keinen Laut von sich geben, bis das Licht ausging. Danach herrschte sowieso völlige Stille.

Doch als wollte er Conrad aus gehässigem Trotz Lügen strafen, stieß Eike sich von der geschlossenen Badtür ab und baute sich vor dem Tisch auf.

»Mich bringt niemand um!«, brüllte er, lauter als zuvor. »Ich bin ein Kind, ich hab ein Recht aufs Leben. Und wenn ihr zu feige dazu seid, schneidet euch doch ein Loch in den Kopf. Feig sein ist Scheiße, wenn man so jung ist wie ich. Kapierst du das nicht?«

Niemand wusste, wen er meinte.

Vielleicht, dachte Sophia, meinte er sich selbst.

Voll sprühender Spucke explodierten die Worte in seinem Mund. All das auf Leben und Tod Verbotene hallte durch den Raum und wütete in den Köpfen der Zuhörer wie ein Echo.

Nach einer Weile hielt auch Sophia sich die Ohren zu. Doch ihre Neugier und ihr fassungsloses Staunen überwältigten sie, genau wie die beiden Jungen, die Eike mit ihren Blicken auf Schritt und Tritt verfolgten, fasziniert von seinem gewaltigen Mut.

In allen Einzelheiten schleuderte Eike seine Erlebnisse aus sich heraus. Er brüllte, flüsterte, raunte, krakelte, wimmerte, schluchzte und trieb seine Stimme zu immer neuen Variationen an.

Und auch wenn Leon und Conrad manches wiedererkannten, erschienen den beiden Jungen Eikes Schilderungen wie unglaubwürdige Übertreibungen. Als sie sich einen Blick zuwarfen, glaubten sie, die Gedanken des anderen zu erraten, und nickten verschwörerisch. Dann wandten sie sich mit neuer Furcht dem Spuk vor ihren Augen zu.

Woher Eike den Atem und die Kraft nahm, war ein Rätsel. Unaufhörlich stolzierte, sprang, stakste, tänzelte er auf dem engen Raum im Kreis, vor und zurück, unbeeindruckt von den geröteten, schreckensstarren Gesichtern und dem monströsen Schweigen um sich herum.

Er schraubte sich in eine Erzählung hinein, der er nicht gewachsen war und die ihn gnadenlos mitriss. Sogar das Aussehen der zwei Männer und der Frau beschrieb er und das, was sie taten und wie sie es taten. Und er schrie, er wisse, warum sie es taten.

»Weil sie uns lieben!«

Hustend ging Eike in die Knie. Und noch während er hustete, redete er weiter, in sich hinein, zwischen seinen Händen hindurch, die er sich vor den Mund hielt.

Nach Meinung von Sophia hatte Eike jede Kontrolle über sich verloren. Vielleicht hatten sie ihm Drogen eingeflößt und er war verrückt geworden. Vielleicht hatte der Mann ihn nur aus dem einen Grund nach unten zurückgebracht, damit Eike vor den anderen drauflosquatschte und sie deshalb das Recht hätten, ihn zu töten wie einen tollwütigen Hund.

Wie unter Zwang musste Sophia an den Satz von einem der Männer denken, wonach die Frau Eike für Abschaum und ein zu altes Kind halte. Über diese Formulierung hätte sie gern nachgedacht, wenn sie im selben Moment nicht zum üblichen Gehorsam gezwungen worden wäre.

Sie war so tief in ihren Gedanken versunken, dass sie nicht bemerkte, wie Eike plötzlich direkt vor ihr auftauchte und sich zu ihr hinunterbeugte. »Scheiße, hast du blöde grüne Augen.« Er starrte sie an, fuhr herum und rief zur Kamera über der Eisentür: »Das muss alles so sein. Prost, Arschgeigen.«

Daraufhin schilderte er den Wänden, den Matratzen, den Gesichtern, was sie mit ihm angestellt hatten, wenn er ungehorsam war. Und wie die Frau sich ihm gegenüber verhalten und welche Kleidung sie getragen hatte. Er ließ nichts aus.

Bevor er mit der Beschreibung der Zimmer und der Einrichtung im Haus begann, lehnte er sich keuchend an die Badezimmertür und verstummte vorübergehend. Die Arme hingen an ihm herunter und sein Keuchen klang wie das eines alten Mannes.

Nachdem er in die Luft geschworen hatte, dass niemand ihn umbringen könnte, ging es weiter. Die Farbe der Teppiche im Haus beschwor Eike ebenso wie die von Rollläden verdunkelten Fenster, die Betten und sonstigen Möbel.

Conrad fragte sich, wann Eike das alles beobachtet haben könnte. Beim Abholen kriegten sie einen Sack über den Kopf, der ihnen erst wieder in dem Raum abgenommen wurde, der ihnen für den Tag zugewiesen war.

Conrad überlegte, ob Eike die Einzelheiten erfand, weil

er nicht mehr aufhören konnte zu reden. Da sah er, dass Eike sich zur Tür drehte, kurz innehielt und mit der flachen Hand gegen das Eisen schlug.

»Icke Eike!«, schrie er. »Kapiert? Ich bin so blöde, ich hab gedacht, mein Alter bringt mir was mit aus Berlin. Ein Scheißmitbringsel. Wie meine bescheuerte Oma sagt: Hast du ein Mitbringsel für mich? Icke oder wer? Hab keins. Und ich bin so blöde –

Und mein Alter fährt gegen einen Baum. Und meine Mutter: Heul. Und Linus: Was für ein Mist. Und ich: Halt die Klappe, Arschloch. Er haut mir gegen den Kopf, dass ich umfall – Ruhe da oben!«

Eike sackte auf die Knie und kippte gegen die Tür. Jetzt war nur noch sein Keuchen zu hören.

Als er noch etwas sagte, beugten Sophia und Conrad sich gleichzeitig vor. Maren hielt sich immer noch die Ohren zu, hatte aber trotzdem den einen oder anderen Satz verstanden. Leon hatte die Hände im Schoß gefaltet, sein Kopf neigte sich unaufhörlich von einer Seite zur andern.

»Hab gedacht, er bringt ein Bringsel mit.«

Mit erhobenen Armen, beide Hände flach an die Tür gepresst, kauerte Eike reglos auf dem Boden.

»Nichts. Dafür kriegt er den Tod. Und vor dem Boss hab ich keine Angst mehr, schon lang nicht mehr. Das erste, was ich mach, wenn ich wieder ins Dorf komm, ist, dass ich ihn abknall. Und dann meinen Bruder. Und dann meinen Opa, der eh bloß noch halb lebt, und dann meine Oma, die kein Mensch mehr kapiert. Und wenn meine

Mutter nicht grad auftaucht, verschon ich sie. Die kann nichts dafür. Hab immer gedacht, sie wär schuld. Ist sie nicht. War alles nicht ihre Schuld, was passiert ist. Sie macht das Uhrengeschäft und ich –
– Und ich fahr nach Berlin und mach da irgendwas. Ich könnt auf den Bau gehen, die bauen da dauernd was. Super, Icke. Auf geht's. Raus hier. Ist alles so tot –
– Wir sehen uns, Leute. Okay?«
Wie in Zeitlupe kippte sein Körper zur Seite und blieb reglos liegen. Ob Eike noch atmete, war vom Tisch aus nicht zu erkennen.

Sophia war die Einzige, die sich traute, ihn zu berühren. Die anderen standen hinter ihr und warteten ab. Jeder kam sich dabei schäbig vor.

Immer wieder bildeten sie sich ein, Eikes Stimme zu hören, obwohl er seit mindestens einer halben Stunde keinen Laut mehr von sich gab. Kein Keuchen, kein Röcheln, kein Schnaufen, kein Rasseln, kein Schnarchen. Niemand wusste, ob er schlief oder vor ihren Augen einfach gestorben war.

Seine Stimme hörte aber nicht auf. Als würde der Beton sie ausspucken, die Eisentür, die Luft.

Weil sie es nicht mehr aushielt, drückte Maren die Handflächen auf ihre Ohren und sah Conrad an. Er nickte ihr zu, was sie ein wenig beruhigte. Leon, der mit offenem Mund schnaufte, krümmte sich die ganze Zeit und hätte Sophia gern gefragt, was sie spürte. Sie kniete neben dem reglosen Körper, ihre rechte Hand ruhte in Eikes

Nacken, mit der linken strich sie über seine Wange, wie sie es bei Leon getan hatte.

Auch Leon befand sich in einem Zustand tiefer Verwirrung. Er hatte das Gefühl, als wäre er innerhalb von einer Stunde zwei Jahre älter geworden, oder sogar drei. Jedenfalls kam er sich nicht jünger vor als Conrad und viel erwachsener als Maren, deren Alter er nicht mehr wusste. Für all das hatte er keine Erklärung. Keinen Beweis. Trotzdem war er überzeugt, dass er sich nicht täuschte. Zumindest bildete er sich diese Überzeugung fest ein, und wenn jemand ihn danach fragen sollte, würde er es genau so erzählen.

Niemand stellte eine Frage.

Jeder schwieg alles in sich hinein.

Noch etwas beschäftigte Leon unbändig. Und wenn er es geschafft hätte, seinen offenen Mund mit Worten zu füllen und eine Frage zu formulieren, hätte er erfahren, dass Conrad dieselben Gedanken quälten.

Nach Eikes Verstummen und nachdem sie alle aufgestanden waren, um zur Tür zu gehen, hatte Leon den Raum als noch enger empfunden. Noch verschlossener, noch unterirdischer, noch auswegloser. Eike hatte daran keine Schuld, das war klar, und doch hätte Eike niemals so reagieren dürfen. Er hatte sie verraten und jetzt waren sie für allezeit verloren. Von nun an würde jeder Tag grausamer sein als der vorige und am Ende aller Tage würde jeder von ihnen so durchdrehen wie Eike. Und sterben.

»Ich will nicht sterben«, flüsterte Leon.

Die anderen sahen ihn an. Maren nahm die Hände von
den Ohren. »H-hab n-nicht g-gehört, was d-du ges-gesagt
h-ast.«

Leon presste die Lippen aufeinander.

»Was ist mit ihm?« Auf einmal fand auch Conrad seine
verrutschte Stimme wieder. Trotz seiner Schmerzen beugte
er sich zu Eike hinunter.

»Er lebt.« Sophia nahm Eikes Puls wahr und empfand
ihn wie den eines Vogels.

»W-was p-passiert jetzt?«

Die Frage vermischte sich mit Eikes stummer Stimme,
die, für alle hörbar, noch immer aus den Steinen drang.

»Warten wir halt.« Conrad richtete sich auf und ließ
sich seine Angst nicht anmerken.

»W-worauf d-denn?«

Conrad bereute seine Bemerkung. Sie entsprach nicht
im Geringsten dem, was er dachte. Maren hatte recht:
Worauf sollten sie noch warten? Nichts war ungewiss, auf
nichts musste gewartet werden. Alles war ganz einfach.
Die Männer würden kommen und sie abholen, getrennt
vermutlich, immer nur einen. Für das, was dann passierte,
brauchte man keine Fantasie. Wie sein Vater sagte: Mach
den falschen Schritt und dein Gegner grätscht dich von
hinten nieder. So einfach war das. Auf dem Platz und
außerhalb. Eigentlich hatte er Maren angelogen und das
hatte sie nicht verdient.

»Wir werden sterben.« Conrad sah den daliegenden
Eike an, obwohl er ihn nicht dafür verantwortlich machte.
Eike war vielleicht schuld, aber nicht verantwortlich,

dachte Conrad und spürte eine Berührung an seinem Arm.

Maren zupfte an seinem Sweatshirt und schaute ihn aus geröteten, um Hilfe bettelnden Augen an, wie ein Kind im dunklen Wald.

Da fiel ihm ein, dass sie ein Kind war. Wie Eike, wie Leon, sogar wie Sophia, die angeblich schon vierzehn war. »So ist das halt. Weglaufen können wir nicht.«

»K-können wir sch-schon.« Maren versuchte ihn zu schubsen. Sie war zu schwach dazu. Conrad bewegte sich nicht von der Stelle.

»Was redest du für einen Unfug?«, fragte Sophia.

»M-meinst d-du mich? M-mich?«

»Ich mein euch beide.«

»Stimmt doch, was er sagt.« Leons Stimme versickerte fast in der morastigen Luft. Ein unangenehmer Geruch breitete sich aus, dessen Herkunft niemand wissen wollte.

Mit einem Satz sprang Sophia auf und packte Leon mit beiden Händen am Kopf. Er erschrak so sehr, dass er einen dumpfen Laut von sich gab, für den er sich sofort schämte.

»Niemand stirbt«, sagte Sophia nah vor seinem Gesicht. Er spürte ihren Atem wie einen vertrauten, freundlichen Wind. »Hast du verstanden, Leon? Wir wollen eines Tages am Meer sein und frei. Hörst du mich?«

Er nickte, aber nur in Gedanken. Sophias Hände blieben da. »Wir sprechen nie wieder über den Tod, was auch passiert. Ja?« Sie wandte sich an Conrad. »Und du lass deine Sprüche. Und du ...« Sie meinte Maren. »... Du legst dich jetzt hin und schläfst. Kümmer dich um nichts, schlaf. Jetzt sofort.«

Wie von einer Schnur gezogen, wankte Maren zu ihrer Matratze. Sie drehte ihr Gesicht von den anderen weg, kniete sich mit einer schwerfälligen Bewegung hin und legte sich auf die Seite. Sie zog ihre Decke bis zum Kinn und lag schließlich so reglos da wie Eike.

»Wir können ihn doch nicht einfach so lassen«, sagte Conrad.

Sophia deutete auf Eikes Matratze. »Hol die Decke und deck ihn zu.«

Warum sie ihn so anfauchte, verstand Conrad nicht. Er holte die Decke und breitete sie über Eike aus und fragte sich, was das nützen sollte. Der Junge brauchte einen Arzt, einen professionellen Betreuer, er musste schnellstmöglich hier raus und in ein Krankenhaus.

»Und jetzt?«, fragte Conrad. »Jetzt liegt er immer noch da. Glaubst du, er wird von allein wieder gesund?«

»Komm«, sagte Leon. »Wir ziehen die Matratze rüber und legen ihn drauf.«

Daran hatte Conrad auch schon gedacht.

»Bravo«, sagte Sophia. Sie sah den beiden zu, wie sie die graue Matratze an der Längsseite packten, umständlich hochhoben und zu Eike schoben. Unbeholfen standen sie da und schienen zu überlegen, wie sie das sperrige Ding unter Eikes Körper bringen könnten.

Sophia warf ihnen einen verächtlichen Blick zu. »Was macht ihr denn?«

»Das, was du gesagt hast«, meinte Leon.

»Was hab ich denn gesagt?«

»Dass wir ...« Verwirrt sah er Conrad an. »Hast du das gesagt?«

Sophia ging in die Hocke und schlug die Hände vors Gesicht.

Eine Zeit lang war es still. Insgeheim horchten die drei auf Geräusche im Keller.

Es schien, als wäre es noch nie so ruhig gewesen.

Manchmal hörte man durch den Schlitz oberhalb der Tür leise Musik aus der Ferne.

Sophia hob den Kopf. »Schiebt die Matratze wieder an ihren Platz und dann helft mir, Eike hochzuheben und in sein Bett zu bringen.«

Diese Bemerkung löste in Leon eine Erinnerung aus. Als hätte jemand Nägel in sein Herz gestreut. Er fing an zu weinen. Innerhalb von Sekunden war sein Gesicht nass, er schluchzte mit offenem Mund. Seine Mutter streicht ihm übers Gesicht und küsst ihn auf die Stirn. Anscheinend weiß sie immer genau, wann er einen Albtraum hat, und dann kommt sie gleich in sein Zimmer und setzt sich zu ihm. Durch seinen Tränenvorhang kann er ihr Gesicht erkennen. Beim Aufwachen hält er es jedes Mal für eine Sonne, weil es so hell ist und so wirklich.

Wie lange er diesmal geweint hatte, wusste er nicht mehr. Als er sein Gesicht abgewischt und mit den Fäusten in seinen Augen gerieben hatte, lag Eike schon an seinem Platz auf der Matratze, zugedeckt bis zum Kinn, und schlief. Jedenfalls hoffte Leon, dass er schlief und nichts spürte.

114

»Entschuldigung«, sagte er leise. Offensichtlich hatten Conrad und Sophia ohne seine Hilfe die Matratze verschoben und Eike getragen. In der Hoffnung, dass die beiden nichts merkten, sah er sich um. Er war gerade so weit weg gewesen, dass er den Raum erst wiedererkennen musste.

»Trink einen Schluck.« Sophia hielt ihm ein Glas mit Orangensaft hin.

Er nahm das Glas und trank, es schmeckte ihm nicht. Und als hätte er in der Zwischenzeit über nichts anderes nachgedacht, sprach er aus, was er nicht loswurde.

»Müssen wir jetzt sterben, Sophia?« Dann, mit ebenso ernster Miene: »Müssen wir jetzt sterben, Conrad?«

Sophia nahm ihm das Glas aus der Hand, stellte es auf die Anrichte und tat dasselbe, was sie schon einmal mit Eike getan hatte. Ansatzlos verpasste sie Leon eine Ohrfeige. Dann packte sie sein Gesicht mit beiden Händen und küsste ihn auf den Mund, ließ ihn los, verschwand im Bad und schlug die Tür hinter sich zu.

Conrad sackte auf einen Stuhl und beugte seinen Kopf so weit nach unten, bis seine Stirn die Tischplatte berührte.

Für Leon begann, indem er einfach weiter dastand und den Brandmalen auf seinem Gesicht nachspürte, eine neue Zeitrechnung.

9

In den Tagen danach dachte Sophia oft daran, wie leicht und klein der Körper gewesen war, den sie mit Conrad zur Matratze getragen hatte. Sie wusste, Eike war erst elf, aber er hatte nie den Eindruck eines schwächlichen, unterernährten Jungen gemacht. Im Gegenteil: Mit seinem fast schwerfällig wirkenden Körper und seiner ausfallenden Sprache, die Sophia an gewisse Jungs auf Volksfesten erinnerte, erweckte Eike den Anschein eines unerschrockenen Kerls, den niemand so schnell einschüchterte.

Was mit ihm passiert war, hätte er niemals erzählen dürfen.

Seit drei Tagen war kein Erwachsener in den Keller gekommen.

Seit drei Tagen gab es kein Essen. Die Getränke waren bis auf eine halbe Flasche abgestandenes Mineralwasser aufgebraucht. Sie tranken Wasser aus dem Hahn.

Seit drei Tagen war keiner von ihnen abgeholt worden, was Conrad für ein Zeichen von Todesurteil hielt. Er war der Einzige, der stundenlang zum tonlosen Fernseher hinaufsah, ohne dass er nach jedem Tier- oder Spielfilm, jeder Serienepisode hätte sagen können, was er gerade gesehen

116

hatte. Alles, was er sah, waren fremde Welten, Lichtjahre von seiner entfernt und in Wahrheit schon längst erloschen. In manchen Momenten streifte ein Lächeln seinen Mund, und wenn Sophia es bemerkte, war sie jedes Mal kurz davor, ihn zu fragen, was ihn amüsiere.

Sophia hatte die Aufgabe übernommen, Eike in regelmäßigen Abständen ein Glas Wasser zu bringen. Dann richtete der erschöpfte Junge sich wortlos, mit einem Wimmern, auf, griff nach dem Glas, trank und zitterte, als hätte er Eis verschluckt.

Zwei-, dreimal am Tag kroch Eike auf Händen und Knien ins Bad. Die anderen, außer Maren, gaben sich den Anschein, nicht angespannt abzuwarten, bis er zurückkam. Manchmal brauchte er fünf, manchmal fünfzehn Minuten. Sie hörten die Toilettenspülung, das Wasser im Ausguss, schlurfende Schritte, was bedeuten musste, er hatte sich aufgerichtet und versuchte, auf engstem Raum ein paar Schritte zu schaffen. Wenn die Tür wieder aufging, kniete er auf dem Boden, mit zur Klinke hin gestrecktem Arm. Auf allen Vieren und mit gesenktem Kopf kroch er zurück zu seinem Schlafplatz.

Maren sah nie richtig hin, weil sie den Anblick nicht ertrug. Eike kam ihr vor wie ihre eigene Angst, die durch ihren Körper krabbelte, die letzten Reste ihrer Stimme auffraß und sich an ihr Herz klammerte.

Von genauso einer Angst, dachte Maren, wurde auch ihre Freundin Annabel ausgehöhlt, die in einer anderen Welt lebte, ohne zu leben. Ich werd nicht wiederkommen, sagte Maren im Stillen am Tisch, mit dem Rücken zur Tür.

Wenn sie im Innern mit sich selbst redete, stotterte Maren nicht. Das hatte sie vor einiger Zeit festgestellt und sich darüber gefreut. Vielleicht, hatte sie überlegt, war ihre Stimme doch noch nicht total kaputt. Davor jedoch, eines ihrer Kopfworte auszusprechen, fürchtete sie sich jetzt maßlos. Sie traute ihnen nicht. Das Vertrauen in alles und jeden war für alle Zeit aus ihr verschwunden.

Aber nicht aus dir, sagte sie zu Annabel, du glaubst ans Auferstehen, von dem Sophia gesprochen hat, Sophia glaubt fest daran, sie ist Ministrantin, sie muss es tun.

Leon, der ihr schräg gegenüber saß und mit sich selbst Mensch-ärgere-dich-nicht spielte, warf ihr immer wieder Blicke zu. Anscheinend lag ihm etwas auf dem Herzen, das er loswerden wollte, dachte Maren. Dafür war sie nicht zuständig.

Das Leben hat sich verändert, sagte sie stumm zu Annabel, und ich hab mich damit abgefunden. Wie in dem Auto, wo ich plötzlich begriffen hab, dass ich keine Chance hab zu fliehen. Ich hatte den Moment verpasst. War das bei dir auch so?

Sie hob tatsächlich den Kopf. Als säße auf dem Stuhl vor der Wand ihre Freundin, gesund geworden und munter wie früher.

Der Stuhl war leer. Den Stuhl daneben hatte Conrad ein Stück weggerückt, um mit sich allein zum blöden Fernseher zu glotzen. Seit dem frühen Morgen tat er nichts anderes. Er rührte sich auch dann nicht von der Stelle, als Sophia Eike etwas zu trinken brachte und Eike sich später ins Bad schleppte. Stell dir das vor, Annabel, Eike kann

118

nicht mehr aufrecht gehen, und Conrad fragt nicht mal, ob er ihm helfen soll. Hockt bloß da und glotzt.

Auch mit Sophia, die hinter ihr auf der Matratze lag, hatte Maren seit gestern Abend kein Wort gewechselt. Überhaupt, so schien ihr, hatte jeder von ihnen dieselbe Entscheidung getroffen. Nichts mehr reden. Allein bleiben für immer.

Das zumindest war das, was sie für sich selbst entschieden hatte. Und das durfte sie auch Annabel nicht erzählen, auf keinen Fall, sonst würde sie ihr doch den letzten Rest Mut stehlen und wäre eine schlechte Freundin. Für Annabel sparte sie ihre Worte wie kostbare Schneeflocken, die sich in Sterntaler verwandeln würden.

Mit dieser Vorstellung saß sie am Tisch und machte ein helles Gesicht, das Leon so irritierte, dass er immer, wenn er hinschaute, aus Versehen eine seiner Spielfiguren umfegte.

Er war ihr egal. Sie alle waren ihr egal geworden. Auch Eike, der vielleicht bald sterben musste. Und sich selbst war sie auch egal. Sie empfand nichts Schlimmes bei dem Gedanken. Es war, als hätte sie zum ersten Mal vor nichts mehr Angst. Als wäre Eikes Rückkehr wie eine Auferstehung für sie gewesen, ein erhabenes Erlebnis für die Ewigkeit.

Sie war nicht so christlich erzogen worden wie Annabel, und schon gar nicht wie Sophia. Ihre Eltern hatten ihr früh vermittelt, dass sie Dinge wie Wunder und Himmelfahrten und Auferstehung für Märchen hielten. An Gott hatte sie eigentlich immer nur wegen der anderen

Kinder geglaubt, besonders wegen Annabel. Spätestens, nachdem die beste Freundin ihrer Mutter mit neunund-dreißig Jahren an Krebs gestorben und Annabel am hell-lichten Tag von einem außer Kontrolle geratenen Auto überrollt worden war, war Gott für Maren ein unbere-chenbarer Irrer, der im Café Stroh je nach Laune mal ein Mädchen vergötterte und mal verfluchte. Und niemand kapierte, wieso.

Trotzdem, dachte sie fast ununterbrochen, war ihr Eikes Auftauchen wie ein Wunder vorgekommen – nicht, weil er noch lebte, womit sie schon gar nicht mehr gerechnet hatte. Sondern, weil er ihr eine fast heilige Botschaft mit-gebracht hatte.

Von dieser Botschaft zehrte sie seither wie von einem magischen Brot.

Die Botschaft lautete: Du darfst sterben, denn deine Zeit ist vorbei.

Das hatte sie jetzt endlich verstanden und akzeptiert. Da war sowieso kein Leben mehr in ihr, kein Funken Morgenrot. Also kam Eike genau im richtigen Moment zurück. Falls es Eike war und nicht nur sein Geist, der noch so lange bei ihr blieb, bis auch sie gestorben war.

Wie ich, dachte Maren, an deinem Bett geblieben bin, Annabel, so harrt Eikes Geist aus, und am Ende gehe ich weg, und was Neues fängt an.

Sie stellte sich vor, wie Annabel am ersten Advent, wenn am großen Christbaum in der Eingangshalle des Kranken-hauses die Lichter brannten, die Augen aufschlug und all die Stimmen wiedererkannte, die sie so lange vermisst hatte. Was für ein Glück, dachte Maren, und das gleiche Glück werde auch ich bald haben.

Die Vorstellung vom Totsein entfachte einen rötlichen Schimmer auf ihrem Gesicht. Keine Schläge mehr, keine Männer. Kein Unterricht mehr, keine Angst vorm Durchfallen. Keine Lügen mehr, keine Traurigkeit. Kein Alleinsein.

Das alles dachte sie an diesem späten Freitagnachmittag, an dem die Zeit keine Rolle spielte. Zu Annabel aber sagte sie weiterhin: Du wirst aus dem Bett aufstehen, ganz gewiss, und Henrik wartet schon auf dich. Er nimmt dich mit ins Café Stroh und spendiert dir den besten Latte der Welt und dazu einen Schokomuffin, bei dem dir vor Genuss die Zunge schmilzt. Ich seh euch am Fenster stehen, wie immer, und dein Bruder hat den Arm um deine Schulter gelegt und ist stolz auf dich, weil du so stark bist, stärker als ein Auto. So wird es sein, und ich werde so glücklich sein wie du. Glaub mir, Annabel, fang bloß nicht an zu heulen. Das ist mir jetzt so rausgerutscht, entschuldige, ich hab nichts Bestimmtes damit gemeint, ehrlich. Ich meinte, du sollst nicht heulen, weil du wieder sprechen und rumlaufen kannst und nicht länger in einem Sarg eingesperrt bist. Das hab ich gemeint, sonst nichts.

Als sie Leon einen Blick zuwarf, fegte er die Spielfiguren vom Spielbrett auf den Boden, mit einer abwesenden Geste, wie gelangweilt. Maren betrachtete das Holzbrett und wusste in diesem Moment, wie sie es machen würde. Eine Zeit lang war sie zornig gewesen, weil ihr nicht die richtige Methode einfiel, so sehr sie sich auch anstrengte und den

Kellerraum mehrmals innerlich auf den Kopf stellte. Jetzt war alles klar.

Sie würde das alte Mensch-ärgere-dich-Brett, das tatsächlich noch aus Holz war, ins Bad mitnehmen und dort zerbrechen. In der Dusche das Wasser aufdrehen, sich auf den Boden setzen, eines der scharfen, abgebrochenen Holzteile wie ein Messer in die Hand nehmen, die linke Pulsader aufschlitzen, dann blitzschnell das Messer wechseln und die rechte Pulsader aufschlitzen. Der Rest passierte von allein. Bis jemand etwas bemerkte, war sie schon tot und gerettet.

»So einfach geht das«, sagte sie unvermittelt zu Conrad.

Der Sechzehnjährige saß, den Kopf im Nacken, auf seinem Stuhl und schien zu schlafen. Der Fernseher lief tonlos und zeigte einen Zeichentrickfilm. Als Maren wieder zum Tisch schaute, streckte Leon ihr die Zunge raus.

Heute Morgen dachte Conrad an das neue Computerspiel, das sein Freund Marvin gerade installiert hatte. In dem starb in einem Land im Osten die Bevölkerung durch einen grausamen Virus, und die meisten Überlebenden wurden in Zombies verwandelt. Wenn man sich geschickt verhielt, die richtigen Verbündeten fand, keiner Krankheit oder den hinterhältigen Zombies zum Opfer fiel, bestand die Chance, mit dem Leben davonzukommen. Gegen Schmerzen gab es Painkiller, behauptete Marvin, und wer nicht regelmäßig etwas aß und trank, wurde krank und starb. Wie im echten Leben, sagte Marvin, der ein Meister in Survivalspielen war.

Den Namen des neuen Spiels hatte Conrad vergessen, und gerade weil er wusste, dass er es niemals mehr spielen würde, ärgerte er sich darüber, dass auch seine Erinnerung daran unzuverlässig geworden war. So wie in seinen Träumen, die er oft als seine einzigen wahren Verbündeten empfunden hatte, klafften auch in seinen Erinnerungen riesige Löcher. Da waren keine Bilder mehr, keine Gesichter, Stimmen oder Landschaften. Alles nur noch öde und leer, eine graue, grausame Wüste, kälter als jedes tote Land im fernen Osten. In Marvins Welt brannten wenigstens noch Lagerfeuer, jeden Morgen begann ein neuer Tag – wie in echt –, und nachts war es dunkel und still. Vielleicht war es auch nur dunkel und doppelt gefährlich, doch ganz bestimmt würde am Ende der Nacht der Morgen dämmern und die Zukunft beginnen.

Sogar wenn man sterben musste, weil die Zombies cleverer waren oder man seine Wunden nicht mehr heilen konnte, war man nicht für immer tot. Bloß für eine Weile, und man verlor seine Ausrüstung.

Das war nicht wie in echt, und das war auch richtig so, dachte Conrad.

Er saß da, mit geschlossenen Augen, den Kopf im Nacken, erschöpft vom Betrachten eines scheinbar immer schneller rasenden Zeichentrickfilms. Wenn die letzten Fetzen dieser sich ständig überschlagenden, explodierenden, von einem Ort zum anderen hetzenden Geschichte in einem schwarzen Nichts verschwunden waren, dachte Conrad, würde auch er sich in Luft auflösen.

Endlich brauchte er keine Träume mehr zum Fliegen

und Unterwegssein, er war am Ziel. Auf seine Weise hatte er die Zerstörung, den Horror, die Angst überlebt. Sie hatten ihn nicht besiegt, er war ihnen zuvorgekommen.

Anders als sein Vater, den die Verletzungen gezwungen hatten, seine Träume vom Fußballspieler zu verbrennen, würde er seine Zukunft eigenhändig begraben, ohne Reue und Furcht. Worauf die Monster im oberen Stock ihr verseuchtes Gehirn verwetten konnten!

Er begann zu summen, die Arme vor der Brust verschränkt, mit weit geöffneten Augen. Er sah zur grauen Betondecke hinauf, zum Himmel, der ihn schon erwartete, und dachte an seinen Vater. Seltsam: Sehen konnte er ihn nicht, auch seine Stimme hörte er nicht, und trotzdem war er da. Er spürte seine Nähe wie einen Atem in der Finsternis und hörte, wie sein Vater mit beschwörender Stimme zu ihm sagte: Geh, denk nicht nach, mach den ersten Schritt und zeig ihnen, was du meinst.

Ein Schauer überzog seinen geschorenen Kopf. Er legte beide Hände auf seine Schädeldecke und bemerkte, dass Maren und Leon ihn beobachteten. In ihren erschöpften Blicken glaubte er die Verzweiflung wiederzuerkennen, die er von seiner Ma kannte.

Gegenüber seinem Vater hatte sie sich niemals etwas anmerken lassen. Conrad fragte sich, ob er trotz seiner eigenen Probleme ihre Sorgen und Nöte je wahrgenommen hatte. Auch mit ihrem Sohn hatte sie selten über die Dinge geredet, die sie bedrückten. Aber einmal – sie hatte zwei Gläser Wein getrunken und war schon den ganzen Tag über nervös gewesen – brach die Anspannung aus ihr heraus. Was sie sagte, erschreckte Conrad so sehr, dass er zuerst meinte, sie wäre einfach nur betrunken. Sie meinte es ernst. Ihr Albtraum sei – und ihre Stimme bebte vor zorniger Ohnmacht –, dass Conrads Vater den Frust nicht länger ertrage und sich etwas antue, »und zwar etwas, das man nicht tut.« Natürlich hatte Conrad sofort den Sinn ihrer Worte verstanden und beteuerte, sein Vater sei ein Kämpfer und ein kluger Mann, der auch Niederlagen akzeptieren könne. Conrad kam sich sehr erwachsen vor, als er das sagte. Tatsächlich beruhigte sich seine Mutter wieder und später erwähnte sie das Thema nie wieder.

Jetzt, an diesem Abend im Keller, war Conrad sich nicht mehr sicher, ob sein Vater in der schweren Zeit nicht doch an Selbstmord gedacht hatte. Manchmal, erinnerte sich Conrad, wirkte der Blick seines Vaters wie erloschen, seine Gesten unendlich schwerfällig, sein Auftreten todmüde. Vielleicht hatte Conrad ihn damals bloß nicht so sehen wollen. Vielleicht hatte sein Vater nur keine Idee, wie er es anstellen sollte. Vielleicht hatte er einfach nicht den Mut dazu.

Conrad machte ihm keinen Vorwurf. Und er hoffte, sein Vater würde ihm einmal seine eigene Entscheidung nicht übel nehmen. Es musste sein. Da war kein Ausweg mehr. Keine frische Nahrung, kein Lagerfeuer, das noch brannte. Die beiden Brotscheiben lagen seit ungefähr einer Woche auf der Anrichte, von grüngrauem Schimmel überzogen, und zerbröselten schon. Immer, wenn im Fernsehen ein neues Programm begonnen hatte, hatte er rübergesehen und sich vorgestellt, was passieren würde – in ihm, mit ihm, am Ende.

125

Diese Vorstellung hatte ihn auf eine ebenso unheimliche wie befreiende Weise beruhigt. Besser hätte dieser Tag nicht verlaufen können, dachte Conrad. Mit dem Gift des Brotes in seinem Körper würde er wie einer von Marvins Gegnern lautlos verenden. Und ein anderer würde kommen und von seiner Leiche die Trainingshose und das Sweatshirt ziehen und in sein Versteck mitnehmen, für kältere Zeiten.

Er sah Sophia dabei zu, wie sie zur Anrichte ging, um für Eike Wasser zu holen. Sie hob das leere Glas in Conrads Richtung, und er schüttelte den Kopf. Stattdessen lächelte er sie an, was Sophia zu verwirren schien.

Das schiefe Lächeln erinnerte Sophia an einen der Männer im Lieferwagen. Ungefähr eine Minute lang hatte der Mann ihr, nachdem sie schon gefesselt am Boden lag, in die Augen gesehen. Er trug eine schwarze Sonnenbrille und eine schwarze Wollmütze. Alles an ihm war schwarz, auch seine Hose und sein Anorak. Nur sein Gesicht hatte eine andere Farbe: grau, wie ein runder verwitterter Stein.

Er schaute auf sie hinunter, die Hände in die Hüften gestemmt. Unverständliche Laute kamen aus ihrem mit einem Tuch geknebelten Mund. Das Tuch war in ihrem Nacken verknotet und zerrte an ihren Zähnen.

Dass der Mann sie anglotzte, empfand sie als eine einzige widerliche Beleidigung. Die Bilder in ihrem Kopf machten sie schwindlig. Eben noch hatte sie hinter der Schießbude auf ihre Freundin gewartet, da sah sie den Mann auf der Straße liegen, vor einem weißen Lieferwagen.

Sie ging hin, und dann sackte sie zusammen. Jemand hatte ihr von hinten auf den Kopf geschlagen.

Als sie wieder zu sich kam, rollte sie durch den Laderaum, weil der Wagen so schnell fuhr und sie an Händen und Füßen gefesselt war und keinen Halt fand. Ihre Freundin war nicht da, das hatte sie sofort begriffen. Sie war allein und gekidnappt worden. Wozu denn?, dachte sie. Die Frage ging ihr nicht mehr aus dem Kopf.

Später erinnerte sie sich noch einmal an die Frage, weil sie, solange sie über den Grund ihrer Entführung grübelte, ihre Angst vergessen hatte. Am Anfang dachte sie an Geld und an sonst nichts. Ihre Eltern waren normale Leute, ihr Vater Angestellter bei den Stadtwerken, ihre Mutter arbeitete halbtags in einem Reisebüro, sie hatten keine Millionen auf dem Konto und kein schwarzes Geld im Ausland. Sie wohnten in einer Mietwohnung und bräuchten schon längst eine neue Spülmaschine und vor allem einen neuen Fernseher, ihrer hatte noch Röhren!

Bei uns ist nichts zu holen, dachte Sophia immer wieder, was wollen die von mir? Sie betete nicht einmal zu Gott, wie sie es eigentlich in Momenten der Furcht sonst immer gemacht hatte. Sie bangte nicht um sich, bloß um ihre Eltern.

Erst nachdem der Wagen angehalten hatte und der Mann in Schwarz zu ihr in den Laderaum gestiegen war und sie eine Minute lang anstarrte, begriff sie alles und versank in Todesangst.

Hinterher, schon im Keller, verachtete sie sich für ihre dumme Naivität.

Conrads Grimasse erinnerte sie daran, und sie sagte: »Was grinst du so?«

»Ich grinse nicht.«

»Schau weg. Schau fernsehen.« Sogar dieser Fernseher, dachte Sophia verächtlich, hatte keine Röhren mehr.

»Was ist los mit dir?«, fragte Conrad.

Darauf wollte sie nicht antworten. Sie brachte Eike das Wasserglas, doch er vergrub sich unter der Decke. Unschlüssig stellte Sophia das Glas auf den Tisch, zwischen Maren und Leon, und bevor sie befürchten musste, dass einer von ihnen etwas sagte, huschte sie ins Bad und schloss die Tür.

Sie war allein. Das war das Einzige, was sie dachte.

Sie setzte sich auf den zugeklappten Toilettendeckel und zog das weiße, schuppige Kleid mit beiden Händen über die Knie.

Am Rand der Nacht, in der Stille der Nacht allein. Kein Stern, keine Stimme. Verlassen von den Menschen und von Gott.

An ihn dachte sie als Nächstes. Nie zuvor hatte sie ihn so vergessen gehabt. Und als er ihr wieder in den Sinn kam, glaubte sie sogar eine Stimme zu hören. Woher sollte die denn kommen? Schon wieder kam sie sich dumm und naiv vor. Auf einmal erschien ihr alles, was sie gelernt hatte, wie eine monströse Lüge, von der Hubert, der Cousin ihres Vaters, immer redete, wenn er bei Familientreffen auf die Religion und Sophias Tätigkeit als Ministrantin zu sprechen kam. Hubert war jedes Mal sturzbesoffen und wollte vor allem seinen Cousin provozieren, und Sophia hatte deswegen oft demonstrativ das Zimmer verlassen.

Was sagten die Männer oben im Haus zu ihnen? Sie würden sie lieben, sie und Maren, Conrad, Leon und den kleinen Eike. Und wie heißt es in der Bibel? Nur die Liebe schuldet ihr einander immer. Wer den andern liebt, hat das Gesetz erfüllt.

Vornübergebeugt, die Finger um den Saum des Kleides gekrallt, spuckte Sophia auf den Boden. Sofort fiel ihr die Kamera ein. Ihr Rücken und ihre Beine zuckten beim Gedanken an die Strafe, die sie für ihre geheime Botschaft im Waschbecken erhalten hatte. Alles egal. Beim nächsten Mal würde sie darum bitten, ihr das Tuch, mit dem sie sie gewöhnlich fesselten, um den Hals zu binden, damit ihr Leiden noch echter aussah. Sie wusste, sie würden ihr die Bitte erfüllen. Sie bräuchte dann nur eine bestimmte Bewegung zu machen und ihr Genick würde brechen.

Ihr ganzer Körper sehnte sich nach dieser einen Bewegung.

Du sollst deinen Nächsten lieben wie dich selbst.

Der betrunkene Hubert hatte recht. Gott war eine Ausrede für Menschen, die zu feige waren, einfach so zu morden. Sie brauchten ein höheres Gesetz. Hier war es.

Wieso hatte sie das nicht früher begriffen? Hundert Mal hatte sie das weiße Messdiener-Gewand getragen, das Weihrauchfass geschwenkt und die Gebete gesprochen, die der Pfarrer ihnen vorsagte. Der gute Pfarrer Winhart mit der samtenen Stimme, der sie auf dem ehemaligen Militärgelände heimlich mit seinem großen Mercedes fahren ließ. Wieso war sie so dumm gewesen und hatte alles geglaubt, dachte sie und spuckte ein zweites Mal auf den Boden. Die Liebe ist die Erfüllung des Gesetzes. So steht es geschrieben.

Als würden die Wörter durch ihren Kopf spazieren und ihr winken, sprach sie die Verse lautlos nach, beinah beschwingt und mit leichtem Herzen. *Die Stunde ist gekommen, aufzustehen vom Schlaf. Jetzt ist das Heil uns näher als zu der Zeit, da wir gläubig wurden.*

Behutsam, ohne allzu sehr auf die Schmerzen zu achten, stand sie auf. Sie legte die Hände flach auf den Bauch und ignorierte den rauen, widerlichen Stoff des Kleides, das sie ihr mit den Worten übergestülpt hatten, sie sei nun eine Büßerin. Aber nicht mehr lange. *Die Nacht ist vorgerückt, der Tag ist nah, drum lass uns ablegen die Werke der Finsternis und anlegen die Waffen des Tags.*

Im Spiegel über dem Waschbecken sah sie ein weißes, fremdes Gesicht. Trotzdem erkannte sie es. Das war das Gesicht der toten Sophia, wie sie auf dem Bett lag und erlöst war. Kein Hunger mehr, keine Lust auf Apfelkuchen, umarmt vom Tod, den die ahnungslosen Kinder den lieben Gott nannten.

Beseelt von einer tiefen Ruhe, wandte sie sich zur Tür. Als sie sie öffnete, rechnete sie damit, dass sie bereits erwartet und abgeholt wurde.

Außer Leon, der vor der Wand hinter dem Tisch stand und zur Eisentür starrte, war niemand zu sehen. Die anderen lagen unter ihren Decken versteckt auf der Matratze.

Während Sophia die Badezimmertür schloss und zu

ihrem Platz ging, zeigte Leon keine Reaktion. Er presste die Lippen aufeinander, die Arme hingen an ihm herunter, und er hatte die Hände zu Fäusten geballt. Was mit ihm los war, interessierte Sophia nicht mehr. Auch hatte sie keinen Blick mehr für Eike. Sie legte sich hin, zog die Beine an den Körper und stellte sich vor, wie oben im Zimmer alles sein würde.

Als Leon einen lauten Seufzer von sich gab, fiel ihr ein, dass sie einmal geglaubt hatte, er wäre ihr Bruder. Auch so eine Dummheit von ihr, dachte sie.

Leon röchelte mit offenem Mund. Er hatte die Luft angehalten und gehofft, in Ohnmacht zu fallen. Und dann wollte er nicht mehr aufwachen. Das war sein Plan. Er kannte niemanden, der damit bisher Erfolg gehabt hatte, doch er wollte es weiter versuchen – so lange, bis er den Weltrekord aufstellte und tot umfiel.

Alles, was ihm jemals Freude bereitet hatte, bedeutete ihm nichts mehr. Das war ihm bewusst geworden, kurz nachdem Sophia ihm erst eine Ohrfeige und dann einen Kuss gegeben hatte.

Wie aus Versehen dachte er noch einmal ans Fußballspielen, an Philip Lahm, der sein Bruder gewesen war, wenn auch nur im Traum oder in einer schönen Kopfgegend. Obwohl er die anderen unter ihren Decken liegen sah, kam er sich wie der letzte Mensch vor. Außer ihm wohnte keiner auf dem Planeten, die Tür ins Weltall war eisern verschlossen.

Angst hatte er keine mehr. Das Beste war, dass ihm immer, wenn er seither an seine Mutter dachte, ein süßer

131

Pflaumenduft in die Nase stieg. Wenn er daraufhin die Luft anhielt, breitete sich der Duft in seinem Kopf aus und vermischte sich mit dem Geruch nach ofenfrischem Teig, von dem er oft bei seiner Großmutter gegessen hatte, bis ihm der Bauch wehtat und aufquoll, als hätte er einen Fußball verschluckt. Sein Ziel war, mit einem letzten winzigen Fetzen Pflaumenduft bewusstlos zu werden.

Ihm dauerte das alles viel zu lang. Seit mindestens einer Stunde stand er schon vor der Wand und ballte die Fäuste, so fest er konnte, um sich beim Luftanhalten anzufeuern. Er meinte es ernst. Er war überzeugt, er könnte es schaffen.

Dass Sophia ihn komisch angesehen hatte, war ihm nicht entgangen. Mit ihr stimmte etwas nicht, das hatte er gleich erkannt, als sie aus dem Bad kam. Aber darüber brauchte er nicht mehr nachzudenken. Da war niemand mehr, den er hätte fragen können, was in den anderen vorging.

Nicht mehr lang, dann wäre auch er auf Nimmerwiedersehen verschwunden.

Also lehnte er sich an die Wand, atmete tief ein, schloss die Augen und hielt, zum letzten Mal, wie er inständig hoffte, die Luft an.

Nach einer Zeit lang spürte er aus einer fernen Zeit Marens Lippen an seinem Ohr und schwebte hinaus in die süße Finsternis.

10

In der Stille der Nacht empfanden sie eine unbändige Freiheit. Die Mörder ihrer Kindheit waren nur noch Schemen und schon gar nicht mehr wahr. In den Wochen, die folgten, beschworen sie manchmal diesen Zustand, jeder für sich im Dunkeln unter der Decke. Sie wunderten sich, dass sie noch am Leben waren, entgegen jeder Logik ihres Herzens.

Zu diesem Zeitpunkt war Eike nicht mehr bei ihnen. Am Morgen, nachdem sie beschlossen hatten zu sterben, nahmen der Mann und die Frau Eike mit. Er kehrte nicht zurück. Zuvor hatte die Frau, die zum ersten Mal in den Keller gekommen war, mit ihnen geredet. Sie mussten sich die Decken bis über den Kopf ziehen und durften liegen bleiben.

Die Sätze der Frau klangen wie die einer programmierten Maschine. Gelegentlich war der schwere Atem des Mannes zu hören, der wie immer die Eisentür aufgeschlossen hatte. Und gerade, als er die Jugendlichen anschreien und ihnen befehlen wollte, sich vor die Wand zu knien, schnitt die Frau ihm das Wort ab. Ihre Schritte waren neben denen des Mannes vorher nicht zu hören gewesen.

»Lass die armen Kinder, wo sie sind«, sagte sie. »Sie haben gelernt zu gehorchen und brav zu sein zu jeder Stunde. Habe ich nicht recht? Aber ich kenne euch jetzt ein Jahr lang, den einen oder anderen von euch, und ich muss gestehen, ich bin noch nicht zufrieden. Das macht nichts, denn wir haben noch viel Zeit. Ich freue mich darauf. Kinder zu haben, war immer mein Wunsch, und als ich dann welche hatte, habe ich begriffen, dass sie mir die Zeit stehlen. Diese Erkenntnis erschreckte mich anfangs. Doch dann überwog meine Hingabe, und ich beschloss, sie so zu behandeln, wie sie es verdienen.

Ihr seid widerspenstig, arrogant, kaltschnäuzig. Ihr klammert euch an etwas, das euch nicht gehört. Die Zeit. Die Kindheit. Die Jugend. Wenn es nach euch ginge, würdet ihr euch darin suhlen wie Schweine im Koben. Manche von euch versuchen das auch, dann verzweifeln die Eltern und wissen sich nicht zu wehren und ergeben sich eurer Mutwilligkeit. So etwas darf nicht passieren.

Hier, in diesem Haus, passiert so etwas auch nicht. Hier nehmt ihr niemandem die Zeit weg oder könnt so tun, als wärt ihr der Mittelpunkt des Universums. Ihr seid nichts. Weil ihr das immer noch nicht verstehen wollt, müssen wir euch so behandeln, wie wir euch behandeln. Ihr armen Kinder. Eure Tränen können mich leider nicht trösten. Sie sind zu winzig, eure Tränen, kaum zu sehen, ich sehe sie nicht, ich sehe nur eure armseligen Körper und frage mich, wie ihr mit solchen Körpern den Anspruch erheben könnt, auf der Erde zu sein. Aber den Anspruch treibe ich euch noch aus, vollständig, und dann werdet ihr mir auf Knien dafür danken.

Erst wenn ihr keinen Widerstand mehr leistet gegen uns, die einzig wahren Lehrmeister, denen ihr jemals begegnet seid, erst dann werden wir euch erlauben, noch einmal das Tageslicht zu sehen, damit ihr euch in Würde verabschieden könnt.

Ihr widert mich an.

Wann immer ich euch zu Gesicht bekomme, will ich nur eines: euch aus der Welt schaffen.«

Mehrmals glaubte Leon, der am nächsten zur Tür unter seiner Decke lag, irgendwo in der Nähe der Frau ein Scharren zu hören, ein Geräusch, das nicht von dem Mann stammen konnte. Aber er war sich nicht sicher, und es spielte keine Rolle.

Das Einzige, was zählte, waren die Sätze der Frau. Soweit Leon sie kapierte, handelten sie davon, dass sie alle bald sterben mussten. Na und, dachte er, wenn er es schon nicht schaffte, sich selbst umzubringen.

»Ich habe euch jemanden mitgebracht«, sagte die Frau. »Er wird bei euch wohnen und keine Schwierigkeiten machen. Im Gegenteil: Nehmt ihn euch zum Vorbild, lernt von ihm und macht, was er macht. Er hat schnell gelernt und begriffen, dass er nichts wert ist. Wir lieben ihn alle sehr. Mein Wunsch ist, dass ich euch alle eines Tages so lieben kann wie den kleinen Noah. Hol jetzt den anderen.«

Über Leons Gesicht rannen Tränen. Doch er war nicht gemeint. Er hörte die Schritte des Mannes, ein Rascheln und ein unterdrücktes Wimmern und wusste, dass Eike es war, den der Mann in den Kellerflur und die Treppe hinauf trug. Eike hatte keine Kraft mehr zu gehen. Leon weinte wegen ihm und nur ein wenig wegen sich selbst. Dann horchte er.

Die Frau musste noch da sein. Wahrscheinlich wartete sie darauf, dass jemand den Kopf unter der Decke hervorstreckte und bestraft werden musste.

Nichts und niemand rührte sich.

Mit größter Anstrengung versuchte Leon, nicht an die Frau in dem Zimmer oben zu denken, die diese Dinge von ihm verlangte und nun einen Meter von ihm entfernt stand und irgendetwas vorhatte.

Endlich machte sie einen Schritt, einen zweiten, einen dritten. Sie bewegte sich durch den Raum, ging zur Anrichte, da war Leon sich sicher, danach zum Tisch. Zwischen seiner und Conrads Matratze hindurch kehrte sie zur Tür zurück.

»Wir sind keine Unmenschen«, sagte die Frau. »Ihr bekommt etwas zu knabbern und frische Luft wie jeden Samstag. Fünfzehn Minuten. Stell dich an die Wand, Noah, damit alle dich gleich sehen können.«

Kurz darauf verklangen ihre Schritte am Ende der Treppe.

Wie auf ein verabredetes Zeichen hin streckten Leon, Maren, Conrad und Sophia gleichzeitig die Köpfe unter ihren Decken hervor. Auf jeden von ihnen wirkte der vor der Wand stehende Junge wie ein Gespenst.

Leon wischte sich die Tränen aus den Augen und richtete sich auf. Die anderen blieben liegen, verwirrt von den Worten der Frau und der Tatsache, dass sie alle ihre Vorsätze aus der Nacht beinah vergessen hatten.

Noch bevor Leon den Neuling ausgiebig betrachten konnte, sah er, was die Frau getan hatte. Auf der Anrichte fehlte der Teller mit dem verschimmelten Brot und auf dem Tisch war das Mensch-ärgere-dich-nicht-Spiel verschwunden.

Dann bemerkte er den Stock.

In der rechten Hand, vom Körper halb verdeckt, hielt der Junge, dessen Name Leon nicht mehr wusste, einen blauen Gehstock, auf den er sich mit gekrümmtem Oberkörper stützte. Abgesehen von den schwarzen dünnen Haaren, die ihm schräg über die Stirn fielen, stellte er nichts als eine graue Gestalt dar. Zur grauen, schlabbrigen Trainingshose trug er ein graues, ausgewaschenes, formloses Sweatshirt und an den Füßen die gleichen grauen Wollsocken wie die anderen Jugendlichen. Aus seinem bleichen Gesicht ragte eine spitze Nase. Sein Mund schien aus zwei farblosen Strichen zu bestehen. Dagegen wirkten seine dunklen Augen, soweit Leon sie unter den Haaren erkennen konnte, groß und eindringlich, fast Furcht einflößend.

Je länger Leon ihn anschaute, desto unberechenbarer kam ihm der Junge vor. Als würde der etwas ausbrüten und dann ohne Vorwarnung mit seinem Stock zuschlagen. Wie alt mochte der Neue sein? Leon schätzte ihn auf ungefähr dreizehn.

»Wie heißt du noch mal?«, fragte Sophia plötzlich.

Wie in Zeitlupe drehte der Junge den Kopf zu ihr. Sein Mund klappte auf, aber es kam kein Ton heraus.

Jetzt richteten sich auch Conrad und die beiden Mädchen auf, wie Schutz suchend eingehüllt in ihre Decken.

»Sprichst du Deutsch?« Sophia hatte lauter gesprochen als vorher.

Der Junge schwieg. Sein Mund stand immer noch offen. Leon dachte schon, er würde, wie er selbst in der Nacht, die Luft anhalten. Doch dann zuckte der Körper unter der grauen Kleidung und der Junge klopfte mit dem Stock auf den Boden.

Maren dachte an eine Zeremonie am englischen Königshof, die sie im Fernsehen gesehen hatte. Neben ihr warf Conrad die Wolldecke auf die Matratze und stand auf, wobei er Leon die Sicht auf den Neuen versperrte.

»Noah. Ich heiß Noah. Ich bin achtzehn Jahre alt.«

»H-hallo, N-Noah«, sagte Maren leise.

Conrad machte einen Schritt zur Seite, sodass Leon wieder freie Sicht hatte. Niemals, dachte Leon, war Noah volljährig, der war doch noch ein Kind.

Nach einem allgemeinen Schweigen sagte Conrad: »Bist du schon länger im Haus?«

»Seit zwei Tagen.«

Conrad überlegte, was er ihn fragen durfte, bevor ihm einfiel, dass ihm egal war, welche Strafe auf ihn wartete. »Wie alt bist du wirklich?«

»Achtzehn.«

»Wo kommst du her?«

»Darf ich nicht sagen.«

»Sag's trotzdem.«

»Wo kommst du her?«

»Vom Ende der Welt.«

»Ich auch. Wie heißt du?«

Conrad nannte seinen Namen, und ohne dass Noah sie dazu aufforderte, taten die anderen es auch.

»Wenn wir gehorchen, sterben wir nicht«, sagte Noah. Er blickte in die Runde, klopfte wieder mit dem Stock auf den Boden und machte sich auf den Weg zum Bad. Er zog das linke Bein nach und ging so schief, wie er dagestanden hatte. Der blaue Stock hatte einen gebogenen Griff und eine Gummispitze am unteren Ende.

Die vier sahen Noah wortlos hinterher. Er schloss die Badezimmertür. Sie hörten, wie er sich die Hände wusch. Conrads Blick fiel auf die Anrichte.

»Das Brot ist weg. Wer hat das Brot weggenommen?«

»D-das w-war doch eh ver-verschimmelt.«

»Du hast keine Ahnung, Maren. Du weißt überhaupt nicht, was los ist. Sei still, sei hundert Jahre still.«

»L-leck mich a-am A-arsch, C-Conrad.«

»Du mich auch.«

»Ihr könnt mich alle am Arsch lecken«, sagte Sophia.

Leon dachte: Mich auch.

Conrad war so wütend darüber, dass das Brot nicht mehr da lag, dass er am liebsten ins Bad gegangen wäre und Noah, den er dafür verantwortlich machte, verprügelt hätte.

Maren überlegte, womit sie sich die Pulsadern aufschlitzen sollte, wenn das Holzbrett nicht mehr da war, während Sophia sich nach wie vor keine Sorgen wegen ihres bevorstehenden Todes machte.

Seit seinem Aufwachen war Leon die Lächerlichkeit seines Planes bewusst. Doch wenn er an Noah dachte, empfand er eine gewisse Zuversicht, dass dieser ihm auf irgendeine Weise dabei behilflich sein könnte, sich endlich aus der Welt zu schaffen. Er hatte keine Erklärung dafür, aber der Gedanke ermutigte ihn.

Und als Noah aus dem Bad zurückkam, rieb Leon vor Zuversicht und Übermut die Knöchel seiner Fäuste aneinander.

11

Die ersten Tage mit Noah vergingen ohne besondere Ereignisse. Das war beunruhigend für alle – außer anscheinend für Noah. Er aß und trank, hinkte ins Bad, sprach kein Wort. Er schlief auf Eikes Matratze und schien sich nicht im Geringsten daran zu stören, dessen gebrauchte Decke zu benutzen. Morgens brachte einer der Männer – der mit dem Schnurrbart – für jeden eine Scheibe Brot mit Erdbeermarmelade und eine Tasse lauwarme Schokolade, mittags abwechselnd Nudeln mit Ketchup, Fischstäbchen oder einen Topf Nudelsuppe, die allen – vielleicht sogar dem verschlossenen Noah – am besten schmeckte. Der Mann stellte den Topf in die Mitte des Tisches und legte fünf Plastiklöffel daneben.

Sie aßen schweigend, immer. Conrad und Noah, der an Eikes Platz saß, an der Wand, Leon und Maren ihnen gegenüber und Sophia an der rechten Schmalseite.

Wie seit jeher.

Nach dem Essen schaltete Conrad den Fernseher ein, schob seinen Stuhl in die richtige Position und verfolgte zwei oder drei Stunden lang Sendungen, die ihn nicht interessierten. Auch Noah schaute zu, mit halb geschlossenen Augen, als würde er sich in einem ständigen Dämmerzustand befinden. Den Oberkörper nach links geneigt, hatte er die Hände in die Ärmel seines Sweatshirts geschoben, während er den Kopf mit den in die Stirn hängenden Haaren aufrecht hielt.

Noah hauste in seiner eigenen Verlorenheit, doch er war nicht untätig, das schien nur so. In seinem Kopf salutierten die Gedanken vor einem namenlosen Herrscher, den Noah erschuf, seit die beiden Typen ihn nachts an der S-Bahnstation niedergeschlagen und verschleppt hatten. Und da er niemandem mehr vertraute, wollte er für sich bleiben. Wenn die Angst zurückkam, dachte er an das einzige Wort, das ihn mit ein wenig Ruhe erfüllte.

Rache.

Manchmal klang das Wort wie ein Befehl, der von seinem Kopf aus den ganzen Körper erfasste.

Rache.

Er wusste, die meisten Menschen hielten ihn für zwölf oder dreizehn. Sie glaubten, er wäre das geborene Opfer. Er war kein Opfer, auch wenn es im Moment so aussah. Er war nur still. Er horchte seinen Gedanken nach.

Außerdem redeten die anderen auch kaum ein Wort. Wenn es nach ihm gegangen wäre, hätte er lieber allein in einem Verlies die Zeit verbracht. Darin hatte er Erfahrung.

Allein im Dunkeln zu sitzen, beherrschte er. Seine halbe Kindheit hatte er sich darin geübt. Alles keine Herausforderung mehr.

Die Angst störte ihn.

Rache.

Im Gegensatz zu den anderen Jugendlichen verschwendete er keinen Gedanken an den Umstand, dass seit sechs Tagen keiner abgeholt worden war. Obwohl der Mann regelmäßig das Essen brachte und an zwei Tagen die Tür zum Lüften eine Viertelstunde lang offen ließ.

Niemand hatte Noah das System erklärt. Das Einzige, was die Frau zu ihm gesagt hatte, war, er dürfe über das, was er im Haus erlebte, kein Wort verlieren. Andernfalls würde er sterben.

Ähnliche Drohungen kannte er als Kind von seinem Vater. Natürlich würde er nicht sterben. Außer an einer Lungenentzündung oder wenn er sich erhängte. Letzteres hatte er nie vorgehabt, vielleicht ein oder zwei Mal ganz am Anfang. Dann hatte er das entscheidende Wort entdeckt, und von da an hätte er allenfalls noch erfrieren können. Auch dagegen fand er eine Lösung: Liegestütze, Rumpfbeugen, Luftboxen.

Gleichzeitig sann er über die Umsetzung des Wortes in die Tat nach. Jedes Mal und sehr intensiv. Fast sehnte er sich nach der Bestrafung und dem kreativen Alleinsein im eisigen Keller des hübschen Einfamilienhauses, in dem sein Vater seit Kurzem mit seiner zweiten Frau, einer Bulgarin, lebte.

Für Ekaterina war der Tod ihres Mannes einige Jahre später ein Schock. Er lag erschlagen im roten Schnee, niemand hatte den Täter gesehen. Der Fall blieb unaufgeklärt.

Nach dem Zahnarzt, Noahs Vater, wählte Ekaterina einen Kinderarzt und zog in dessen Haus unweit des vorigen. Noah, den sie mitnahm, war bereits sechzehn Jahre alt, sah aber immer noch aus wie zwölf, was Ekaterina »putzelig« fand. Dank der Hilfe eines Psychologen überwand Noah seinen Schmerz über den gewaltsamen Tod seines Vaters bald. Jedenfalls war der Psychologe mit seiner Arbeit sehr zufrieden, und Noah war es mit seiner auch. Die Angst kehrte trotzdem regelmäßig zurück, wie ein Fieber, gegen das er sich nicht wappnen konnte. Doch wenn es ihn erwischte, hatte er gelernt, an das magische Wort zu denken. Das wirkte unbändig. Wie eine Droge aus reinsten Kristallen.

Rache.

Du stirbst, wenn du auch nur einen Ton sagst, hatte die Frau oben im Haus erklärt, und er hatte den Kopf gesenkt und sich schuldbewusst auf den Stock gestützt.

Ein wenig neugierig auf die Geschichten der anderen war er allerdings schon – wie auf die seiner ständig wechselnden Mitbewohner in der WG. Vielleicht bräuchte er eines Tages ihre Unterstützung, auch wenn sie auf ihn nicht den Eindruck von Entschlossenheit und Überlebenswillen machten. Auf Noah wirkten sie allesamt wie erledigt. Wie sie so dahockten, ihn hilflos taxierten und ständig zur Tür starrten, als würden sie darum betteln, endlich wieder nach oben geholt zu werden.

Je länger er in ihren Augen bloß ein verdrucktes Opfer war, umso mehr Ruhe hatte er, die notwendigen Dinge zu entwickeln.

Mit dieser Einstellung hatte er auch die Jahre mit seinem Vater überstanden und schließlich überwunden.

Während er so tat, als würde er im Fernsehen eine Kochsendung anschauen, musste er unwillkürlich an den Schnee in der Osterfeldstraße denken, der sich in Sekundenschnelle rot gefärbt hatte. Das konnte man zu seinem Erstaunen sogar im fahlen Licht der Straßenlampe erkennen.

Den Hammer hatte er im Baggersee entsorgt. Das dumpfe Platschen beim Eintauchen des Eisenteils hörte er bis heute. Wenn er es hören wollte. Die Sache war vorbei.

Natürlich, das hatte auch der Psychologe erläutert, konnte er bestimmte Erinnerungen nicht ausradieren wie eine fehlerhafte Bleistiftschrift im Schulheft. Der Psychologe meinte damit – vermutete Noah – die schönen Momente zwischen Vater und Sohn, die Wucht der Bilder von Geburtstagen, Weihnachten und solchen Anlässen, die auf diese Weise nie wiederkehren würden. All das, was sonst? Von den Ereignissen im Haus an der Osterfeldstraße hatte nie jemand erfahren. Noah fand das gut so. Das waren Sachen zwischen Vater und Sohn. Nicht einmal zwischen Mutter und Vater und Sohn, denn seine Mutter hatte jedes Mal aufgehört zu existieren, wenn sein Vater den Arm ausstreckte und zur Kellertür zeigte.

Ganz früher hatte Noah gedacht, seine Mutter würde sich dann einfach in Luft auflösen. Das war seine Vorstellung gewesen. Wenn er dem Psychologen davon erzählt hätte, hätte der bestimmt eine kluge Erklärung dafür gefunden und die Dinge *wieder ins Lot gerückt*.

Das war es, was auch sein Vater angeblich bezweckte: die Dinge zu Hause wieder ins Lot rücken. Was ein Lot war, hatte Noah nie verstanden, und er hätte den Teufel getan, es herauszufinden. Ihm genügte, was passierte. Was damit gemeint war, interessierte ihn in der fürchterlich finsteren Finsternis einen Dreck.

Manchmal entfuhr ihm ein Seufzer, wenn er an seine Mutter dachte. Sein Vater hatte sie wegen der Bulgarin verlassen, da war Noah sieben Jahre alt gewesen. Seine Mutter hatte zwei Anwälte beauftragt, um eine ordentliche Abfindung zu kassieren. Außerdem wollte sie ihren Sohn auf ihre Seite ziehen, was kein Problem wäre, wie sie glaubte. Doch mit dem Glauben, das kannte Noah aus dem Religionsunterricht, war das so eine Sache. Ein Glaube allein reichte oft nicht aus, um in den Himmel zu kommen. Einige rechtschaffene Gläubige mussten erst den Märtyrertod sterben, bevor Gott sie zu sich nahm und erlöste.

Als seine Mutter weinte, weil er gegenüber den Anwälten ihre Vorwürfe, sein Vater hätte sie in der Ehe betrogen und misshandelt, nicht bestätigte, kam er aus dem Staunen nicht mehr heraus.

Bis zu diesem Moment war Noah überzeugt gewesen, seine Mutter wäre tränenlos auf die Welt gekommen. Später, nach dem Tod seines Vaters, dachte er gelegentlich, seine Mutter habe vielleicht nur in unsichtbarem Zustand eine Träne wegen ihm vergossen, während er im Keller hockte und auf eine Lungenentzündung hoffte.

Solche Gedanken, das wusste er, dienten nur seiner Belustigung und waren nicht ernst gemeint.

Jedenfalls war er nach der Scheidung im Haus bei seinem Vater und dessen neuer Frau geblieben. Das Geld, das seine Mutter herausschindete, reichte gerade für eine winzige Zweizimmerwohnung ohne Fußbodenheizung. Wie hätte er sich auch anders entscheiden sollen als bei seinem Vater zu bleiben und Ekaterina als neue Mutter zu akzeptieren? Er musste die Dinge ins Lot bringen. Das wäre von seiner Mutter aus viel schwieriger, vielleicht unmöglich gewesen.

Mit siebzehn bat er schließlich seinen Ziehvater, den Kinderarzt, ihm eine Wohnung in der Stadt zu mieten. Zu diesem Zeitpunkt war sein häusliches Benehmen alles andere als putzelig und dank der Unterstützung durch Ekaterina stimmte der Arzt zu. Seither wohnte Noah in einer Vierzimmerwohnung, gemeinsam mit zwei Studenten, die im Lauf des vergangenen Jahres bereits zwei Mal gewechselt hatten.

Noah handelte nach dem Prinzip, wer sich nicht anständig benahm, flog raus. Anständig benehmen hieß: Toiletten sauber halten, Küche aufräumen, kein Lärm im Zimmer, keine Mädchenbesuche, keine Partys. Die ersten beiden Studenten, die einzogen, bezeichneten ihn nach einer Woche als Nazi. Er hatte kein Problem, auf die Schnelle zwei Nachfolger für sie zu finden.

Noah war kein Student. Er machte eine Ausbildung als Koch in einem Hotel in Bahnhofsnähe. In seinem Team arbeiteten ein ehemaliger Strafgefangener und zwei junge Frauen, die früher anschaffen gegangen und aus dem Milieu ausgestiegen waren. Von Noah wussten sie lediglich, dass sein Vater ermordet worden war. Richard, der

Ex-Knasti, machte sich einen Spaß daraus, Noah als Täter zu bezeichnen und ihm zu seiner Tat zu gratulieren. Die Frauen nahmen ihn – irgendwie muttermäßig, wie er fand, auch wenn er mit dem Wort etwas völlig anderes verband – in Schutz. Von einer der beiden Frauen fühlte er sich extrem angemacht, und er nahm sich fest vor, die Sache bei nächster Gelegenheit, am besten direkt im Hotel, auszuprobieren.

Er kam nicht dazu, weil er vorher entführt wurde.

Sarina war ihr Name.

Erst gestern hatte er wieder intensiv an sie gedacht. Wie alt sie war, wusste er nicht, er schätzte sie auf Ende zwanzig. Ihren Geburtstag hatte sie ihm verschwiegen, aber sie legte Wert auf ihren Namenstag am fünften März. Und wenn er wolle, sagte sie, dürfe er ihr an diesem Tag etwas schenken, »was Kleines vom Herzen«.

Das hatte er ihr versprochen. Und was er versprach, das hielt er auch. Beispiel: sein Versprechen an die finstere Finsternis, die Sache mit seinem Vater ins Lot zu bringen.

Endlich war die dämliche Spielshow im Fernsehen zu Ende. Noah stand auf, betrachtete einen Moment lang Conrad, der weiterhin gebannt zum Fernseher glotzte, und ging ins Bad, ohne die Tür zu schließen. Als Neuling, hatte die Stotterin gesagt, habe er in dieser Woche Putzdienst. Obwohl er das Klo heute schon sauber gemacht hatte, fing er noch einmal damit an. Alles war besser als ständig mit Blicken tätowiert zu werden.

Nachdem Noah zu Ende geputzt hatte, setzte er sich an den Tisch, auf den rechten Stuhl vor der Wand. Das war, wie die Stotterin ihm erklärt hatte, der Platz eines gewissen Eike gewesen. Wie die Stotterin hieß, hatte er schon wieder vergessen. Er hatte auch nicht vor, sich ihren oder irgendeinen Namen zu merken. Sie schwiegen ihn an, also waren sie für ihn bereits gestorben.

Gestorben: ja. Unbrauchbar: nein.

Noah saß da, schaute sich um und dachte nach. Die beiden Mädchen lagen auf ihren Matratzen, zugedeckt bis zum Kopf, scheinbar schlafend. Der kleine Blonde hockte, an die Wand gelehnt, auf seiner Matratze, und Noah fragte sich, wann er in Ohnmacht fallen würde, so leichenblass, wie der aussah. Der andere Typ glotzte immer noch zum Fernseher, kratzte sich ständig am Kopf und rieb wie besessen über seine Stoppelhaare, als würden sie auf diese Weise schneller nachwachsen. Noah hörte auf hinzusehen.

Er bemitleidete sie alle ein wenig. Wie seine Mutter, die in einer Zweizimmerwohnung lebte und vermutlich wieder als Parfümverkäuferin arbeitete. Das war das Einzige, was sie gelernt hatte. Einmal hatte sie ihn gefragt, ob er glaube, sie sei eine gute Mutter.

Und er: Selbstverständlich!

Hatte sie je die Hand gegen ihn erhoben? Nein. Hatte sie ihn vernachlässigt oder lasch erzogen? Nein. Hatte sie ihm stets zu essen und zu trinken gegeben und warme Kleidung gekauft? Ja.

Selbstverständlich bist du eine gute Mutter, hatte er gesagt und war überzeugt, sie würde es glauben.

Je älter Noah geworden war, desto mehr leuchtete ihm die Notwendigkeit eines Glaubens ein. Jeder, den er kannte, offenbarte irgendwann irgendeinen Glauben. Beispiel: sein Vater. Der glaubte daran, dass sein Sohn im Keller wieder ins Lot kam. Sein Onkel Johann, der Bruder seines Vaters, glaubte an seine Mitgliedschaft im Golfclub, seine Mutter an sich selber. Und seine Mitgefangenen glaubten garantiert an einen gütigen Gott, der eines Morgens durch die geschlossene Eisentür kommen und mit ihnen in die ewige Freiheit entschweben würde.

Glauben war so toll. Jahrelang hatte er dies bei seinen Eltern beobachtet und in dieser Zeit begriffen, dass es zwei Dinge im Leben auf gar keinen Fall gab: Glück und Freiheit. Wer trotzdem darauf hoffte, war ein verdammter Idiot.

Überleben war alles, was zählte, dachte Noah. Die Umstände annehmen und schauen, was geht. Was tun, wachsam bleiben, das Unvermeidliche akzeptieren und sich nicht einbilden, da draußen warte ein spezielles Leben.

Nach Meinung von Noah war das Leben überall gleich. Und letztlich, wenn er ehrlich war – und das war er in der Gemeinschaft der armseligen Gestalten um ihn herum – hauste jeder in seinem eigenen Keller, lebenslang, eingesperrt von jemandem, der den Schlüssel hatte. Das war alles. Es gehörte, davon war Noah mehr denn je überzeugt, zur Natur des Menschen, andere zu unterwerfen, zu quälen, schließlich zu töten, um sich einzubilden, überlebt zu haben.

Wie sein Vater.

Wie seine Mutter.

Wie sein Onkel.

Wie der Rest der Menschheit, dem er bisher begegnet war.

Aus dem Keller zu entkommen, war wichtig, dachte Noah und stützte sich mit beiden Händen auf den geschwungenen Griff seines Gehstocks und legte das Kinn darauf. Der eine oder andere Schlüsselbesitzer musste liquidiert werden, anders war das eigene Leben nicht zu ertragen. Außerdem verschaffte man sich durch entsprechende Handlungen eine gewisse Abwechslung und stabilisierte seine Kräfte und sein Denkvermögen. Danach allerdings kamen neue Herausforderungen, neue Zwänge, neue Keller. Nichts Besonderes.

Wieder einmal erinnerte Noah sich an den Moment seiner Entführung.

Es war nachts, kurz nach eins, auf dem Parkplatz vor dem S-Bahnhof der Kleinstadt, wo er aufgewachsen war. Mit der Bahn brauchte er zwanzig Minuten bis nach Hause, kein Problem. Jemand trat auf ihn zu, holte aus und – Dunkel.

Als er im Auto zu sich kam, dachte er als Allererstes, sein Vater stecke hinter dem Überfall. Dann fiel ihm ein, dass sein Vater seit zwei Jahren tot war. Stunden später – er lag gefesselt in einem Lieferwagen, der offensichtlich in einem Höllentempo über die Autobahn raste – kam er auf den Gedanken zurück. Wenn schon sein Vater nicht dahinterstecken konnte, dann vielleicht dessen Bruder.

Noah überlegte, ob er mit einem Golfschläger k.o. geschlagen wurde. Möglich, aber sicher war er nicht. Und was sollte sein Onkel damit bezwecken? Rache? Wegen der Liquidierung seines Bruders? Die Polizei tappte im Mordfall an der Osterfeldstraße im Dunkeln, keine Zeugen, ein Familiendrama in der idyllischen Kleinstadt, alle Nachbarn erschüttert. Sogar seine Mutter hatte am Grab einige Tränen aus ihrem Kopf gekramt. Große Anteilnahme, irre Worte des Pfarrers, die Noah nie vergessen würde. Der allseits beliebte Zahnarzt und Familienvater sei einem unfassbar grausamen Verbrechen zum Opfer gefallen und so weiter. Unfassbar, dachte Noah später gelegentlich, wäre gewesen, wenn auf den Feldern statt der üblichen grünen plötzlich riesige, rote Kohlköpfe gewachsen wären. Aber ein toter Zahnarzt im Schnee ... Inzwischen war ihm klar, dass niemand aus seiner Verwandtschaft ihn gekidnappt hatte, sondern gewöhnliche Verbrecher. Sie schlugen und misshandelten ihn, knipsten Fotos, drehten Filme und brachten damit vielleicht ein paar Dinge ins Lot, die ihn nichts angingen.

Ein Keller war wie der andere, dachte Noah und klopfte mit dem Stock so heftig auf den Boden, dass Conrad vor Schreck mitsamt seinem Stuhl umkippte.

»Tschuldigung«, sagte Noah und lachte.

12

Am Samstag blieben die Eisentür und ein Kellerfenster für fünfzehn Minuten geöffnet. Die Jugendlichen knieten auf dem Boden, mit dem Gesicht zur Wand, außer Noah. Der hatte sich nur umgedreht, als draußen die Schritte und das Klirren des Schlüsselbundes zu hören waren. Er stand, gestützt auf seinen Stock, weiter reglos da, ohne dass der Mann ihn ermahnt hätte.

Der traut sich was, dachte Sophia. Sie kniete neben Noah und fröstelte in ihrem Kleid. Ohne den Kopf zu bewegen, warf sie seinen Beinen und seinem blauen Stock heimlich Blicke zu. Aus einem seltsamen Grund beruhigte sie die aufrechte Nähe des Jungen, der behauptete, schon achtzehn zu sein und in Wahrheit vermutlich erst fünfzehn war.

Sein Schweigen dagegen, sein wortloses Getue und die Art, wie er die anderen musterte, hielt Sophia für arrogant und gemein. Und wie er gestern Conrad ausgelacht hatte, der sich vor ihm und seinem Gepolter mit dem Stock so erschrocken hatte, dass er mit dem Stuhl umgekippt war, würde sie nicht vergessen. Dafür hatte Noah mindestens eine Ohrfeige verdient, und zwar eine saftige und in einem Moment, in dem er garantiert nicht damit rechnete.

Seit einer Woche tat er so, als wäre er etwas Besseres. Das empfanden die anderen genauso wie Sophia, denn sie hatten in seiner Abwesenheit darüber gesprochen. Jedes Mal, wenn Noah auf dem Klo war, flüsterten sie einander zu, was sie über ihn dachten, und sie dachten fast alle dasselbe. Nur Leon meinte, der Neue erinnere ihn an Eike, und der sei einfach mit seinem Zorn nicht zurechtgekommen. Für Sophia war das keine Entschuldigung für Noahs Benehmen, ganz gleich, welche negativen Gefühle er mit sich herumschleppen mochte. Sie waren doch eine Gemeinschaft, dachte sie plötzlich wieder, sie hatten doch die Pflicht, sich gegenseitig an der Hand zu nehmen. Und Noah zeigte keine Nächstenliebe, nur Verachtung.

Sie zwang sich, ihm bis zum Ende der Lüftungsprozedur keinen noch so kleinen Blick mehr zuzuwerfen. Eigentlich, überlegte sie, hatte sein nahes Dastehen sie gar nicht beruhigt, das hatte sie sich nur eingebildet. In Wahrheit war ihre Angst vor dem Mann an der Tür so riesig gewesen, dass sie es sogar für möglich gehalten hatte, Noah würde dem Mann mit dem Stock eins überziehen, falls dieser sich ihr nähern sollte. Diese Vorstellung kam ihr nun lächerlich vor.

Noah, dachte Sophia, während die Eisentür wieder ins Schloss fiel, die schweren Schritte verklangen und alle sich umdrehten, versuchte – wie jeder hier im Raum – die Geister in seinem Herzen zu bannen. Nur deshalb gab er den unberechenbaren, lässigen Schweiger und fuchtelte mit seinem Gehstock durch die Gegend. Vermutlich wäre er niemals in der Lage, gegen irgendjemanden die Hand zu erheben, schon gar nicht gegen ein Monster wie den Mann mit den Schlüsseln.

Sophia setzte sich an die rechte Schmalseite des Tisches und dachte an Eike, der auch immer ein Held sein wollte.

Und dann ...

Dann sah sie Eike vor sich, wie er plötzlich losgesprungen war und auf Conrad eingetrommelt hatte. So etwas hätte sie ihm nie zugetraut.

Sie hob den Kopf, und da stand er.

Er stand direkt neben ihr, wie vorher, als sie auf dem Boden gekniet hatte.

»Warum magst du mich nicht?«, fragte Noah.

Sie hatte die Augen geschlossen gehabt und ihn auch nicht kommen hören. Normalerweise war das Geräusch des Stocks trotz der Gummispitze und der Teppiche nicht zu überhören.

»Wieso redest du nicht mit mir?«, fragte er.

Conrad und Leon sahen sie an. Maren war im Bad verschwunden. Sophia stützte den Kopf in die Hände, ratlos, mürrisch.

»Ich rede doch mit dir«, sagte sie.

»Tust du nicht.«

»Bist du taub?«

»Und wieso magst du mich nicht?«

»Lass mich in Ruhe.«

»Hast du Angst vor mir?«

Sie richtete sich auf. Sie wollte Nein sagen. Doch dann schüttelte sie bloß den Kopf, verzog den Mund und verschränkte die Arme. Kurioserweise verschränkten auch

Conrad und Leon die Arme vor der Brust, als wollten sie damit etwas demonstrieren. Es war vielleicht ein Reflex, der Noah zum Lachen brachte.

»Hör auf«, sagte Sophia laut.

Noah klopfte mit dem Stock auf den Boden und verstummte. Leon dachte sofort an ein Kommando und dass der Junge vielleicht einem unheimlichen, nur ihm bekannten Gesetz gehorchte. »Voll hart«, sagte er unabsichtlich.

Noah drehte sich zu ihm um. »Was ist voll hart?«

»Nichts.«

»Was denn?«

»Hör auf, dauernd auf den Boden zu klopfen«, sagte Conrad.

»Wie heißt du?«

»Du weißt nicht mehr, wie ich heiße?«

»Nein.«

»Ist auch nicht wichtig«, sagte Conrad.

»Ich hab alle eure Namen vergessen.« Noah sah zur geschlossenen Badezimmertür, hinter der kein Geräusch zu hören war. »Was macht die da drin so lang?«

Sophia stand auf. »Geht dich das was an, Noah?«

»Mich geht alles was an.«

Die beiden Jungen ließen die Arme sinken und wirkten von der Situation überfordert. Fast alles, was Noah tat oder sagte – wenn er überhaupt mal den Mund aufbrachte –, klang in ihren Ohren wie eine Provokation, wie eine versteckte Beleidigung.

»Reg dich wieder ab«, sagte Conrad.

»Ich hab mich nie aufgeregt.« Noah drehte sich erneut

zu Sophia um. »Was hab ich dir getan, dass du mich ignorierst?«

Sophia stieß einen Seufzer aus. Wenn er so weitermachte, dachte sie, würde einer der Männer kommen und ihn abholen, und sie würden ihn nie wiedersehen. Wie Eike. Sie ging zum Bad und klopfte an die Tür. »Ist alles in Ordnung, Maren?«

Nach einer Zeit lang wurde die Tür geöffnet. Maren sah bleich aus, ihre Augen waren gerötet, ihr Kleid hatte dunkle Flecken, die Sophia vorher nicht bemerkt hatte. »Was ist mit dir?«

Maren schniefte, krallte die Finger ins Kleid. »H-hab ged-dacht, er sch-schlägt uns t-tot. N-Noah.« Sie vermied den Blickkontakt mit ihm und starrte die Tür an.

»Spinnst du?« Noah machte einen Schritt. Maren zuckte zusammen. Sophia legte ihr den Arm um die Schulter und führte sie von der Tür weg.

»Sei still«, sagte Sophia zu Noah. Er zeigte keine Reaktion. »Wie kommst du denn auf so was, Maren? Wir erschlagen uns doch nicht gegenseitig.«

»D-der ist g-gefährlich.«

»Ignorier ihn einfach.«

»Ich will nicht ignoriert werden«, sagte Noah.

Sophia und Maren setzten sich nebeneinander an den Tisch, mit dem Rücken zum Raum.

»Du bist wie der Eike«, sagte Leon mit einem hastigen Blick auf Noah.

»Der, der auch schon mal hier war?«

»Genau.«

»Und wo ist er jetzt?«

»Das wissen wir nicht«, sagte Conrad.

»Er ist wahrscheinlich tot.« Wie schuldbewusst blickte Leon zu Boden. Conrad legte sich auf seine Matratze und zog die Decke bis zur Schulter.

»Eike ist nicht tot.« Sophia streichelte Marens Gesicht. Leon wünschte, sie würde seines auch streicheln.

Noah hinkte zur Tür und horchte, obwohl ihm klar war, dass er von seinem Platz beim Tisch genau dasselbe gehört hätte: nichts. Er brauchte Bewegung. In seinem Bein brannte wieder diese Lunte, wie in den Monaten nach der Operation, er hätte schreien können vor Schmerz und Zorn.

Leon bemerkte Noahs verzerrtes Gesicht, wagte aber nicht, ihn darauf anzusprechen. Unschlüssig klopfte er die Fäuste aneinander, hoffte, Conrad würde etwas sagen oder aufstehen und den Fernseher anstellen. Als nichts dergleichen passierte, schaute Leon sich um wie jemand, der einen Platz suchte, um sich erschöpft niederzulassen. Er konnte sich nicht entscheiden. Am liebsten hätte er sich zu den Mädchen gesetzt. Vielleicht hätte Sophia wieder eine Geschichte aus der Bibel erzählt, so lange, bis er nicht mehr an seine Mutter denken musste.

Seit mindestens einer Woche hatte er nicht mehr an sie gedacht und seit heute Morgen andauernd. Leon glaubte, es habe etwas mit der frischen Luft von draußen zu tun oder dem, was die Luft in ihm ausgelöst hatte. Eine Erinnerung, an die er sich nicht mehr erinnern konnte. Das Zusammensein mit seiner Mutter an einem fremden Ort, wahrscheinlich am Meer. Er kam nicht drauf.

Was er fast sicher wusste, war, dass er als Drei- oder Vierjähriger mit seinen Eltern in Italien am Meer gewesen war, damals, als sie noch zu dritt waren. Allerdings hatte seine Mutter ihm die Geschichte oft erzählt, und inzwischen war er nicht mehr sicher, ob er sich tatsächlich an die zwei Wochen am Strand erinnerte.

Angeblich hatte er jeden Tag ein grünes Eis vom Eisverkäufer und einen vollen Teller Nudeln mit Tomatensauce in einem Lokal am Straßenrand gegessen. Alles ewig her.

Trotzdem hatte ihn die kühle Luft heute früh aus dem Keller woanders hingetrieben, und er hatte immer noch nicht begriffen, wohin. Er bemerkte nicht einmal, wie ihm wieder Tränen über die Wangen liefen.

Noah beobachtete ihn. Was für ein Baby, dachte er. Doch in dem Moment, als er ihm sagen wollte, er solle endlich mit der Heulerei aufhören, fuhr Sophia auf ihrem Stuhl herum und zeigte mit dem Finger auf ihn. Ihre Stimme überschlug sich beinah vor Verärgerung.

»Du sollst da nicht rumstehen hinter unserm Rücken. Setz dich hin. Oder leg dich hin. Oder geh ins Bad. Hast du mich verstanden? Mein Name ist übrigens Sophia. Und meine Freundin heißt Maren. Und das ist Leon und das ist Conrad.« Sie nickte in die Richtung der beiden, senkte den Arm, wartete auf eine Antwort.

»Ich hab dich verstanden, Sophia«, sagte Noah.

»Dann ist's gut. Worauf wartest du also?«

»Wieso darf ich nicht hier stehen?«

»Weil uns das stört.«

»Ich will hier stehen bleiben.«

Sophia drehte sich noch ein Stück mehr zu ihm um. »Sag mal, hinkst du nicht nur mit dem Bein, sondern auch mit deinem Kopf? Du sollst da weggehen, sag ich.« Leon hielt sich die Ohren zu. Das irritierte Sophia für einen Moment. Dann ruckte sie mit dem Stuhl, als wollte sie gleich aufspringen. »Wir wissen nichts von dir.« Ihre Augen waren Leon noch nie so grün vorgekommen. Er starrte in ihr Gesicht und dachte plötzlich an die Wiese auf dem Kalvarienberg, wo sie in der prallen Sonne Fußball spielten, jeden Sommer, jede Woche. Sophias Stimme drang durch seine Hände hindurch, er wollte nicht hinhören, er wollte bloß dastehen und herausfinden, wo das Meer in seinem Kopf herkam.

»Du stolzierst hier rum, Noah, und das wollen wir nicht. Du bist genau so ein Opfer wie wir und du wirst genau so sterben. Ist mir egal, was du dir einredest. Wir reden uns alle was ein, anders schaffen wir das nicht. Aber verhalt dich einfach ruhig. Und wenn's einem von uns schlecht geht, dann tu irgendwas und hilf. Und steh nicht rum. Ist das klar?«

Noah zeigte mit dem Stock auf Leon. »Er steht auch rum.«

»Er steht nicht rum«, sagte Sophia.

»Was ist das dann? Senkrecht liegen?«

»Du bist nicht witzig, Noah.«

»Wieso bist du so zu mir?«

»Hör auf, mir Fragen zu stellen.«

»Glaubst du eigentlich, *du* bist was Besseres?«

»Was?«

»Du? Bist du hier die Chefin?«

Sophia stand auf. Maren griff nach ihrem Arm. Noah hatte den Stock gehoben, um wieder auf den Boden zu schlagen, und hielt in der Bewegung inne. Conrad richtete sich auf seiner Matratze auf. Leon nahm die Hände von den Ohren.

Niemand sagte etwas.

Eine Minute verstrich in Stille. Dann ging Sophia zu Noah, schlang die Arme um ihn, hielt ihn eine Weile fest, machte einen Schritt zur Seite und griff nach seiner Hand. Noah hatte keinen Mucks von sich gegeben. »Bei uns ist niemand allein. Merk dir das«, sagte sie zu ihm. »Und du auch, Leon. Dann musst du nicht mehr so oft weinen.«

Erschrocken rieb Leon sich über die Augen und stellte fest, dass sie nass waren. Er schämte sich. Dann fiel ihm ein, woran er gerade gedacht hatte. Seine bleichen Lippen verwandelten sich in ein scheues Lächeln.

Sogar Noah zeigte auf einmal Interesse. Er setzte sich neben Leon, was er noch nie getan hatte. Ohne die vier Jugendlichen am Tisch auch nur eine Sekunde aus den Augen zu lassen, hockte Conrad auf seiner Matratze und wartete, dass Leon endlich eine Erklärung abgab. Alle warteten darauf, seit mit Leon diese seltsame Veränderung vor sich gegangen war und er mit einem beseelten Blick drei Mal auf und ab gelaufen war und dabei wirkte, als nähme er nichts von seiner Umgebung wahr. Er ging einfach, den Blick in die Ferne gerichtet – als gäbe es hier irgendeine Ferne, dachte Noah –, mit trippelnden Schritten und schlenkernden Armen.

Maren hatte ihm zugesehen und sich ein wenig gefürchtet. Jetzt kam ihr der Gedanke, Leon habe womöglich einen Plan gefasst, der jeden Einzelnen von ihnen betraf und etwas Schlimmes auslöste.

Obwohl sie keine Ahnung hatte, was das sein könnte, deutete sie jetzt sein stummes Dasitzen und sein Lächeln, das einfach nicht aufhörte, als Vorzeichen einer fürchterlichen Explosion.

»J-jetzt r-red schon«, sagte sie. Am liebsten wäre sie aufgestanden und zu ihm hingegangen und hätte ihn festgehalten, nur so, wegen der Nähe.

Leon wusste nicht, was er sagen sollte. Hingesetzt hatte er sich nur, weil Noah ihm, nachdem er auf und ab gegangen war, die Hand auf die Schulter gelegt und zugedrückt hatte, und das tat ihm weh. Anschließend hatte Noah ihn auf den Stuhl gepresst, indem er seine Pranke so lange auf Leons Schulter ließ, bis er sich ebenfalls hingesetzt hatte.

Eigentlich wollte Leon überhaupt nicht sitzen. Er wollte stehen bleiben und der Luft nachschnuppern, den salzigen Geschmack auf der Zunge spüren und den Moment auskosten, an den er sich plötzlich vollkommen klar erinnerte. Als hätte jemand in seinem Kopf eine Taschenlampe angeknipst.

Bei diesem Gedanken kehrte sein Lächeln zurück, und er brauchte eine Zeit lang, bis er mitkriegte, dass die anderen ihm ununterbrochen ins Gesicht starrten.

Er hatte trotzdem nichts zu sagen. Außerdem war ihm das, was er hätte sagen können, peinlich. Weil es schon wieder um seine Mutter ging und darum, dass er schwach und kindisch war.

Dabei wussten die anderen fast nichts von seiner Mutter und dem Leben, das er mit ihr führte. Die meiste Zeit redete er doch nur stumm mit sich selbst, das vergaß er dauernd. Nach einem Jahr in Gefangenschaft hatte er sein halbes Leben noch einmal im Kopf verbracht. Die Überlegung, wem er was inzwischen erzählt hatte, überforderte ihn. Dann erschrak er. Neben ihm war ein Kopf mit Haaren vorm Gesicht aufgetaucht. »Wir warten, Leon«, sagte Noah und blies mit vorgeschobener Unterlippe ein paar Haarsträhnen von seiner Nasenspitze.

»Woran denkst du Schönes?« Sophia saß Leon gegenüber.

»An nichts.«

»Du sollst nicht lügen.«

»Ich lüg nicht.«

»Bist du verliebt?«, fragte Noah.

»Lass mich in Ruhe.«

»Darauf kannst du lange warten.«

Sophia legte die Hand auf Leons Arm. Leon saß nach vorn gebeugt da, die Arme auf dem Tisch. Sein Lächeln wurde kleiner. Als ihre Blicke sich begegneten, hörte es auf. Leon betrachtete Sophias Hand auf seinem Arm, warf Noah einen grimmigen Blick zu und lehnte sich zurück.

»Ich sag gar nichts.«

Mit einer schnellen Bewegung hieb Noah mit dem

Stock auf den Boden, weniger heftig als bisher. »Dann schweigen wir alle, der König hat's befohlen.«

Bei dieser Bemerkung musste Leon gleich wieder lächeln. Sophia strich ihm mit zwei Fingern über die Nase. Er schaute in ihre grünen Augen und bekam mit einem Mal ein schwungvolles Herz.

»Damals«, sagte er, und das wiederentdeckte Wort gefiel ihm. »Damals hab ich keine Luft mehr gekriegt, ich hab gezittert am ganzen Körper, voll hart war das.« Er sah niemanden direkt an. Das war auch nicht nötig, alle Blicke waren sowieso auf ihn gerichtet. Conrad war auf seiner Matratze ein Stück zur Seite gerutscht, damit er Leon besser sehen konnte.

»Die Bettdecke hab ich bis zur Nase raufgezogen und nur geschaut, dass die Ohren frei sind. Weil sie doch gesungen hat, meine Mutter. Die ist doch Sängerin, das wisst ihr ja.«

Niemand wusste es, aber niemand sagte etwas.

»Sie hat an meinem Bett gesessen und ein Lied gesungen, ziemlich leise, weil sie mich nicht erschrecken wollte und wahrscheinlich Angst gehabt hat, dass die Nachbarn was mitkriegen. Unsere Nachbarn hören immer alles. Meine Mutter behauptet, die hören schon was, bevor überhaupt was passiert.

Das Fenster war gekippt, wegen der Luft. Damit ich frische Luft krieg im Bett und mein Fieber runtergeht. Und das Lied hat vom Meer gehandelt, von den Möwen und von einem Schiff, das bis zum Horizont fährt. Das Meer war in meinem Zimmer, ich schwör's, ich hab die

Möwen gehört, ganz deutlich. Nur wegen dem Singen von meiner Mutter.

Manchmal hab ich mir gewünscht, dass ich krank werd und wieder im Bett liegen muss. Dann geht meine Mutter nicht zur Arbeit und sitzt bei mir, stundenlang, ehrlich. Und dann fragt sie mich, ob sie mir was vorsingen soll, und ich brauch bloß blinzeln, dann weiß sie schon, was ich mein, und fängt an. Einfach so. Ohne Musik dazu. Ihre Stimme ist stark, so wie deine, Sophia, nicht so hoch und dünn wie die von den Sängerinnen im Fernsehen. Sie singt wie eine Rocksängerin auf der Bühne, aber sie singt keine Rocksongs, das ist ja klar. Sie singt Geschichten. Sie erzählt immer was, wenn sie singt. Vom Meer zum Beispiel, von Ländern, die weit weg sind, vom Sand und vom Licht und von den Sternen. Manchmal versteh ich was nicht, weil es Englisch ist, mein Englisch ist nicht gut. Das stört mich nicht, und sie auch nicht.«

Er rieb die Knöchel seiner Fäuste aneinander und bemerkte, dass Conrad die Augen geschlossen hatte, was schön aussah, auch wenn Leon nicht hätte sagen können, wieso. »Und dann bin ich gesund geworden, und meine Mutter musste wieder viel arbeiten, weil sonst kein Geld ins Haus kommt. So war das, ja, so war das.«

»Und vorhin musstest du an sie denken«, sagte Sophia. Leon nickte. Maren zupfte an ihrem Kleid. »K-kannst du a-auch s-singen?«

»Ja«, sagte Noah. »Sing uns mal einen. Bring Stimmung ins Haus. Auf geht's. Lass deine königliche Stimme erklingen.«

»Bin kein König.« Wenn er die Worte in seinem Kopf nachklingen ließ, kam er sich lächerlicher vor denn je. Am liebsten wäre er aufgestanden und ins Bad gegangen und erst wieder herausgekommen, wenn das Licht aus war. Er ahnte, dass Noah ihn daran hindern würde.

»Sing was«, sagte Noah.

»Ich kann nicht singen.«

»Denk dran, was Sophia gesagt hat.«

Leon wusste nicht, was er meinte.

»Du sollst nicht lügen«, sagte Noah.

»Ich kann nicht singen.«

»Wo sind dann die Gene deiner Mutter hin?« Noah beugte seinen Oberkörper, bis er Leons Schulter berührte. Leon rückte unwillkürlich mit dem Stuhl ein Stückchen weg. Jedenfalls versuchte er es.

»L-lass ihn i-in R-Ruhe, Noah.«

»Vielleicht später«, sagte Sophia sanft. »Nach dem Stimmbruch kannst du vielleicht singen.«

»Ich kann nicht singen.« Leon wollte gerade Sophias Berührung genießen, als sie die Hand wegzog. Sekundenlang war er so verwirrt, dass er nicht bemerkte, wie Noah den Arm um seine Schulter legte. Erst als Noah ihn ansprach, zuckte er zusammen.

»Kein Problem. Du singst, wenn du die passende Stimme dazu hast. Okay? Glaub an dich, glauben ist so toll, glaub mir.«

Wahrscheinlich wollte Noah ihn verarschen, dachte Leon, ganz genau wusste er es jedoch nicht. Er bereute, dass er überhaupt den Mund aufgemacht hatte. Und als

Noah endlich seinen Arm runternahm, beschloss er, seine Zähne zu putzen, sich anschließend unter seiner Decke zu verkriechen und bis zum Ende der Nacht still zu sein. Wahrscheinlich würde seine Mutter böse wütend werden, wenn sie erfuhr, was er alles über sie erzählte. Solche Geschichten mochte sie überhaupt nicht. In ihren Augen war ihre Zeit als Sängerin ewig vorbei, und niemand hatte das Recht, sie daran zu erinnern. Das wusste er genau.

Bevor Leon die Badezimmertür hinter sich schloss, hörte er im Kellerflur vertraute Schritte.

Die beiden Mädchen sprangen von den Stühlen, Conrad von der Matratze, und sie knieten sich vor die Wand. Leon eilte herbei und Noah blieb wieder stehen. Noah rechnete damit, dass sie ihn heute noch holen würden, und es war ihm egal. Beim Geräusch des Schlüssels dachte er an den Tag der Vergeltung. Als der Mann den Raum betrat, umfasste Noah den Griff seines Stocks mit beiden Händen und wartete auf den Kartoffelsack.

Doch der Mann stülpte nicht ihm den Sack über den Kopf. Sondern Leon.

Mit Schlägen gegen die Schulter dirigierte der Mann Leon nach draußen. Oben würde er ihm den Sack abnehmen und Leons Augen mit einem Schal verbinden. Leon wusste, dass die Frau das manchmal so wollte, wenn sie allein mit ihm im Zimmer blieb.

Wahrscheinlich, dachte Leon noch kurz, durften nicht nur Kinder, sondern auch Erwachsene ihr niemals widersprechen.

13

Er ließ Leon gewähren. Dabei hätte Noah vor Wut am liebsten zugeschlagen, mit dem Stock auf den Tisch, mit der Faust in Leons Gesicht. Noah sah ihm zu, wie er auf und ab schlurfte, ein Ausbund an Furcht, die er für Entschlossenheit hielt.

Nachdem er sich in der zurückgekehrten Stille von der Wand weggedreht und sofort begriffen hatte, in welchem Zustand Leon sich befand, glaubte er, einen Riss in seinem Herzen zu spüren.

Wie panisch klopfte Noah daraufhin mit der Faust auf seinen Brustkorb und beruhigte sich erst wieder, als er erkannte, dass Leon noch fähig war zu gehen und den Kopf zu bewegen wie jemand, der einer geheimen Musik lauschte. Dass da keine Musik in Leons Kopf war, stand für Noah fest, und er hasste die Stille im Raum, seit die beiden Männer die Tür wieder hinter sich verriegelt hatten.

Und seit Maren und Sophia weg waren.

Die Männer hatten die Mädchen am Morgen mitgenommen.

Ich schlag dich tot, sagte eine Stimme in Noah.

Leons Anblick katapultierte ihn gegen jede Faser seines

Willens in das Verlies seiner Kindheit. Das war ein gewöhnlicher Keller, der von einem gewöhnlichen Zahnarzt abgeschlossen wurde.

Jedes Mal, wenn ihn ein Blick aus Leons Augen erwischte, fingen seine vertrockneten Tränen Feuer. Noah weinte schon lange nicht mehr. Im Alter von sechs Jahren hatte er in der Finsternis beschlossen, stärker zu sein als seine Tränen. Außerdem sagte er sich, sein Vater habe seine Tränen nicht verdient, genau so wenig wie seine Mutter. Er wollte ihnen etwas beweisen, von dem er zuerst noch nicht genau wusste, was es war. Beim nächsten kalten, feuchten, lichtlosen Mal aber war ihm alles klar gewesen: Seine Tränen waren sein Eigentum. Sie gehörten ihm allein, wie seine Haare und sein Blut, niemand hatte das Recht, sie zu verurteilen oder zu bedauern, nicht einmal sie anzuschauen.

In derselben Dunkelheit lernte er, bei trockenen Augen zu schluchzen. Kurz darauf bewies er seine neue Fähigkeit am helllichten Tag in Gegenwart seiner Mutter. Wegen einer Bemerkung hatte sie ihm eine Ohrfeige gegeben – und er sah sie darauf hin nur an, schniefte und blinzelte, weiter nichts. Sie schien irritiert zu sein, denn sie legte den Kopf schief, was er unglaublich dämlich fand.

Seither lagerten seine Tränen wie vergammeltes Laub in einer Nische seiner Erinnerung. Und jetzt bildete er sich ein, sie zu riechen.

Etwas in ihm fing an zu brennen, wenn Leon mit schleppenden Schritten an ihm vorbeiging und ihn aus erloschenen Augen anschaute.

Noah hätte ihn beinah angespuckt, weil er es nicht schaffte, ihm ins Gesicht zu schlagen. Oder wenigstens einen Stuhl gegen den Fernseher zu schleudern, vor dem Conrad wie ein vereister Klotz hockte und sich tonlosen Schwachsinn reinzog.

Noah stand neben dem Tisch und verlagerte sein Gewicht von einem Bein aufs andere. Er presste den Stock an den Körper und verfolgte jeden von Leons Schritten. Er konnte nicht anders. Die Bewegungen des Jungen wirkten magnetisch auf ihn. Wie ein Film, in dem er selbst mitgespielt hatte. Auch er war auf und ab gelaufen, hin und her, von einer Wand zur andern, halbblind und wehrlos, angefüllt mit einem namenlosen Schmerz, der nicht von den Schlägen herrührte – Schläge waren normal und taten bloß weh –, sondern von der Welt und den unbegreiflichen Menschen.

Und Noah ahnte, dass Leon in diesem Moment ähnlich empfand.

Deswegen wollte er ihn vorhin niederprügeln. Um Leon aufzuwecken. Um ihm die Wahrheit einzubläuen. Um ihn von der Schuld zu erlösen, mit der er sich quälte. Darüber wusste Noah Bescheid wie über nichts sonst.

Er hatte sich einen eigenen elektrischen Stuhl gebaut. Da war er vier Jahre alt, und der Stuhl war unsichtbar, das war das Wichtigste. Niemand sollte Noah daran hindern, sich draufzusetzen und zu verbrennen vor lauter Schuld. Woher er überhaupt wusste, dass es auf der Welt elektrische Stühle gab, konnte er später nicht erklären. Der Psychologe wollte aber ständig mehr darüber erfahren, weil er dieses Bild vom elektrischen Stuhl aus dem Mund eines Jugendlichen angeblich noch nie gehört hatte. So blieb ihm auch verborgen, dass der elektrische Stuhl für Noah kein Bild war, sondern eine Wirklichkeit.

Und hätte Noah das Wunder mit seinen Tränen nicht vollbracht, er wäre dort unten gestorben, verurteilt von seinen Kopfgeschworenen. Indem er seine Tränen besiegte – das war ihm schon als Sechsjährigem klar –, besiegte er gleichzeitig die Welt und die Menschen.

So einfach war das. So einfach, wie einen Hammer im Baggersee zu versenken.

Das alles musste Leon kapieren, bevor sie ihn auf ihre Weise ermordeten und als Krüppel weiterexistieren ließen. Auch ihn, Noah, hatten sie als Krüppel weiter geduldet. Doch er hatte ihnen die Chance vermasselt, ihn zu ermorden. So glaubten sie nur, er wäre von nun an brav.

Glauben, dachte Noah wieder einmal, war so toll.

»Bleib stehen«, sagte er zu Leon.

Mitten im Schritt hielt Leon inne.

»Setz dich hin.«

Leons Blick irrte an Noah vorbei zur Wand und wieder zurück.

»Komm her.«

Leons Kopf kippte langsam nach links, nach rechts, nach links. Dann ging er zu seiner Matratze, sackte auf die Knie, roch an seiner linken Hand, kippte zur Seite und begann leise zu wimmern. Conrad warf ihm einen Blick zu und schaute wieder zum Fernseher, in dem ein Heimatfilm aus den sechziger Jahren lief.

Nach einer Weile nahm Noah einen Stuhl, stellte ihn neben Leons Matratze und setzte sich hin, den Gehstock zwischen den Knien, die Hände auf dem Griff überkreuz.

»Erzähl mir was«, sagte er.

Verblüfft hob Leon den Kopf, ließ ihn gleich wieder sinken, schlug die Hände vors Gesicht und schluchzte.

Noah beobachtete ihn. Minuten später drehte Leon sich zur Seite, legte den Kopf auf die Hände und sah zu Noah hinauf.

»Hab alles vergessen«, sagte er.

»Wann bist du geboren?«, fragte Noah.

Er bekam keine Antwort, nur einen verschollenen Blick. Noah hatte den Eindruck, Leon irrte noch immer durch einen Dschungel aus Gedanken, in den kein Funken Licht fiel.

Noah kannte diesen Zustand. »Spielst du Fußball?«, fragte er.

Leon nickte.

»Torwart?«

Leon schüttelte den Kopf.

»Ich bin Torwart«, sagte Conrad, der unverändert auf seinem Stuhl hockte und zum Fernseher schaute.

Noah wandte ihm flüchtig den Kopf zu. »Und wen soll das jetzt interessieren?« Er sah wieder Leon an. »Mittelfeld? Sturm?«

»Linker Verteidiger.« Leons Stimme war kaum mehr als ein Flüstern.

»Ich war mal rechter Verteidiger.« Noahs Stimme klang auf einmal wie beschwingt. Sogar Conrad warf ihm einen

172

erstaunten Blick zu. Leon hörte aufmerksam zu, soweit seine Schmerzen es zuließen. »Eigentlich war ich überall Verteidiger, rechts, links, in der Mitte. Mir ist jeder Stürmer recht gewesen, die hatten Schiss vor mir. Ich hab nicht jeden gleich umgelegt, bin ja nicht blöde. Ich kann dribbeln ...«

»Ich auch«, sagte Leon so leise, dass Noah ihn nicht gehört zu haben schien. Er redete einfach weiter.

»Wenn natürlich der Schiri blind ist, bist du angeschissen. Im Elferschießen war ich auch gut, hab mindestens zehn verwandelt.«

»Von wie vielen?« Leon hob den Kopf und hoffte, seine Stimme würde dadurch kräftiger.

»Von elf.«

»Du schwindelst.«

»Wie viele hast du geschossen und verwandelt?«

»Noch keinen.«

»Keinen verwandelt?«

»Keinen geschossen.«

»Schwach.«

Leon ließ den Kopf auf die Matratze fallen und schloss die Augen. In der nächsten Sekunde versank er zwischen bunten Kissen, hielt seinen Elch im Arm und dachte an all seine anderen Beschützer um ihn herum, und alles roch wie in echt. Als hätte ihn jemand nach Hause gebeamt – Noah vielleicht, mit seinem magischen blauen Stock.

»Ich hab schon mindestens zwanzig gehalten«, sagte Conrad. Da war etwas in ihm, das sprechen wollte, etwas, das ihn schon die ganze Zeit in Unruhe versetzte und von keinem noch so öden Heimatfilm verscheucht wurde. Sein Stillsein während der vergangenen Tage, die ständigen Reibereien, die Anwesenheit des neuen Typen und Eikes Verschwinden, die immer größer werdende Ungewissheit, die Gemeinheit, dass die Frau das verschimmelte Brot mitgenommen hatte – das alles wühlte ihn auf und füllte ihn mit Worten an, die darauf warteten, wie Kanonenkugeln aus ihm herausgeschossen zu werden. Aus irgendeinem Grund steckten sie fest und er explodierte fast vor Stummheit.

»Das glaubst auch nur du.« Noah hatte sich zu Conrad umgedreht. Strähnen hingen ihm über den Augen. Conrad fiel zum ersten Mal auf, wie blass und krank der Neuling aussah.

Der Anblick von Noahs kohlrabenschwarzen Haaren löste bei Conrad Entsetzen aus. Er fing an, mit beiden Händen auf seinen Kopf zu trommeln, als wollte er die Stoppeln, die mühsam nachgewachsen waren, ins Innere zurückhämmern.

Eine Minute lang schlug Conrad auf seinen Kopf ein. Das klatschende Geräusch riss Leon aus seiner gnädigen Bilderwelt. Noah war kurz davor, aufzustehen und Conrad einen Stockhieb gegen das Knie zu verpassen.

Dann legte Conrad die Hände in den Schoß, verharrte eine Weile, sah gelangweilt zum Fernseher und drehte sich mitsamt dem Stuhl zum Tisch um.

»Ich bin ein guter Torwart«, sagte er, als wäre nichts geschehen.

Noah wirkte völlig unberührt. »Glückwunsch. Und hör auf, dir auf den Kopf zu hauen. Sei doch froh.«

»Was?« Unabsichtlich gab Conrad ein Brummen von sich.

»Kahlschädel machen Karriere.«

»Was?«

»Hab ich gelesen.«

»Du liest Zeitung?«

»Im Internet.« Noah zeigte mit dem gebogenen Griff des Stocks auf Conrads Kopf. »Sag ihnen, sie sollen dir einen Rasierer leihen, dann machst du das in Zukunft selber.«

»In welcher Zukunft?«

Noah klopfte mit dem Stock auf den Boden. »Vertrau mir.«

»Erzähl uns was vom Fußballspielen.« Leon setzte sich behutsam auf. Jedes Mal, wenn er an die beiden Mädchen dachte, die seit Stunden oben waren, erschrak er im ganzen Körper.

»Da ist nichts zu erzählen.« Noah lehnte sich zurück, den Stock wieder zwischen den Knien. »Hab nur zwei Jahre gespielt, länger nicht.«

»Warum nicht?«, fragte Conrad. Wie unter Zwang verfolgte er aus den Augenwinkeln weiter das Geschehen auf dem Fernseher.

»Meine Mutter hatte Probleme mit den Trikots.«

Darauf wussten die beiden anderen nichts zu sagen.

»Sie waren ihr zu dreckig«, sagte Noah. »Sie hatte keinen Bock mehr aufs Waschen. Deswegen hat sie gesagt, ich soll mit dem Fußballspielen aufhören. Hab ich gemacht. Kein Problem. Hab gewusst, mein Tag wird kommen.«

»Welcher Tag denn?«, fragte Conrad.

»Mein Tag. Hörst du mir nicht zu? Der Tag, an dem sie bereuen wird, dass sie meine Trikots nicht mehr waschen wollte.«

Leon streckte den Kopf vor. Eigentlich wollte er aufstehen, aber seine Schmerzen hinderten ihn daran. »Und ist der Tag gekommen?«

»Ja.«

»Was ist passiert?«

»Nichts.«

»Du hättest auch einfach weiterspielen können«, sagte Conrad. »Deine Ma kann dir doch das Spielen nicht verbieten.«

»Hat sie aber getan.«

»Und du hast dich nicht gewehrt.«

»Nein.«

»Ich hätt mich schon gewehrt«, sagte Conrad.

Leon überlegte, ob *er* sich gewehrt hätte. Dann fiel ihm ein, dass seine Mutter ihm niemals das Fußballspielen verboten hätte.

»Nur keine Tränen«, sagte Noah. »Ist alles gut ausgegangen.«

»Du hast Fußball gespielt, trotz deinem Bein?« Die Frage hatte Conrad schon die ganze Zeit stellen wollen. Was Noah erzählte und wie er es tat, mit diesem undefinierbaren Unterton in der Stimme, fand Conrad irgendwie selbstgefällig.

»Vorher.« Noah klopfte mit dem Daumen auf den Stock. »Als ich ein kleines Kind war, verstehst du das? Die eine Sache war abgeschlossen, die neue Sache fing an.«

»Die Sache mit deinem Bein«, sagte Conrad.

»Schlauberger.«

»Hattest du einen Unfall?«

»Wie meinst du das?«

»Was?«

»Was meinst du mit Unfall?«

»Ich meine ... Bist du gestürzt?«

»Stimmt.«

»Du bist also verunglückt.«

Noah wischte sich die Haare aus den Augen und legte den Kopf in den Nacken. Er schien angestrengt über etwas nachzudenken, reglos. Dann sah er Conrad mit festem Blick an, wandte sich zu Leon um, nickte ihm zu und legte das Kinn auf den Griff des Stocks. »Verunglückt ist nicht falsch. Aber ob's ein Unglück war? Es ist passiert. Es hätt immer passieren können. So hab ich meinen Stock gekriegt, auch eine schöne Sache. Echtes Buchenholz, Superqualität. Astrein lackiert. Sonst noch Fragen?«

»Tut dir das Bein immer noch weh?«, fragte Leon.

»Kommt vor. Hört wieder auf. Tut dir nichts weh?«

»Doch«, sagte Leon sofort, was ihm nicht recht war.

»Das bist doch du!« Conrad zeigte zum Fernseher, wo in einer Magazinsendung das Foto eines Jungen eingeblendet wurde, der ein weißes Hemd und eine dunkle Hose trug. Leon rutschte auf den Knien näher zum Tisch, um besser sehen zu können. »Und wer ist der Mann auf dem zweiten Foto?«

Der Mann war Mitte vierzig, hatte einen dunklen Bart

und eine Brille und trug ebenfalls ein weißes Hemd und darüber ein braunes Sakko.

Noah zögerte einen Moment. »Das war mein Vater.«

»Wieso zeigen die den? Ist der auch verschwunden?«

»Er ist tot.«

»Wieso?«, fragte Leon.

»Er ist erschlagen worden«, sagte Noah.

»Von wem?« Leon öffnete den Mund, weil vielleicht sein polterndes Herz ins Freie wollte.

»Weiß kein Mensch. Von einem Unbekannten.«

»Und die denken jetzt, du bist auch ermordet worden«, sagte Conrad.

»Da denken die falsch.«

»Meinst du?« Conrad wandte sich vom Fernseher ab. Er fragte sich, ob Noah tatsächlich so naiv war, wie er sich gab.

»Ich bin hier, oder nicht?«, sagte Noah.

»Aber als was?«

»Was?«

»Was bist du hier, Noah? Wie fühlst du dich? Sag ehrlich.«

»Was?«

In der Hoffnung, die beiden würden ihn vor lauter Reden nicht beachten, krallte Leon seine Finger in die Tischkante und stemmte sich in die Höhe. Bei jeder Bewegung schossen aus der Gegend seines Bauches Pfeile in den Rest seines Körpers. Aber er wollte nicht länger am Boden kauern, weil er da allein mit den Bildern war, die unaufhörlich auf der Leinwand in seinem Kopf abliefen, seit die

Frau ihn wieder nach unten geschickt hatte. Wenn er Conrad und Noah zuhörte, verblassten die Bilder eine Weile, und dann rätselte er plötzlich wieder, worüber die beiden eigentlich redeten.

Natürlich erwischte ihn ein Blick von Noah, doch Leon ließ sich nicht einschüchtern. Er sank auf den Stuhl an der Schmalseite, auf dem Sophia oft saß, legte die Arme auf den Tisch und schnaufte, so leise er konnte, mit offenem Mund.

In diesem Moment empfand Leon eine große Zugehörigkeit. Vor allem, weil Noah ihn nur anschaute und keinen Kommentar abgab, was ihm wie die Geste eines verständnisvollen Freundes erschien. Und so hörte er den beiden zu wie seinen Kumpels nach einem Spiel auf dem Kalvarienberg, wenn sie mit Limo und Spezi auf ihre Mannschaft anstießen und die gegnerische Taktik noch einmal in allen Einzelheiten zerlegten.

Allerdings hatte Leon immer noch keine Ahnung, worauf Conrad mit seinen Anspielungen hinauswollte.

»Du bist also am Leben«, sagte Conrad.

Noah drehte den Stock in seinen Händen und warf einen Blick zum Fernseher. Mit ernster Miene erzählte die Moderatorin etwas. Die Fotos im Hintergrund verschwanden und ein Mann in Polizeiuniform redete in ein Mikrofon.

»So wie du«, sagte Noah.

»Ich bin nicht am Leben.«

»Du gehst doch aufs Klo, oder nicht?«

»Was?«

»Du gehst doch aufs Klo, oder nicht?«

»Ja.«

»Also bist du am Leben. Tote scheißen nicht.«

»Woher willst du das wissen?«, sagte Conrad.

Noah nickte zum Fernseher und Conrad sah hin. Jetzt wurde eine sehr blasse, magere Frau interviewt. Sie saß auf einer weißen Couch, die Hände im Schoß gefaltet.

»Meine Ex-Mutter«, sagte Noah.

Leon entwischte ein Kichern. Noah beachtete ihn nicht.

»Was ist eine Ex-Mutter?« Conrad sah weiter zum Fernseher.

»Wir sind nicht mehr zusammen. Schon lang nicht mehr.«

»Sie bleibt trotzdem deine Mutter«, sagte Conrad.

Leon nickte, ohne es zu bemerken.

»Träum weiter, Mädchen.«

Mit einer langsamen, müden Bewegung drehte Conrad sich zu Noah um. »Ich bin kein Mädchen. Du kapierst einfach nichts. Aber das ist gut für dich. Nicht zu viel nachdenken kann helfen. Das ist wie beim Fußball. Hat mir mein Vater immer erklärt, und er hat recht. Also mach dir keine Sorgen, Noah, bleib so. Wenn du denkst, du bist am Leben, lass dich dabei nicht stören. Wir hindern dich nicht daran, stimmt's?«

Die Frage kam zu überraschend für Leon. Er starrte Conrad an und hatte den Sinn der Worte schon wieder vergessen. In seiner Not sagte er: »Dein Vater ist Fußballspieler?«

»Er war einer. Jetzt vermietet er Autos. Hab ich doch schon erzählt.«

»Echt?« Leon dachte angestrengt nach.

»Putzelig«, sagte Noah mit einem letzten Blick zum Fernseher. In der Sendung ging es inzwischen um magersüchtige Models.

Conrad hatte keine Lust mehr, mit Noah zu reden.

»Welche Position hat dein Vater gespielt?«, fragte Leon.

»Wo bleiben eigentlich die Mädchen?«, fragte Noah.

14

An diesem Sonntag waren die drei Jungen zum ersten Mal allein unter sich. Jeder von ihnen wollte etwas Bestimmtes sagen, endlich etwas Wahres von sich preisgeben, etwas, das zählte und Bestand hatte. Sie höhlten ihr Schweigen aus, um es zu finden, und mussten am Ende einsehen, dass ihre Worte an das schwarze Weltall in ihnen nicht heranreichten. Dass sie sich in ihrem Mut getäuscht hatten und die Zeit, in der sie hier waren – Noah ungefähr eine Woche, Conrad zweieinhalb Monate, Leon mehr als ein Jahr –, sie in fremde Kinder verwandelt hatte.

Sie erkannten sich selbst nicht mehr, trotz ihrer Erinnerungen und der Wut, die sie sprachlos machte und fast mehr anekelte als das, was oben geschah.

Bis zu den Augen angefüllt mit schmieriger Verachtung für die eigene Feigheit saßen sie stumm am Tisch – Conrad und Leon an den Schmalseiten, Noah mit dem Rücken zur Wand an der hinteren Längsseite –, so hungrig und durstig, dass ihre Mägen knurrten. Dabei wären sie lieber gestorben als auch nur einen Schluck Wasser zu trinken, bevor sie wussten, was mit den Mädchen geschehen war.

Jeder auf seine Weise, und ohne es genau erklären zu können, vermisste die beiden abgrundtief.

Noah klopfte mit dem Stock auf den Boden. Conrad und Leon hoben die Köpfe. »Hat die schon immer gestottert?«

»Sie heißt Maren«, sagte Conrad.

»Meinst du, ich merk mir gleich eure Namen?«

»Sei einfach still.«

Nach einem kurzen Schweigen sagte Noah: »Hab den Namen schon wieder vergessen. Deinen weiß ich auch nicht mehr.«

»Ist doch egal«, sagte Conrad.

Noah sah Leon an. »Wie heißt er?«

Für Leon war klar, dass er Conrads Namen nicht verraten durfte, aber er wollte auch kein Schweigen mehr hören. Er fing an zu grübeln und keuchte vor Anstrengung.

»Stimmt was mit deinem Hirn nicht?«, fragte Noah.

»Was?« Leon wollte seine Ruhe beim Denken, aber er wollte auch, dass Noah nicht merkte, dass sein Kopf vor Grübeln schon glühte. Dann endlich hatte er eine Idee.

»Darnoc«, sagte er. Immer wieder hatte er die Buchstaben durcheinandergebracht. Jetzt atmete er erleichtert auf.

Noah bog den Stock in Leons Richtung. »Danke. Und du bist Noel, richtig?«

Hektisch buchstabierte Leon seinen Namen im Kopf rückwärts. Dann nickte er.

»Hoan«, sagte Noah und fügte hinzu: »Klingt wie der Vietnamese vorn am Platz.«

»An welchem Platz?«, fragte Leon.

183

»Bei mir zu Hause.«

Leon hatte nicht vergessen, dass es verboten war, nach dem Herkunftsort zu fragen. War auch egal, dachte er, sie würden sowieso nie wieder dahin zurückkehren. Conrad hatte schon recht.

»Wie hast du das vorhin gemeint?« Noah sah Conrad an. »Ob ich glauben würd, ich wär noch am Leben.«

Conrad hatte den Kopf in die Arme gestützt und die Hände auf seine Stoppelhaare gelegt. Er versuchte, an seinen Vater zu denken, aber es gelang ihm nicht.

»Du sollst mit mir reden«, sagte Noah.

Leon holte Luft. »Er meint, er weiß nicht, ob das ein Leben ist, hier.«

»Das meine ich nicht«, sagte Conrad, ohne jemanden anzusehen. »Ich will nicht drüber reden.«

»Über was willst du dann reden?« Noah wartete, bis Conrad ihn ansah.

»Über nichts.«

Einige Sekunden vergingen in Schweigen. »Was ist, wenn die Mädchen nicht wiederkommen?«, sagte Noah. »Was ist, wenn die oben anfangen, uns auszuradieren?«

»Das mein ich ja«, sagte Conrad.

»Was?« Noah klopfte auf den Boden. »Was meinst du, Darnoc?«

»Ich heiß Conrad.«

»Er heißt Conrad«, sagte Noah zu Leon mit einem eigentümlichen Singsang in der Stimme. »Conrad sitzt im Schnee und weint. Warum weinst du, Conrad, fragt der

Wind. Mir ist so kalt, ich bin so einsam, ach ich armes, armes Kind. Geh nach Haus und wärme dich! Conrad sagt: Ich schäme mich. So sitzt er da und weint und greint, und wenn im Frühjahr dann die Sonne scheint, ist er erfroren, hart wie Stein, ach das arme, arme Conradlein.« Er sah Leon an und schüttelte den Kopf.

Über Leons Wangen liefen Tränen. Er wischte sie hastig ab, aber es kamen immer neue. »Entschuldigung«, flüsterte er.

»War ein Scherz.« Noah meinte Conrad. »Ist mir grad so eingefallen.«

»Ist dir nicht grad so eingefallen«, sagte Conrad.

»Ja, stimmt. Ist mir mal da unten im Keller eingefallen. Da hat der Typ natürlich anders geheißen«

»In was für einem Keller?« Leon schniefte und blinzelte unaufhörlich. Er war froh, dass er etwas gesagt hatte.

»Vergangenheit«, sagte Noah. »Also, was glaubst du, Conrad? Dass wir Zombies sind? Dass wir nur so tun, als wären wir noch da? Ja?«

Conrad nahm den Blick nicht vom Tisch. »Wir sind nicht mehr da, kapierst du das nicht?«

Weil er nicht wusste, was er sonst sagen sollte, erwiderte Leon: »Doch.«

»Nein«, schrie Conrad.

Sogar Noah zuckte ein wenig zusammen.

Conrad hatte sich schon wieder beruhigt. »Nein, Leon. Wir sind nicht mehr da. Siehst du den Fernseher? Sie lassen uns fernsehen. Verstehst du nicht, was das bedeutet? Sie lassen uns unsere eignen Gesichter im Fernsehen sehen.

Sie lachen uns aus, sie verspotten uns, so wie sie uns oben …«

»Sei still«, sagte Leon.

»Ja, halt die Klappe.« Aus Noahs schwarzen Haaren, so kam es den beiden anderen zumindest vor, krochen Schatten auf sein Gesicht. Auf einmal wirkte er abwesend und nicht mehr aggressiv, eher unsicher. Als müsste er sich daran festhalten, umklammerte er mit beiden Händen den Stock und saß eine Weile noch gekrümmter da als sonst. Seine angespannten Gesichtszüge verrieten ein gewaltiges inneres Ringen. Dann beugte er sich, was ihm offensichtlich sehr schwerfiel, zu Conrad hinüber. »Wir reden nur von uns, von niemand sonst. Außer von den Mädchen. Und solang wir reden, sind wir da. Ich, du, Noel …«

»Er heißt Leon.«

»Noel ist doch gut. Noel und Hoan. Und der kahlköpfige Darnoc aus dem Reich der fernsehenden Toten. Wir sind Verbündete, und ich will wissen, wieso die Stotterin stottert. Das interessiert mich. Und wieso mag mich die andere nicht? Was ist die denn? Was macht die sonst so?«

»Sie ist Ministrantin«, sagte Leon. Noahs Fragen hielt er für überflüssig, aber das Reden gefiel ihm, es lenkte ihn ab. Er klemmte die Hände zwischen die Knie und wiegte, wie vor Vergnügen, den Kopf hin und her.

»Was ist die?«

»Ministrantin. Sie ministriert in einer Kirche.«

»In welcher Kirche?«

»Weiß ich nicht.«

»Vielleicht will sie mal Ministerin werden.«

»Du bist bescheuert«, sagte Conrad.

Noah ging nicht drauf ein. »Und die steht dann in der Kirche und stottert.«

»Die Sophia stottert nicht«, sagte Leon. »Das ist die Maren.«

»Verwechselt. Und woher weißt du das alles so genau?«

»Sie hat mir aus der Bibel vorgelesen.«

»Aus welcher Bibel?« Noah sah sich demonstrativ um. »Sie hat nicht wirklich vorgelesen, sie weiß das auswendig.«

»Die kann die Bibel auswendig?«

»Ja«, sagte Leon.

»Willst du mich verarschen?«

»Du kannst sie ja fragen.«

»Wozu denn?« Noah wandte sich an Conrad. »Siehst du? Checkst du das? Wir reden, wir sind da. Also mach mit, Mumie.«

Leon hatte keine Ahnung, was mit Noah in der vergangenen Stunde geschehen war. Warum er in einem Moment das Gesicht eines erschrockenen Kindes im finsteren Wald hatte und sich im nächsten wie ein netter Spielkamerad verhielt. Und wo seine ruppige, unberechenbare Art geblieben war.

»Okay.« Conrad lehnte sich zurück, verschränkte die Arme und wippte mit dem Stuhl. »Ich spiel mit. Weil heut Sonntag ist.«

»Woher willst du wissen, dass heut Sonntag ist?«, fragte Noah.

»Hab ich gelesen.«

187

»In den Sternen?«

»Im Fernsehen.«

Leon lächelte und wartete ungeduldig, dass die beiden so weitermachten.

»Was spielen wir?«, fragte Conrad.

Noah stützte sich auf seinen Stock. Die Haare hingen ihm seitlich vom Kopf. »Hörst du nicht zu? Wir spielen leben. Auf geht's!«

Nichts passierte.

Leon hielt wieder einmal die Luft an. Als er endlich ausatmete, musste er husten. Noah und Conrad saßen reglos da und schauten zur Eisentür. Das irritierte Leon so sehr, dass er sich räusperte, was er nie zuvor getan hatte.

»Was war das denn?«, fragte Noah.

Leon wusste nicht, was Noah meinte, traute sich aber nicht, ihn anzusehen.

»Bist du krank?«

Leon schüttelte den Kopf.

»Klingt aber so.«

»Bin nicht krank.«

»Du siehst krank aus.«

Conrad hielt mit dem Wippen inne, sagte aber nichts.

»Nicht, dass du uns alle ansteckst«, sagte Noah.

»Ich steck niemand an«, sagte Leon.

Dann schwiegen sie wieder. Conrad wippte weiter mit dem Stuhl.

»Und?« Noah warf Conrad einen Blick zu und verzog dabei den Mund. »Spürst du's?«

»Was?«

»Das Leben.«

Ungerührt schwang Conrad vor und zurück.

»Am Anfang war ich lang allein hier«, sagte Leon.

Nach einem Moment sagte Noah: »Glückspilz.«

»Dann ist Maren gekommen, aber erst viel später.«

»Du und die Stotterin allein in einem Zimmer«, sagte Noah.

»Das ist kein Zimmer«, sagte Conrad.

Leon sah zu Boden. »Wir haben ewig nicht miteinander gesprochen. Hab nicht gewusst, dass sie stottert.«

»Ist klar.« Noah blickte immer noch zur Tür.

Conrad bewegte sich nicht mehr. Er sah zur Wand hinter Leon, mit traurigen, müden Augen. Leon senkte den Kopf, verstört von einer Erinnerung, die er nicht gebrauchen konnte.

Immer wieder hatte Maren sich am Anfang an ihn geklammert, hatte ihn umarmt und auf den Hals geküsst, und er stand da, mit hängenden Armen, aus tausend Gründen heulend, minutenlang oder eine Stunde. Er spürte den Körper des Mädchens und wollte sie wegstoßen und gleichzeitig festhalten. Verzweifelt überlegte er, wann sie ihn das letzte Mal umarmt hatte. Es fiel ihm nicht ein. Wahrscheinlich dachte Maren, er würde wegen ihr heulen. Und beim nächsten Mal hatte er wieder nicht mit Marens Umklammerung gerechnet. Immer erwischte sie ihn in einem Augenblick, in dem er weit weg war in seinem Kopf und manchmal sogar Fußball spielte und einen Superpass in den freien Raum schlug, den sein Freund im Sturm

189

haargenau erwischte und direkt verwandelte. Besser hätte auch Philip Lahm den Ball nicht spielen können. Als er den Kopf hob, waren vier Augen auf ihn gerichtet.

»Du solltest was trinken«, sagte Noah. »Du siehst aus, als würdest du gleich umkippen.«

»Ich kipp nicht um«, sagte Leon.

»Und seit wann bist du hier?«, fragte Noah Conrad.

»Wieso hast du auf dem Foto im Fernsehen ein weißes Hemd und eine Krawatte an? Wer zieht sowas an?«

»Ich.«

»Und wieso?«

»Geburtstag meiner Ex-Mutter.«

»Ihr habt also doch noch Kontakt«, sagte Conrad.

»Hab ich was anderes behauptet?«

»Ja.«

»Du hörst nicht richtig zu.«

»Ist auch egal«, sagte Conrad.

»Das war ihr letzter Geburtstag.«

»Ist sie gestorben?«, fragte Leon.

»Weiß ich nicht.«

»Wieso weißt du das nicht?«, fragte Conrad.

»Wieso ich das nicht weiß? Lass mich mal nachdenken.« Er hielt den Griff seines Stocks an den Kopf, zog die Stirn in Falten. »Jetzt fällt's mir ein: Ich bin gekidnappt worden.«

Beinah wäre Leon wieder ein Lächeln entwischt. »Dann lebt sie bestimmt noch«, sagte er schnell.

Noah drehte den Stock in den Händen. »Glaub ich auch. Doch, mein Glaube ist stark.«

190

»Du ziehst dir also für deine Ma ein weißes Hemd an und bindest dir eine Krawatte um«, sagte Conrad.

»Selbstverständlich.«

»Brav.«

»So bin ich.«

»Wie ist das mit deinem Bein passiert?«, fragte Conrad erneut.

»Wie du gesagt hast: Ich bin verunglückt. Aber: nicht tödlich. Oder doch?« Conrad beugte sich über den Tisch. »Wir sind so feige. Wir sagen überhaupt nicht, was wir denken und fühlen. Wir tun nur so, wir alle drei.«

Noah spielte eine Zeit lang mit dem Stock. Leon rieb die Knöchel seiner Fäuste aneinander.

Jeder von ihnen weigerte sich zu denken, dass Conrad möglicherweise recht hatte. Insgeheim wussten sie, dass er recht hatte, aber sie hatten zu viel Angst, es zuzugeben. Auch Noah, der an einem vagen Plan arbeitete und seine Rache mit dem schwarzen Gift seiner Erinnerungen nährte, in der Stille des Abends, angeblich ein Sonntag. Vielleicht gehörte Feigsein schon zum Plan und war eine Phase der Entspannung und der Täuschung, bevor die Zeit kam, die Lunte zu legen und die Leute, die es verdienten, in die Luft zu jagen.

Noah sah in die Runde und zweifelte kurzfristig an den Fähigkeiten der beiden. Andererseits, überlegte er, kannte er sie kaum. Und was manchmal so aus ihren Köpfen tönte, hörte sich dermaßen irre an, dass sie vielleicht doch noch einen sehr nützlichen Irrsinn beisteuern könnten.

»Stimmt«, sagte Noah. »Wir sind feig und das bleiben

wir auch.« In dem Moment, als er einen Blick zur Kamera über der Tür warf, waren draußen Schritte zu hören.

Wortlos standen die Jungen vom Tisch auf. Sie drehten sich zur Wand, und Conrad und Leon, der vor lauter Herzklopfen nach Luft schnappte, knieten sich hin. Das Schloss wurde aufgesperrt. Ein leises Wimmern war zu hören.

»In zehn Minuten Licht aus«, sagte eine Männerstimme. Der Mann verriegelte das Schloss und ging zurück nach oben.

Noah drehte sich als Erster um.

Maren und Sophia hielten sich an den Händen und sahen unverändert aus. Ihre Augen waren gerötet und nass, ihre Gesichter weißer als Schnee. Ihre Beine zitterten. Das Wimmern drang durch Marens geschlossenen Mund.

Die drei Jungen und die zwei Mädchen standen sich gegenüber und brachten kein Wort heraus.

Minuten vergingen.

Dann machte Conrad einen Schritt, verharrte und kratzte sich heftig am Kopf. Leon hatte die Hände so fest zu Fäusten geballt, dass die Fingernägel seine Haut aufritzten. Noah war starr vor Hass, wie damals in der pechschwarzen Zeit.

Dann erlosch das Licht.

Sie standen da und bewegten sich nicht. Weitere Minuten, eine Viertelstunde lang. Die Dunkelheit kam ihnen so dunkel vor wie nie zuvor.

Plötzlich endete das Wimmern und eine tonlose Stimme sagte: »J-jemand h-hat m-mir m-mein H-Handy ge-gestohlen.«

15

In dieser Nacht schlief niemand. Sie lagen, zugedeckt bis über den Kopf, auf ihren Matratzen und gaben keinen Laut von sich. Jeder irrte durch seine eigene unterirdische Welt und horchte auf eine vertraute Stimme, hielt Ausschau nach einem winzigen Licht in der Finsternis. Jeder hatte begriffen, dass die Zuversicht, an der sie so verzweifelt hingen, bloß ein lächerliches Spiel war, wie Mensch-ärgere-dich-nicht. Sophia dachte die ganze Zeit an Gott, doch er schien nicht an sie zurückzudenken. Warum schläfst du, Herr?, sagte sie stumm, wie sie es in den Psalmen gelernt hatte. Wach auf! Warum verbirgst du dein Gesicht, vergisst unsere Not und Bedrängnis?

Sie lauschte. Unsere Seele, dachte sie, ist in den Staub hinabgebeugt, unser Leib liegt am Boden, steh auf und hilf uns, erlöse uns.

Sie blieb allein wie noch nie. Sie verachtete sich, weil sie zu feige gewesen war, das Tuch um ihren Hals binden zu lassen und sich zu strangulieren, wie sie es vorgehabt hatte. In der Gegenwart von Maren hatte sie die Tat nicht übers Herz gebracht. Die ganze Zeit waren sie diesmal zusammen gewesen.

Sie wollte Maren beschützen, das war ihr einziger Gedanke. Und dieser Gedanke war so sinnlos wie das Beten und Flehen unter der Decke. Sie lebten immer noch. Wozu?

Wer konnte ihr diese Frage beantworten? Wozu leben, wenn man kein menschliches Wesen mehr war? Wenn alle Wesen der Welt keine Arme mehr besaßen. Wenn das Umarmen ausgestorben war und niemand mehr beim Abschied winkte? Wenn der liebe Gott schon vor Millionen Jahren den Himmel zugesperrt und seitdem immer nur so getan hatte, als wären die Menschen in seinen Händen. Dabei waren sie allein im Weltall und würden es für alle Zeit bleiben.

Sie hatte Maren nicht beschützen können. Wenigstens war sie in ihrer Nähe gewesen, und auch wenn sie sie nur unter Zwang berührte, war es doch eine Berührung und Marens Haut eine lebendige Gegenwart.

Sophia horchte in die Stille. Da war kein Wimmern mehr, und sie verweilte beim Gedanken, dass Maren doch noch eingeschlafen sein könnte.

So war es aber nicht. Maren schlief nicht. Manchmal öffnete sie die Augen, um festzustellen, ob die Welt noch existierte. Sie war jedes Mal enttäuscht.

In der Finsternis hinter ihren geschlossenen Augen zuckten Blitzlichter. Dann sah sie eisige Gesichter und graue Hände, die nach ihrem Körper schnappten. Später kehrte die Stille zurück und war für sie fast so etwas wie ein Trost. Aber Trost, das hatte sie verstanden, war bloß Einbildung und nichts wert. Auch Sophia war kein Trost gewesen, nur eine Einbildung, aber das machte nichts.

Ohne Einbildung wäre sie schon gestorben, dachte Maren und fragte sich im nächsten Moment, was daran schlimm wäre. Nichts, sagte sie sich, und spürte wieder das schwarze Feuer, das in ihr wütete.

Immer, wenn sie im Lauf des vergangenen Tages versucht hatte, an Schnee zu denken, fraß das schwarze Feuer jede einzelne Flocke wie ein Tier, und Maren zappelte in derselben Welt wie vorher einfach weiter. Kein Entkommen in keiner Sekunde. Sogar, als sie begann, sich Sophia ganz aus Schnee vorzustellen, zerstörte das schwarze Feuer vom Herzen her ihre Gedanken.

Jetzt, unter der Decke, mit an den Körper gepressten Beinen, kehrte Maren mit der allerletzten Kraft, die ihr geblieben war, ans Bett ihrer besten Freundin zurück. Denn sie wollte Annabel noch einmal berühren, um zu wissen, dass sie am Leben und keine Einbildung gewesen war.

Und sie wollte Annabel vorlesen, aus einem unsichtbaren Buch. Das war doch ihre Pflicht.

Dann fiel ihr etwas Furchtbares ein: Sie konnte nicht mehr lesen! Sie stotterte nur noch, sie hatte keine Sprache mehr, nur noch zerrissene Worte aus verbogenen Buchstaben.

Sie taugte nichts mehr als Freundin, dachte sie, sie war zu nichts mehr nutze außer zum Benutztwerden. Sie war bloß noch ein Lumpen in der Dunkelheit.

Beinah hätte sie einen Schrei ausgestoßen. Kalte Tupfer berührten ihre Schulter, wie verirrte Schneeflocken. Sie erschrak so heftig, dass sie mit der Stirn auf dem Boden neben der Matratze aufschlug. In einem Reflex kniff sie die Lippen zusammen und unterdrückte einen Laut. Das Tupfen hörte nicht auf.

Zaghaft rollte sie auf die Seite. Sie achtete darauf, dass die Decke sich kaum bewegte, traute sich nicht, die Augen wieder zu öffnen, die sie nach dem Aufprall sofort fest geschlossen hatte. Dass ihre Hände zitterten, bemerkte sie erst, als jemand mit zwei Fingern über ihre linke Hand strich.

Unauffällig hatte Sophia ihre Matratze herangeschoben, nachdem Marens Unruhe, von der diese glaubte, sie wäre nur in ihrem Innern, immer stärker geworden war.

Erleichtert umklammerte Maren Sophias warme Hand und rückte näher zu ihr. So spürte sie Sophias stillen Atem. Und sie begann, ihrer Freundin im Krankenhaus und ihrer Freundin auf der Matratze neben ihr ein Märchen zu erzählen.

Obwohl sie soeben nichts als Abscheu gegenüber sich selbst und der Welt empfunden hatte, löste Sophias Berührung eine Art Zauber in ihr aus, für den sie so unendlich dankbar war, dass sie ihr ein Geschenk machen wollte. Kein Wort drang aus ihrem Mund, aber sie war überzeugt, Sophia würde sie trotzdem hören.

Das Märchen dachte sie sich beim Erzählen erst aus – oder sie hatte es schon lange in sich getragen und bloß nicht erkannt. Zwischendurch huschte ein Lächeln über ihre geschlossenen Lippen.

»Es war einmal eine Schneeflocke, die hatte sich verflogen. Das wusste sie aber zuerst nicht, weil dort, wo sie schließlich landete, alles weiß war. Ein wilder, gemeiner Wind hatte sie so weit von ihren Freundinnen weggetrieben, dass sie ganz verwirrt und auch wütend liegen blieb. Aus lauter Zorn beschloss sie, nicht zu schmelzen. Das war auch nicht schwer, denn auf dem weißen Fleck war es kalt, fast so kalt wie da, wo sie herkam.

Überhaupt herrschte in der Gegend eine frostige, abweisende Stimmung, die sie sonst vom Winter überhaupt nicht kannte. Vielleicht, dachte sie, war der neue Winter genau so wütend wie sie, weil er eigentlich woanders sein wollte, in Alaska oder Finnland, und aus irgendeinem gemeinen Grund jetzt hier sein musste, monatelang.

Die Schneeflocke – sie hieß übrigens Annabel – schaute sich um. Nach Alaska oder Finnland sah es hier nicht aus, auch wenn sie zugeben musste, dass sie noch nie in einem der beiden Länder gewesen war. Abgesehen von der weißen Insel, über der sie schwebte, weil ein neuer Windhauch sie aufgescheucht hatte, herrschte vor allem die Farbe Grau vor. Sogar das Licht schien von einer grauen Sonne zu kommen.

Verwirrt ließ Annabel sich eine Weile treiben. Dann stand plötzlich ein riesiger Mensch vor ihr. Von ihrem Großvater hatte sie gelernt, dass die Menschen aus der Sicht der Schneeflockenfamilie grundsätzlich eher groß und bedrohlich wirkten.

Doch der blaue Mann kam ihr wie ein Monster vor. Und als er sich direkt vor ihr auf einen Stuhl setzte und sie anstarrte, zitterte sie so sehr, dass sie an einen dieser flatternden Schmetterlinge denken musste, von denen ihre Mama oft erzählte, wenn sie sich einsam fühlte.

Schade, dass meine Mama jetzt nicht hier ist, dachte Annabel. Sie hoffte, der blaue Mann würde sie nicht bemerken und in seiner Faust zerquetschen oder verschlucken, was angeblich manche Menschen, vor allem Kinder, gerne aus Übermut taten. Das hatte ihr der Großvater erzählt, und sie dachte bis heute, dass die Menschen nicht übermütig waren, sondern bloß gefräßig.

Der Mann machte keinen Mucks. Er saß nur da. Wie verzaubert betrachtete er die weiße Insel, mit einem seltsam versonnenen Gesichtsausdruck, den Annabel von Menschen kannte, die aus dem Fenster sahen, wenn sie vorbeiflog.

Lautlos, wie es ihrer Art entsprach, drehte sie ein paar Runden und begriff ganz langsam, wohin es sie verschlagen hatte. An einem solchen Ort war sie noch nie gewesen.

Wie war sie überhaupt hereingekommen?, fragte sie sich, bevor ihr Blick auf das kleine Fenster mit den Gitterstäben fiel. Von Gefängnissen hatte sie schon oft gehört. Wenn Menschen etwas Böses getan hatten, so hieß es, mussten sie zur Strafe den Rest ihres Lebens in vergitterten Räumen verbringen und durften nur zum so genannten Luftschnappen ins Freie. Für Annabel lebten alle Menschen mehr oder weniger hinter Gittern. Jedenfalls empfand sie Häuser und ähnliche Gebäude, egal, wie groß sie sein mochten, als ganz schön beklemmend und unluftig.

Den blauen Mann schien Luft nicht zu interessieren. Er

hatte jetzt einen Bleistift in der Hand und kritzelte wirre Gestalten mit unheimlichen Gesichtern auf die weiße Papierinsel, die fast so groß war wie der Tisch.

Wie von einem Feuer gejagt – so kam es Annabel vor – malte der Mann immer neue Figuren. Einige standen auf dem Kopf, andere hatten keine richtigen Beine und Arme, wieder andere schienen aus den Augen zu schreien. Annabel bekam Angst beim Hinschauen.

Dann war aus der weißen Insel eine schwarzgraue Hölle voller Fratzen und Dämonen geworden. Annabel fürchtete schon, der Mann würde das Bild an die Wand hängen. Da packte er das Stück Papier, zerknüllte es in der Faust und schleuderte es mit grimmiger Entschlossenheit durch die Gitterstäbe nach draußen, haarscharf vorbei an Annabel.

Nachdem sie zur Beruhigung einige Runden auf dem Rücken geschwebt war, stellte sie fest, dass der Mann in der blauen Latzhose ein neues weißes Blatt vor sich hingelegt hatte. Unter dem Tisch, das sah Annabel erst jetzt, befand sich in einem Karton ein ganzer Stapel Papier.

Und wieder begann der Mann, Gesichter zu malen. Wieder füllte er die Seite vollständig mit schauerlichen, krummen, abgehackten, himmelschreienden Figuren. Kreuz und quer fegte er mit dem Stift übers Papier, packte dann das Blatt, presste es mit roher Gewalt in der Faust zusammen und warf es aus dem Fenster.

Das ging stundenlang so weiter. Annabel überlegte schon zu verschwinden, denn draußen in der Luft herrschte mittlerweile ein munteres Treiben, an dem Hunderte ihrer Freundinnen beteiligt waren.

Doch als der Mann in Blau das ungefähr fünfzehnte Blatt vom Boden nahm und mit dem verbliebenen Stumpen seines Bleistifts ansetzte, die Geisterbahn seiner Fantasie ein weiteres Mal in Gang zu setzen, hatte Annabel eine Idee.

Unauffällig schwebte sie vom Fenster, wo sie sich zur Entspannung an einen der Eisenstäbe geschmiegt hatte, zum Tisch und peilte genau die Hand des Mannes an. Die Hand war voller Haare, das ekelte sie ein wenig, aber sie ließ sich nicht abschrecken.

Jedes Mal, wenn der Mann auch nur ein halbes Auge malen wollte – und er fing immer mit den Augen an –, hüpfte Annabel vor der Bleistiftspitze hin und her und machte sie ganz irre. Und den Mann ebenso. Er hatte keine Ahnung, was vor sich ging. Seine Hand zuckte und zappelte, und so sehr er sich auch anstrengte, sie ruhig zu halten, es gelang ihm nicht. Schließlich ließen seine Finger den Stift fallen. Das ärgerte ihn so sehr, dass er aufsprang, mit der flachen Hand mehrmals auf den Tisch schlug und üble Flüche ausstieß.

Zum Glück war Annabel eine flinke und gewandte Schneeflocke und entkam den Attentatsversuchen rechtzeitig.

Der blaue Mann schnaubte, fuchtelte mit den Armen und war kurz davor, den restlichen Packen Papier zu nehmen und aus dem Fenster zu schmeißen, und den Bleistift hinterher. Doch dann besann er sich.

Etwas nahm seine Aufmerksamkeit in Anspruch, das er bisher nicht bemerkt hatte. Und er war sofort überzeugt, dass es reine Einbildung war, was er zu sehen glaubte: eine Schneeflocke! In seiner Zelle! Über seinem Tisch! Erschöpft ließ er sich auf den Stuhl fallen und starrte eine Weile den leeren abgeschabten Holztisch an. Seit vier Jahren hockte er in dieser Zelle. In der Anfangszeit hatte er jede Menge Halluzinationen gehabt, und eigentlich hatte er gedacht, die Phase wäre vorüber und er habe sich an den trostlosen Knastalltag gewöhnt, an die immer gleichen Abläufe, das immer gleiche Nichts.

Einen Versuch wollte er noch riskieren. Früher, vor dreißig Jahren in der Schule, war er ein guter Zeichner gewesen, hatte im Zeugnis immer eine Eins gehabt und verdiente später sogar Geld mit seinem Talent. Er malte Filmplakate für ein heruntergekommenes Kino, das nur Filme aus den dreißiger und vierziger Jahren des vorigen Jahrhunderts zeigte. Dann wurde das Kino geschlossen und das Gebäude abgerissen. Kurz darauf stand er zum ersten Mal vor einem Richter, der ihn auf Bewährung verurteilte. Beim nächsten Mal kam er nicht so glimpflich davon.

In seiner Vorstellung tauchte wieder eines der Gesichter auf, die er oft im Traum sah und die ihn verfolgten, bis er schweißgebadet auf seiner Pritsche aufwachte. Irgendwann kam er auf die Idee, seine Albträume aufzumalen, damit er so vielleicht weniger Angst vor ihnen hatte. Das klappte aber nicht richtig – in der nächsten Nacht träumte er von noch viel schrecklicheren Gesichtern und Wesen –, und so steigerte er sich immer mehr in einen Wahn hinein. Er war nämlich fest davon überzeugt, dass sein künstlerisches Talent einen Sinn haben und ihn von seinem inneren Grauen befreien musste.

Nach dem ersten Strich folgte ein zweiter, der völlig anders aussah als der, den er eigentlich vorgehabt hatte. Er wollte das Auge weiterzeichnen und zog stattdessen nur einen Strich. Es war, als würde seine Hand von alleine zeichnen. Als wäre die Schneeflocke, die der Mann in Blau natürlich längst aus den Augen verloren hatte, magnetisch, und als würde der Bleistift von ihr magisch angezogen.

Der Mann schaute seiner Hand zu, wie sie zeichnete, feine Linien, lang und kurz, ein raffiniert gesponnenes Muster, das bald so aussah, als wäre es dreidimensional. Der Mann vergaß zu atmen vor lauter Staunen. Er bemerkte nicht einmal, dass es immer kälter wurde und immer mehr Schneeflocken durch das Fenster hereinfielen und ihn umtanzten.

So etwas Schönes hatte er noch nie gezeichnet. Er hätte nie für möglich gehalten, dass er dazu fähig wäre. Vielleicht, dachte er, bin ich ja doch ein Künstler, und meine Fantasie trägt mich eines Tages hinaus in die Freiheit.

Und während er noch darüber nachsann, wie es wäre, wenn endlich die Wahrheit ans Licht käme und der Richter, der ihn wegen eines angeblichen Verbrechens zu einer lebenslangen Gefängnisstrafe verurteilt hatte, das Geständnis des wahren Mörders zu hören bekäme, verschwand nicht nur seine rechte Hand in der Zeichnung.

Auch die Arme des Mannes in Blau und sein massiger Oberkörper tauchten in das kleine gezackte Bild ein. Sein Bauch, seine Beine und am Ende sein Kopf wurden eins mit der wundervollsten Schneeflocke, die je ein Mensch auf ein weißes Blatt Papier gezeichnet hatte. Und derselbe Wind, der Annabel von weit her aus Versehen in die Zelle hinter den Gitterstäben geweht hatte, trug nun sie und die zweite Schneeflocke, die Henrik hieß und etwas breiter und schwerer war, hinaus in den glitzernden Abend der Stadt.

Und Annabel und Henrik schwebten über die Dächer und Lichter bis nach Alaska. Dorthin hatte Henrik schon ewig mal gewollt. Und von Alaska aus zogen sie weiter bis hinauf zu den Wolken am lautlosen Himmel.

Und wenn sie nicht geschmolzen sind, kehren sie noch heute jedes Jahr auf die Erde zurück und tanzen in unseren Träumen, damit wir uns nicht fürchten.«

Maren verstummte, obwohl sie gar nicht gesprochen hatte.

Sophia hielt noch immer ihre Hand. Und als Maren zaghaft erst das eine, dann das andere Auge öffnete, wurde ihr bewusst, dass sie während der ganzen Geschichte nicht ein einziges Mal gestottert hatte. Sie gab der schlafenden Sophia einen schneestillen Kuss auf die Wange, zog die Decke über den Kopf und lächelte beim Gedanken an das Gesicht des Gefängnisdirektors, wenn er die leere Zelle betrat, deren Eisentür doch immer abgeschlossen war.

Wie gewöhnlich brachte einer der Männer am Morgen gegen acht Uhr für jeden Jugendlichen eine Scheibe Schwarzbrot mit Butter und Erdbeermarmelade und eine Tasse Schokolade. Die Scheiben waren an diesem Montag besonders dick geschnitten und die Getränke waren heißer als sonst. Wie immer hatte der Mann das Tablett auf die Anrichte gestellt und war wieder nach draußen gegangen. Er schloss die Tür hinter sich, ohne sie abzusperren, und wartete.

Die Jugendlichen setzten sich zum Frühstück an den Tisch.

Niemand sprach ein Wort.

Unaufhörlich flogen Blicke zwischen ihnen hin und her. Sophia wunderte sich über Marens fragenden Blick, den sie ihr mehrmals mit gesenktem Kopf zuwarf, aber dann dachte sie nicht weiter darüber nach.

Weil sie schlaftrunken wie nach einer verwirrenden Reise aufgestanden war, glaubte Maren eine Zeit lang, sie habe Sophia das Märchen wirklich erzählt. Erst nach und nach und vielleicht durch den Geschmack der süßen Schokolade kehrte sie in die Gegenwart zurück und begriff, wieso Sophia auf ihren Augenkontakt nicht reagierte.

Bald jedoch, als sie bemerkte, wie die anderen einander fast flehend anschauten, kam Maren eine Idee.

Nach dem Frühstück rechnete jeder damit, dass der Mann einen von ihnen mitnehmen würde.

Conrad hoffte, er würde es sein. Dann wollte er eine Gelegenheit suchen, sich zu wehren, um getötet zu werden.

Sophia hoffte, sie würde es sein. Dann wollte sie das Tuch, mit dem sie gefesselt wurde, so geschickt um ihren Hals schlingen, dass keiner der Männer sie rechtzeitig retten könnte.

Noah hoffte, er würde es sein, um im exakt richtigen Moment zuzuschlagen, auch ohne Hammer, und die Dinge wieder ins richtige Lot zu rücken.

Leon hoffte, er würde es sein, damit Maren nicht nach oben musste, deren Anblick ihn in der Früh so erschreckt hatte. Sie kam ihm vor wie ein Wesen, das schon gestorben war, aber nicht schlafen durfte. Am liebsten hätte er ihr sein Sweatshirt und seine Trainingshose geliehen, weil sie in dem weißen fleckigen Kleid aussah wie das Mädchen in der Geschichte, die ihm seine Mutter einmal erzählt hatte. Das Mädchen, das alles verschenkte, obwohl es selber arm und einsam war und durch eine eisige Winternacht laufen musste. Mehr wusste Leon von der Geschichte nicht mehr, auch nicht, wie sie ausging.

Doch der Mann holte nur das Tablett ab. Er verriegelte die Eisentür von außen und stieg die Treppe hinauf.

Einige Minuten lang war es wieder einmal ganz still.

Die Jugendlichen saßen bewegungslos am Tisch. Conrad, der mit Putzen an der Reihe war, machte keine Anstalten, aufzustehen. Er saß neben Noah mit dem Rücken zur Wand, mit verschränkten Armen, wie sonst vor dem Fernseher. Noah stützte sich auf seinen Stock, in sich versunken, und die Haare hingen ihm vors Gesicht. Sophia, die an der rechten Schmalseite saß, stützte die Arme auf den Tisch und vergrub ihr Gesicht hinter den Händen.

»H-hört m-mal z-zu«, sagte Maren in die Stille. Leon war der Einzige, der ihr sofort den Kopf zuwandte. »I-ich m-möchte, d-dass j-jeder j-jetzt ein M-Märchen e-erzählt, j-jeder von e-euch. D-das ist m-mein W-Wunsch.« Sie war außer Atem und schnappte nach Luft. »D-da ist g-ganz w-wichtig«, fügte sie hinzu.

Nach einem Schweigen fragte Noah: »Wieso soll das wichtig sein?«

»Ich weiß kein Märchen«, sagte Leon, der das arme Mädchen aus der Geschichte schon wieder vergessen hatte.

»J-jeder d-denkt s-sich eins a-aus.«

»Ich geh sauber machen.« Conrad wollte aufstehen.

»S-sitzenbleiben!«, sagte Maren energisch. Die laute Stimme hätte ihr niemand zugetraut. Alle sahen sie an. »I-ich w-will das s-so. Ei-einfach s-so. Und d-du f-fängst an, L-Leon.«

Jetzt sahen alle den Zwölfjährigen mit der grünen Hose und dem gelben Sweatshirt an. Er zuckte zusammen und schüttelte heftig den Kopf und hörte nicht mehr damit auf.

»Auf geht's!«, sagte Noah unvermittelt.

Leon schüttelte weiter den Kopf. Die anderen warteten ab.

»B-Bitte«, sagte Maren. »W-wir er-erzählen u-uns a-alle ein M-Märchen. W-Wie f-früher.«

»Mir hat nie wer ein Märchen erzählt«, sagte Noah.

»D-dann w-wird's Z-Zeit.«

Wie in der Nacht griff Sophia nach Marens Hand. »Ich finde das eine gute Idee. Genau, und du fängst an, Leon.«

Abrupt hörte Leon auf, den Kopf zu schütteln. »Warum denn ich?« Dann horchte er Sophias Stimme nach, denn sie klang fast so wie früher, klar und fest und unüberhörbar.

»Ich muss erst nachdenken«, sagte er und schaute Sophia immer noch an, während sein Satz schon längst zu Ende war.

»Wir haben Zeit«, sagte Sophia.

»D-danke«, sagte Maren und strich Leon zweimal über die Wange. Die Berührung strömte durch seine Haut direkt bis zur Zunge.

»Es war einmal …«, sagte er, als wüsste er schon eine Geschichte.

16

»Es war einmal eine Putzfrau, die musste voll hart Tag und
Nacht arbeiten, weil sie zwei Söhne hatte, mit denen sie
allein in einer kleinen Stadt an einem Fluss lebte. Die Frau
hieß Marissa und sie war stumm. Das störte aber niemanden, außerdem hatte eine Putzfrau sowieso keine Zeit fürs
Reden. Und ihre Ohren waren normal, sie konnte also gut
hören, was die Leute zu ihr sagten. Manchmal glaubten
Chefs, sie könnten Marissa reinlegen, weil sie stumm war
und deswegen irgendwie behindert und wehrlos. Da hatten sie sich böse getäuscht.

Marissa ließ sich von niemandem betrügen. Höchstens
von ihren Söhnen, aber das kam nur daher, dass sie immer
so müde war, wenn sie nach Hause kam, und keine Kraft
mehr hatte, die Tricks ihrer Söhne zu durchschauen.

Die Söhne waren Zwillinge, der eine wusste immer, was
der andere dachte, und dann heckten sie gemeinsam was
aus und lachten sich kaputt, wenn jemand drauf reinfiel.
Sie gingen in die zweite Klasse. Nach der Schule streiften
sie durch die Stadt, bekamen beim Bäcker eine frische
Breze geschenkt und im Sommer eine Limo dazu. Beim
Metzger kauften sie eine frische Leberkässemmel und

spielten zu Hause stundenlang mit ihrer Eisenbahn. Die Schienen gingen quer durch ihr Zimmer, und sie stellten sich vor, wie sie eines Tages in die weite Welt hinausfuhren, bis nach Spanien oder England, wo die besten Fußballmannschaften spielten.

Denn außer ihrer Eisenbahn liebten Finn und Timm – so hießen die beiden – total den Fußball. Beide waren Verteidiger, wobei Finn auch oft in den gegnerischen Strafraum vorpreschte und manchmal sogar ein Tor schoss. Timm war ein Dribbelkünstler. So schnell konnten die Gegner ihn gar nicht foulen, wie er ihnen entwischte und gleichzeitig einen tödlichen Pass schlug.

Ihre Mutter liebte beide Kinder gleich viel. Sie schuftete Tag und Nacht und trotzdem reichte das Geld nie für Urlaub und besondere Ausgaben. Zum Beispiel für den Beitrag in dem großen Fußballverein, bei dem Timm und Finn vielleicht hätten trainieren können. Wenn sie ihrer Mutter davon erzählten, wurde sie traurig und weinte. Sie mussten sie dann trösten und ihr versichern, dass sie auch so glücklich und stolz auf ihre Mutter waren, weil sie immer gut für sie sorgte, obwohl sie überhaupt keine Stimme hatte und viele Leute sie wie eine Aussätzige behandelten.

Für Finn war das eine besonders harte Zeit. Er war ehrgeiziger als sein Zwillingsbruder und wollte unbedingt Profispieler werden. Immer wieder redete er auf Timm ein, dass sie sich gemeinsam bewerben sollten, dann hätten sie die größeren Chancen, auch ohne Geld.

Du und ich, wir sind unschlagbar, sagte Finn.

Ich weiß nicht, sagte Timm. Unsere Mutter ist dann

böse, wenn wir weggehen und sie allein lassen, sie hat doch sonst niemanden.

Sie findet schon wieder jemanden.

Wen denn?, wollte Timm wissen.

Irgendwen.

Manchmal konnte Finn ganz schön gemein sein. Seit ihr Vater sie und die Mutter verlassen hatte, benahm sich Finn an bestimmten Tagen wie ein gefährlicher Krieger, der böse Dinge ausheckte und unberechenbar war. Auch auf dem Spielfeld. Dann rannte er über den Rasen, ohne Rücksicht auf die eigenen Leute, jagte dem Gegner den Ball ab, auch mit einem Foul, und war von niemandem zu bremsen. Finn legte sich den Ball zurecht und haute ihn volles Rohr ins Tor. Wenn der Torwart zufällig im Weg stand, brauchte er hinterher einen Arzt. Und keine Minute später trabte Finn brav wie ein Lamm über den Platz, ließ sich vom Schiedsrichter reumütig die gelbe Karte zeigen und entschuldigte sich nach dem Abpfiff beim gegnerischen Torwart für den brutal harten Schuss.

Timm hatte schon kapiert, dass sein Bruder mehr unter der Trennung seiner Eltern litt als er. Aber wieso er eigentlich nie so wütend wurde wie Finn, wusste er nicht.

Wenn die beiden einmal nicht gemeinsam unterwegs waren – Finn trainierte gern allein, machte Waldläufe, schwamm im Fluss –, saß Timm einfach nur stumm da. Er redete mit niemandem, nicht mal mit sich selbst. Beim Spielen mit der Eisenbahn bediente er bloß den Trafo, schaltete die Weichen, hob eine Lokomotive auf ein anderes Gleis, hörte dem leisen Brummen der Züge zu und schwieg. Anders als mit seinem Bruder, machte Timm keine einzige Ansage oder ließ Fahrgäste fluchen, wenn sie zu spät zum Bahngleis kamen. Timm hockte nur da und schaute zu. Und wenn er Hunger kriegte, ging er rüber in die Bäckerei und zeigte wortlos auf eine Breze. Wenn die Verkäuferin sie ihm nicht schenkte, bezahlte er, ohne einen Ton zu sagen. Wahrscheinlich hatte die Verkäuferin Angst, er würde bald so stumm werden wie seine Mutter.

Eines Nachmittags – ihre Mutter hatte ihnen gesagt, sie würde heute erst sehr spät vom Putzen nach Hause kommen – teilte Finn seinem Bruder eine Neuigkeit mit. Die Sonne schien, die Vögel sangen im Park hinter der Schule, die Erde roch nach Sommer, und die meisten Kinder waren nach dem Unterricht zum Fluss gelaufen, um zu baden. Die Brüder waren ganz allein in den Wald gegangen.

Sie nehmen mich, sagte Finn.

Wer nimmt dich?, fragte Timm.

Der Verein, erwiderte Finn. Ich darf ein Probetraining machen, einen Monat lang, zwei Mal in der Woche, und wenn ich gut bin, nehmen sie mich ganz und ich gehör dazu.

Und das Geld?, fragte Timm. Unsere Mutter kann den Verein doch gar nicht bezahlen.

Da erzählte ihm Finn, dass der Verein, der schon mehrmals Deutscher Meister, Pokalsieger und Champions-League-Sieger geworden war, für besonders talentierte Nachwuchsspieler eine spezielle Förderung bezahlte, die den Jugendlichen keinen Euro kostete.

So etwas nennt man Stipendium, sagte Finn, und ich bin jetzt ein Stipender.

Sie standen im Schatten riesiger Fichtenbäume und Timm hatte ein komisches Gefühl im Bauch. Einerseits freute er sich total für seinen Bruder. Andererseits hatte er panische Angst, dass Finn weggehen und nie wiederkommen würde. Warum sollte er auch? Finn wäre bald ein berühmter Spieler in einem weltberühmten Verein, in dem jeden Tag was los war, auch am Wochenende.

Timm drehte den Kopf zur Seite, damit Finn nicht sah, wie traurig er war, aber sein Bruder hatte es schon bemerkt.

Ich lad dich zum Training ein, so oft du willst, sagte Finn, und ich besorg dir Karten für die wichtigen Spiele, das versprech ich dir. Und die Mama darf auch mitkommen.

Aber Timm wurde immer stiller. Auf dem Heimweg sprach er kein Wort. Ist schon klar, dachte er die ganze Zeit, Finn muss erst das Training machen, und erst dann wird entschieden, ob er gut genug für den Verein ist, ist schon klar.

Aber Timm wusste auch, dass sein Bruder sich diese Chance niemals entgehen lassen würde. Der würde spielen wie der Teufel und keinen Ball verloren geben. So war er, und es war klar, dass sie ihn aufnehmen würden, total klar war das.

Und als Finn seiner Mutter tief in der Nacht von seinen Plänen erzählte, ging von ihr eine noch größere Stille aus als sonst. Mindestens zwanzig Minuten saß sie nur da und schrieb kein einziges Wort auf den Block, auf den sie immer schrieb, wenn sie was sagen wollte.

Du gehst also weg von hier?, schrieb sie dann. Weg von Timm und mir?

Aber die Stadt ist doch nicht so weit weg, sagte Finn. Mit dem Zug bist du in vierzig Minuten da.

Seine Mutter schaute ihn nicht an, sondern nur den Tisch. Und dann stand sie plötzlich auf, legte die Arme um ihre beiden Söhne und drückte sie so fest wie schon lange nicht mehr. Sie wollte ihre Kinder überhaupt nicht mehr loslassen, Timm bekam schon fast keine Luft mehr.

So standen sie da, zu dritt, Arm in Arm. Draußen sangen immer noch ein paar Vögel, die vielleicht auch nicht schlafen konnten, wie Marissa und ihre Söhne.

Und als die Jungen später im Bett lagen und ihre Mutter noch einmal hereinkam, zeigte sie Finn einen Zettel, auf dem stand: Ganz schön mutig von dir, da einfach hinzufahren und hinter meinem Rücken dich zu bewerben. Ich bin stolz auf dich, aber es tut mir auch weh.

Dann umarmte sie zuerst Finn, dann Timm, dann ging sie zur Tür und drehte sich noch einmal um. Timm streckte seinen Kopf aus der Bettdecke.

Ich bleib ja da, sagte er, mach dir keine Sorgen.

Da huschte Marissa aus dem Zimmer und schloss die Tür.

Am nächsten Morgen gingen die beiden Brüder zur Schule wie immer.

Am übernächsten Morgen fuhr Finn zum ersten Training in der Großstadt, und einen Monat später wechselte er die Schule und wohnte von jetzt an bei einer Tante in der Großstadt, von deren Wohnung man mit der Straßenbahn nur zwanzig Minuten bis zum Vereinsgelände brauchte.

Ab und zu fuhr Timm mit seiner Mutter in die Stadt, und sie sahen Finn beim Trainieren zu. Manchmal aßen sie zu dritt Würstel mit Kartoffelsalat, wie früher daheim, wenn es schnell gehen musste.

Timm hatte jetzt ein Zimmer für sich allein, das fand er ganz angenehm. Aber allein mit der Eisenbahn spielen machte ihm immer weniger Spaß, bis er eines Tages die Schienen abbaute und die Kartons im Keller verstaute. Er hatte nämlich eine neue Beschäftigung gefunden, und vielleicht sogar einen neuen Freund.

Seit einiger Zeit – es war schon Dezember – tauchte regelmäßig eine Krähe mit blauschwarzem Gefieder vor Timms Fenster auf. Er öffnete es und sie hüpfte unerschrocken auf dem Fensterbrett herum. Wenn sie krächzte, klang es, als würde sie mit ihm sprechen. Anfangs fürchtete er sich vor ihr. Sie hatte einen langen, gebogenen Schnabel und dunkle, unheimlich leuchtende Augen.

Hast du einen Namen?, fragte Timm eines Nachmittags.

Wahrscheinlich hatte der Vogel schon darauf gewartet, dass Timm von der Schule nach Hause kam. Das Krächzen klang heiser und bestand aus verschiedenen Tönen, wenn Timm sich nicht verhörte.

Ich heiß Timm und mein Bruder, der Finn, wird mal ein berühmter Fußballspieler.

Wieder stieß die Krähe unterschiedlich laute Töne aus.
Dann spazierte sie über das Fensterbrett und hüpfte plötzlich ins Zimmer. Vor Schreck machte Timm einen Satz
zur Seite, stolperte über einen herumliegenden Hausschuh
und fiel hin. Das Krächzen der Krähe klang wie ein gemeines Lachen.

Timm sprang auf, fuchtelte mit den Händen und wollte den Vogel aus dem Fenster scheuchen. Aber der ließ
sich nicht aus der Ruhe bringen. Er hüpfte durchs Zimmer, als wäre er hier zu Hause, sprang aufs Bett, trippelte
über die Kissen und betrachtete mit schrägem Kopf die
Kuscheltiere. Timm streckte die Hände nach dem Eindringling aus, seine Fingerspitzen berührten schon fast
sein Gefieder. Da spreizte der Vogel die Flügel, erhob sich
in die Luft, flog eine Runde durchs Zimmer und setzte
sich schließlich auf Timms Kopf.

Ratlos und mit einem ziemlich unangenehmen Gefühl auf
dem Kopf stand Timm da und machte keinen Mucks
mehr. Die Krallen bohrten sich in seine Kopfhaut, aber er
traute sich nicht zu jammern. Er traute sich überhaupt
nichts.

Der Vogel hockte auf Timms Kopf und betrachtete aus
seinen großen, bedrohlichen Augen eines der Kuscheltiere. Das konnte Timm natürlich nicht sehen. Das Stofftier
war ein kleiner zotteliger Löwe mit einer schon etwas ausgebleichten gelben Mähne und vielen Lücken im Fell.
Timm hatte ihn seit seinem zweiten Lebensjahr, und der
Löwe war jede Nacht bei ihm, seit vier Jahren. Manchmal

tat Timm der Löwe leid, weil er ihn schon so oft angeweint und zusammengedrückt und im Zorn gegen die Wand geworfen hatte. Der kleine Löwe wusste mehr von ihm als sein Bruder Finn, deswegen würde er ihn auch nie im Leben hergeben oder gegen einen neuen tauschen.

Und genau diesen Löwen ließ die Krähe auf Timms Kopf nicht mehr aus den Augen. Dann stieß sie einen heiseren Schrei aus. Timm hörte das unheimliche Rascheln der Flügel. Bevor er kapierte, was geschah, war die Krähe in der Luft, packte mit ihrem riesigen Schnabel den Stofflöwen und flog zum Fenster hinaus.

Timm schaute mit offenem Mund blöde hinterher. Dann wurde er von einem solchen Zorn erfüllt, dass er so, wie er war, auf den Tisch kletterte und durchs Fenster hinaus in den Garten sprang.

Über ihm kreiste hämisch die Krähe und der Löwe hing ihr aus dem Schnabel. Als Timm einen Stein nach ihr warf, wich sie aus und flog davon. Timm rannte hinter oder unter ihr her – in genau den Sachen, die er zu Hause immer trug, durch den kalten dunklen Abend die Straße hinunter, über die Weide und auf den Wald zu. Er hatte nichts an außer seiner grünen, schlabbrigen Trainingshose und seinem gelben, ausgefransten T-Shirt. Und er war barfuß.

Das war ihm alles egal. Er wollte seinen Löwen wiederhaben. Den hatten ihm seine Mutter und sein Vater zu Weihnachten geschenkt, als sie noch zusammen gewesen waren. Finn hatte einen Elch bekommen, aber Timm meinte, der Löwe sah viel echter aus und war viel kuscheliger. Und er würde ihn sich niemals wegnehmen lassen. Schon gar nicht von einer hinterhältigen Krähe, die sich in sein Zimmer geschlichen hatte, bloß weil er so gutmütig gewesen war.

Er rannte immer weiter und vergaß die Zeit und alles. Seine nackten Füße waren eisig kalt und sein Körper war von einer Gänsehaut überzogen. Er hatte nur Augen für die Krähe und seinen kleinen Löwen, der wie eine Beute durch die Luft schwebte.

Außer Atem lehnte Timm sich an einen Baum. Es war ganz dunkel geworden. Die Bäume ragten schwarz vor ihm auf. Und so sehr er sich auch bemühte, die Lichter der Stadt konnte Timm nicht mehr erkennen. Wie weit er gelaufen war, wusste er nicht. Die Kälte krabbelte in ihm hoch wie Ameisen aus Eis. Er trippelte von einem Bein aufs andere, was gar keinen Sinn hatte. Schlotternd hielt er nach der Krähe Ausschau.

Im ersten Moment dachte er, sie wäre verschwunden. Aber dann sah er, dass sie auf einem schwarzen Ast hockte, perfekt getarnt, und er erkannte sie auch nur an der hellen Mähne des Löwen in ihrem Schnabel.

Timm kriegte Angst. Wahrscheinlich war seine Mutter inzwischen von der Arbeit zurück und machte sich die allergrößten Sorgen um ihn. Es war noch nie vorgekommen, dass er nicht da war, wenn sie kam.

Trotzdem war er wild entschlossen, seinen Löwen wiederzukriegen.

Schmeiß ihn runter!, rief er und musste husten, weil die Luft so kalt war und seine Stimme halb eingefroren. Er

217

gehört mir, du bist ein Dieb, ich will mein Kuscheltier wiederhaben!

Die Krähe breitete ihre Flügel aus und gab trotz der Beute im Schnabel einen tiefen, fast menschlich klingenden Laut von sich. Jedenfalls bildete Timm sich ein, dass er menschlich klang.

Daraufhin schlug der Vogel noch einmal mit den Flügeln und flog tiefer in den Wald. Timm folgte ihm, obwohl er das Gefühl hatte, seine Zehen würden gleich abbrechen vor Kälte. Und weil er nicht aufpasste und immer nur nach oben blickte anstatt auf den Boden, stolperte er über eine Wurzel und fiel auf den Bauch. Tränen schossen ihm aus den Augen. Hastig wischte er sich übers Gesicht.

Als er wieder etwas sehen konnte, hockte die Krähe direkt vor ihm, ihre Augen leuchteten unheimlich in der Finsternis. Timm nahm seinen ganzen Mut zusammen und sagte: Mach meinen Löwen nicht kaputt.

Es sah nämlich aus, als würde die Krähe das Stofftier übel zusammenquetschen. Doch sie kehrte Timm den Rücken zu, watschelte auf den dicken Baumstamm zu, vor dem der Junge gestürzt war – und verschwand darin.

Schnell wie ein Torwart sprang Timm auf die Beine. Er bildete sich ein, seine Knochen knacken zu hören, aber das war jetzt nicht wichtig. Zitternd streckte er den Arm aus.

Obwohl die mächtige Fichte vor ihm wie ein Turm ins Nichts ragte, berührten seine Finger nicht die Rinde. Er machte noch einen Schritt, dann noch einen. Beim dritten Schritt hörte er das Krächzen der Krähe, es hörte sich an, als gäbe es ein Echo.

Um ihn herum war alles schwarz.

Die Luft roch modrig und gleichzeitig nach Fichtennadeln und nasser Erde. Timm sah sich um. Kein Zweifel: Er stand im Innern des Baumes! Und unter ihm verlief eine schmale Treppe in die Tiefe.

Wieder ertönte das hohle Krächzen. Timm zögerte keine Sekunde. Sehr vorsichtig stieg er, wie bei einer Wendeltreppe, die moosbewachsenen Holzstufen nach unten. Dabei stützte er sich rechts und links an der Innenseite des Baumes ab. Wie lang er brauchte, bis er den Boden erreicht hatte, wusste er hinterher nicht mehr, es kam ihm ewig vor.

Ein seltsames Summen, das immer lauter wurde, begleitete ihn. Endlich hatte er den tiefsten Punkt erreicht und konnte die eigene Hand nicht mehr vor den Augen erkennen. Die Finsternis war megafinster. Um ihn herum herrschte ein einziges Summen in verschiedenen Klangfarben, tiefere, höhere Stimmen, männliche, weibliche Stimmen von Kindern, wenn Timm sich nicht täuschte.

Dann spürte er etwas auf seiner Schulter und erschrak. Die Krähe war wieder da und zupfte ihn am Ohr. Timm hatte den Eindruck, sie wollte ihm etwas sagen. Er griff nach dem Löwen in ihrem Schnabel, und die Krähe ließ tatsächlich los. Dann pickte sie ein weiteres Mal an Timms Ohr und schien ihn in eine bestimmte Richtung schubsen zu wollen. Das war natürlich keine richtige Richtung, denn der Raum war viel zu eng und rund.

Aber Timm hörte jetzt, dass die Stimmen, die immer weiter summten und brummten und fast sangen, aus verschiedenen Winkeln des Baumes kamen. Er horchte genau hin. Und er hob den Stofflöwen hoch, den er endlich wiederhatte, damit auch der die Stimmen hören konnte.

Bei einer bestimmten Stimme hielt Timm inne. Eine Sekunde später verstummten alle anderen. Nur die eine Stimme war noch übrig. Timm streckte die Hand mit dem Löwen nach ihr aus und dann verstummte auch diese Stimme.

Eine Minute oder länger war es so still wie in einem Grab.

Dann stieß die Krähe ein Krächzen aus, lauter als je zuvor, und bevor Timm noch einmal blinzeln konnte, sauste er schon durch die Luft, auf dem Rücken der Krähe, den Baum hinauf und weiter durch den dunklen Wald, hinaus auf die Weide, zurück in die Straße, wo er wohnte.

Und als er wieder, wie durch ein Wunder, in seinem Zimmer stand, sah er seine Mutter auf seinem Bett sitzen und fürchterlich weinen.

Sie hob den Kopf. Vor lauter Glück, ihren Sohn gesund wiederzusehen, nahm sie ihm den Löwen aus der Hand und drückte ihn so fest an ihren Körper, wie sie ihre beiden Söhnen oft in der Nacht umarmt hatte, wenn sie vor Erschöpfung am liebsten fast gestorben wäre.

Timm stand immer noch da und wusste nicht, was geschehen war. Durch das offene Fenster wehte ein kalter Wind herein. Von der Krähe war nichts mehr zu sehen und zu hören. Dafür hörte Timm etwas anderes und er traute seinen Ohren nicht.

Wo warst du denn so lange?, fragte seine Mutter, und

sie fragte es wirklich. Timm sah ihren Mund, wie er sich bewegte.

Ich wollt grad die Polizei anrufen, sagte seine Mutter mit genau der Stimme, die Timm von früher kannte. Denn Marissa war eine echte Sängerin gewesen, die auf einer Bühne auftrat und mit einer Band amerikanische Lieder sang. Dann war sie krank geworden und hustete tagelang, und als sie wieder gesund war, hatte sie keine Stimme mehr. Und jetzt war ihre Stimme wieder da!

Ich kann wieder sprechen, sagte sie und drückte den zotteligen Löwen an ihr Herz und weinte wieder, aber diesmal anders. Timm ging zu ihr und umarmte sie und stellte sich vor, wie seine Mutter auf einer Bühne Lieder sang und Geld verdiente und vielleicht so berühmt werden würde wie Finn in seinem Verein.

Und da begriff Timm, dass die Krähe, von der er nicht einmal wusste, wie sie hieß, eine Stimmensammlerin war.

Wenn jemand irgendwo auf der Welt seine Stimme verlor, sammelte sie sie ein und brachte sie in Sicherheit für den Fall, dass jemand auftauchte, der nach ihr suchte.

Und Timm begriff auch, dass er immer, eigentlich jeden Tag, nach der Stimme seiner Mutter gesucht hatte, obwohl ihm das gar nicht klar gewesen war. Er wollte unbedingt, dass seine Mutter wieder singen konnte, weil sie dann glücklich war und ein Licht im Herzen hatte, das aus ihren Augen leuchtete.

Viele Jahre später wohnte Marissa mit ihren Söhnen in einem großen Haus am Fluss, in dem jeden Morgen die Sonne aufging. Im Keller war ein perfektes Tonstudio.

Dort nahm Marissa ihre Songs auf, die sie inzwischen alle selber komponierte. Das Haus war ein Geschenk ihres Sohnes Finn, der in der Nationalmannschaft spielte und schon einmal zum Spieler des Jahres gewählt worden war. Und auch ein Geschenk von seinem Zwillingsbruder, einem ziemlich bekannten Sportjournalisten.«

Leon rieb seine Fäuste aneinander und wagte nicht, jemanden am Tisch anzusehen. Maren neben ihm hatte die Augen geschlossen und lächelte. Noah, der ihm schräg gegenüber saß, drehte eine Zeit lang seinen Stock mit einer Hand und strich sich schließlich die Haare aus den Augen. »Und von wem ist das?«, fragte er.

Leon ruckte mit dem Kopf. »Von mir. Von wem denn sonst?«

»Quatsch«, sagte Noah. »Jetzt mal ehrlich. Ist das ein Geheimnis, von wem die Story ist?«

»Die ist von mir.« Leons Stimme klang laut und gereizt, so, wie noch keiner sie gehört hatte.

»Ist auch wurscht«, sagte Noah.

»Könnt ihr mal still sein?« Sophia warf einen finsteren Blick in die Runde.

»Wollt nur wissen, von wem Leon die Story geklaut hat«, sagte Noah.

»Ich hab die nicht geklaut«, sagte Leon.

»Der war gut.«

»Hältst du mich für blöde?«

»So gut kenn ich dich noch nicht, Noel.«

»Du Depp.«

»Obacht, Kleiner, pass auf …«

»Sch-schsch«, machte Maren. »Sch-schluss m-mit S-streit. J-jetzt k-kommt der N-Nächste d-dran. C-Conrad.«

Conrad wirkte nicht begeistert, sagte aber nichts. Noah, der neben ihm saß, beugte sich näher zu ihm und wartete ab.

»Schau mich nicht so an«, sagte Conrad.

Noah wandte sich ab.

Conrad hielt sich die Hände vors Gesicht und dachte an einen alten Traum. Darin hatte er sich in ein Pferd verwandelt, und als er aufwachte, hatte er in sich eine Kraft wie noch nie empfunden.

»Es war einmal …«, begann Conrad, nahm die Hände herunter und sah zur Decke hinauf.

17

»Es war einmal ein Mann, der wohnte im neunten Stock eines Hochhauses. Das Haus hatte eine blaue Fassade und stand am Rand einer breiten Ausfallstraße, oberhalb des Tierparks der Stadt. Früher war der Mann ein berühmter Skifahrer gewesen, das war lang her. Heute sah er die Berge nur noch aus der Ferne und wenn ein spezieller Wind wehte, der die Entfernungen veränderte. Doch die Dinge der Welt interessierten den Mann nicht mehr.

Er lebte allein und verließ nur selten seine kleine Wohnung. Er war noch nicht alt, wirkte aber wie ein Greis mit traurigen Augen und grauen Wangen. Beim Treppensteigen hielt er sich am Geländer fest, und wenn er einkaufte, musste er erst Luft holen, bevor er ein Geschäft betrat. Viel kaufte er nicht ein, hauptsächlich Gemüse und Salat, Obst und Kartoffeln. Und sehr viel Bier.

In seiner Wohnung sammelte der Mann – er hieß Montag – Unmengen von Flaschen, die er in Plastiktüten aufbewahrte. Samstags – er ging nur an diesem einen Tag einkaufen – nahm er manchmal ein paar Flaschen mit. Wenn er zu viel getrunken hatte, stolperte er, und das Klirren war auf dem ganzen Stockwerk zu hören.

Vor allem seine Nachbarin, Frau Bauchberg, regte sich darüber auf. Wenn sie besonders schlecht gelaunt war, also eigentlich immer, hetzte sie ihren Hund über den Flur, der dann so lange die Tür von Herrn Montag ankläffte, bis andere Nachbarn sich beschwerten und mit der Polizei drohten.

Obwohl die alte und bucklige Frau mit allen möglichen Mitteln und bei jeder Gelegenheit andere Mitbewohner terrorisierte, hatte sie die allergrößte Angst vor der Polizei. Sie wusste genau, was passieren würde, falls sie noch einmal eine Anzeige bekäme.

Dann käme ihr Hund ins Tierheim und wurde vielleicht sogar eingeschläfert. Finca, so lautete der Name der Hündin, die in Hundejahren mindestens genauso alt war wie ihr Frauchen, hatte ein schwarzes kurzes Fell mit rotbraunen Streifen. Aus ihrem fetten Gesicht grinste ein bösartiges Gebiss heraus. Sie wog ungefähr vierzig Kilo und hasste jeden Menschen – außer Frau Bauchberg. Finca war ein Rottweiler, berüchtigt im ganzen Viertel, gefürchtet von den Kindern und verabscheut von den Erwachsenen.

Frau Bauchberg behauptete, Finca wäre ein freundliches und gehorsames Tier, das Kinder mochte.

Übrigens wusste niemand, wie Frau Bauchberg in Wahrheit hieß. Herr Montag hatte ihr den Namen gegeben, weil sich unter ihrem Kleid eine riesige Kugel wölbte. An ihrem Klingelschild stand kein Name und sie bekam nie Post. Im Supermarkt sprach niemand sie an. Auf der Straße hatte kein Passant Lust, mit ihr zu plaudern, und die wenigen, die es versuchten, bellte Finca mit gefletschten Zähnen in die Flucht.

Herr Montag dagegen hieß wirklich Montag, das müsst ihr schon glauben. Genau wie Frau Morgenroth, die gleich auftauchen wird, Frau Morgenroth hieß.

Was nämlich jedem, der es bemerkte, seltsam vorkam, war, wie der Rottweiler der Frau Bauchberg auf die Frau im roten Mantel reagierte.

Frau Morgenroth, die, wann immer sie ihre Wohnung verließ, einen roten Mantel und schwarze Stiefel trug, schien nicht die geringste Furcht vor dem bulligen Tier zu haben. Das bedeutete nicht, dass sie ihn streichelte oder mit ihm spielte, das hätte sie nie getan. Vielmehr machte sie eigentlich nichts.

Sie blieb einfach stehen und schaute zu, wie der dicke Hund mit seinem dicken Frauchen näher kam. Der Hund klemmte den Schwanz ein und schlich verdruckst über den Bürgersteig. Das war immer wieder ein ungewöhnliches Schauspiel, Herr Montag hatte es schon oft vom Fenster aus beobachtet. Über die Frau im roten Mantel wusste er praktisch nichts, nur dass sie wie er allein lebte, im Erdgeschoss, und offensichtlich wie er wenig Freunde hatte. Das stimmte nicht ganz. Genau genommen, hatte sie keinen einzigen Freund. Und sie wollte auch keinen.

Seit dem Tag, an dem sie ihre vierjährige Tochter beerdigt hatte, wollte Frau Morgenroth nur noch allein sein. Sie hatte nichts dagegen, in einem Lokal zu sitzen, einen Wein zu trinken und sich mit Leuten, die sie nicht kannte, über Alltägliches zu unterhalten. Aber sie erzählte nie etwas über sich und fragte auch andere nicht nach ihrem Leben. Ließ man sie in Ruhe und redete bloß banales Zeug, zeigte sie ein freundliches Gesicht. Bedrängte man sie oder stellte Fragen, blickte sie erst grimmig drein, dann bezahlte sie ihre Zeche und verschwand ohne ein weiteres Wort.

So lebte sie unauffällig vor sich hin. Die einzigen beiden Dinge, die Herrn Montag eines Tages irritiert hatten und bis heute beschäftigten, waren der immer gleiche rote Mantel und die ungewöhnlichen Begegnungen mit dem schwarzen Hund.

Manchmal, auf der Straße oder in einem Geschäft, wollte Herr Montag die Frau ansprechen und etwas Nettes zu ihr sagen. Doch dann dachte er jedes Mal, dass sie nicht der Typ für nette Worte war und man sie einfach nicht volllabern durfte.

Dabei hätte sie sich gewünscht, von ihm angesprochen zu werden. Von dem Moment an, als sie ihn das erste Mal gesehen hatte, hielt sie ihn für vertrauenswürdig und für einen Menschen ohne eisige Gedanken.

In ihren Augen hatten fast alle Menschen eisige Gedanken, und die meisten hatten sogar eine eisige Seele, weshalb man ihren Atem sehen konnte, wenn sie redeten.

An einem sonnigen Samstag im Herbst trafen sich Herr Montag und Frau Morgenroth zufällig in der »Linde«. Das Gasthaus lag wenige Meter vom Tierpark entfernt, in den sie, unabhängig voneinander, eigentlich gehen wollten. Aber plötzlich hatten beide Angst, dass zu viele Leute dort sein könnten und kehrten stattdessen in dem Speiselokal ein. Außer zwei Männern am Stammtisch war sonst niemand da.

Frau Morgenroth wählte den Tisch hinter der Tür. Herr Montag ging fünf Tische weiter und nahm vor einem Fenster Platz. Nachdem er das erste Weißbier getrunken und schon das zweite bestellt hatte, beobachtete er Frau Morgenroth. Er hielt den Kopf gesenkt, damit sie nichts merkte, und lugte hinter vorgehaltener Hand hervor.

Frau Morgenroth hatte ihren Mantel nicht ausgezogen, nur aufgeknöpft, und ihre Hände in die Taschen gesteckt. Vor ihr stand ein Glas Weißwein, das sie kaum anrührte. Sie trank immer nur einen winzigen Schluck und vergrub die Hand sofort wieder im Mantel. Obwohl draußen die Sonne schien und das Lokal geheizt war, fröstelte sie.

Eigentlich war ihr jeden Tag kalt. In ihren Träumen fiel die meiste Zeit Schnee. Das kam daher, dass ihre Tochter Sara die ganze Sonne mit ins Grab genommen hatte. Mit der Zeit hatte Frau Morgenroth sich beinah daran gewöhnt, aber am morgigen Sonntag war der zehnte Todestag ihrer Tochter und deshalb konnte sie an nichts und niemanden sonst denken. Es störte sie nicht, dass Leute ihr dabei zusahen, wie sie zitterte und einen merkwürdigen Eindruck machte.

Dass ihr Nachbar von seinem Fensterplatz im Lokal dauernd zu ihr herüberschaute und so tat, als säße er bloß nachdenklich da, hätte sie komisch gefunden, wenn heute nicht so ein trauriger Tag wäre.

Vielleicht, überlegte sie, hätte sie doch in den Tierpark gehen sollen. Nie hatte die kleine Sara einen glücklicheren Gesichtsausdruck gehabt, als wenn sie den Giraffen zuwinkte oder die Elefanten oder die Affen anfeuerte und mit staunenden Augen dem Pfau zuschaute, wenn er ein Rad schlug. Ihre Lieblingstiere waren die Seelöwen, die durchs Wasser sprangen und Kunststücke vollbrachten. Da vergaß sie sogar ihr Eis in der Hand. Ihre Ma musste sie immer hochheben, damit Sara über den Beckenrand und die Köpfe der anderen Besucher schauen konnte.

Nach Saras Tod war Frau Morgenroth jedes Jahr ein Mal in den Zoo gegangen, um an die schönen Stunden zu denken. Meist weinte sie dann hinter ihrer dunklen Sonnenbrille, und wenn sie im Gedenken an ihre Tochter eine Tüte Eis kaufte, fiel es ihr aus der Hand, weil sie so zitterte.

Trotzdem, dachte sie und nippte an ihrem Weinglas, hätte sie heute, einen Tag vor dem zehnten Todestag, vielleicht doch hingehen und die anderen Leute einfach ignorieren sollen.

Traurig und schuldbewusst warf sie einen Blick zum Tisch am Fenster. Herr Montag hatte die Hände vors Gesicht geschlagen. Frau Morgenroth sah, dass er nicht mehr zwischen den Fingern hindurchblinzelte, sondern ganz mit sich selbst beschäftigt schien. Sie wusste nichts von ihm, außer, dass er allein lebte wie sie und ein verschlossenes Wesen hatte.

Vielleicht, dachte sie und wandte den Blick ab, weil sie

nicht aufdringlich wirken wollte, hatte auch Herr Montag einen Verlust im Herzen, der ihn zum Alleinsein zwang.

So war das an diesem Samstag im Herbst. Ihr müsst euch vorstellen, dass Herr Montag und Frau Morgenroth bald die einzigen Gäste im Gasthaus »Zur Linde« waren. Die beiden Männer vom Stammtisch hatten sich verabschiedet und die Bedienung saß am Tisch beim Tresen und las in der Zeitung.

Kurz vor oder kurz nach sechs Uhr abends jedoch ging die Tür auf und ein neuer Gast kam herein. Mit diesem Gast hätten weder Frau Morgenroth noch Herr Montag gerechnet. Sie hoben beide gleichzeitig den Kopf und trauten ihren Augen nicht.

Ohne jemanden zu grüßen, setzte sich Frau Bauchberg mit ihrer Rottweiler-Hündin an den Tisch in der Mitte des Raumes und hielt sofort nach der Kellnerin Ausschau.

Dem Hund hing die Zunge aus dem Maul, er hechelte, der Sabber lief ihm rechts und links über die Lefzen.

In diesem Moment sah Frau Morgenroth wieder das Bild vor sich, wie der fremde, große Hund durch den Biergarten jagte, laut bellend und mit weißem Schaum vor dem Mund. Er war über Bänke und Tische gesprungen und Frau Morgenroth hatte viel zu langsam reagiert. Bis sie begriff, was überhaupt passierte, hatte der Hund – ein Dogo Argentino, wie sie später erfuhr –, schon den Spielplatz am Rand des Biergartens erreicht. Der Hund stieß Sara zu Boden und biss ihr in den Hals. Die anderen Kinder rannten davon, aber Sara hatte keine Chance. Als die Polizei kam, war sie schon tot. Einer der Polizisten erschoss den Hund, aber die Besitzer wurden vor Gericht freigesprochen. Angeblich hatten sie ihre Aufsichtspflicht nicht verletzt, der Hund sei von irgendetwas, das man nicht mehr klären konnte, provoziert worden.

Einmal, nur ein einziges Mal, dachte Frau Morgenroth und trank ihr Weinglas in einem Zug leer, wollte Sara auf einem Pferd am Meer entlangreiten, im roten Schein der Abendsonne, Kilometer um Kilometer durch heißen weißen Sand. Sie wollte den Wind in den Haaren spüren und bis zum Horizont schauen und noch weiter.

Frau Morgenroth hatte nie herausgefunden, woher ihre Tochter diesen Traum hatte. Eines Abends im Bett hatte Sara ihr davon erzählt, und danach immer wieder. Und jedes Mal versicherte Sara ihrer Mutter mit ernster Miene, sie dürfe auch auf dem Pferd mitreiten.

Der Hund starrte sie an. Breitbeinig stand er neben seinem Frauchen, das ein Kännchen Kaffee und einen Eierlikör bestellt hatte.

Frau Morgenroth drehte den Kopf zur Seite. Wenn sie nicht bald das Lokal verließ, würde etwas Schlimmes geschehen, das spürte sie.

Währenddessen trank Herr Montag sein fünftes Weißbier. Das war nicht gut. Denn immer, wenn er mehr als zwei Gläser trank, kehrte er im Kopf an den Hang zurück, den er hinuntergeprescht war, mit vier Hundertstel Vorsprung vor seinem ärgsten Verfolger. Und unmittelbar nach dem letzten Sprung, schon fast auf der Zielgeraden des Abfahrtslaufs, hatten sich aus Gründen, die er nie verstanden hatte und verstehen würde, seine Skier verhakt, und er flog wie ein Geschoss aus der Bahn. Er überschlug sich mehrmals, knallte mit den Knien immer wieder auf die vereiste Piste und landete schließlich in den Fangnetzen. Im Krankenhaus konnte er sich lange Zeit an nichts erinnern. Später, als die Ärzte seine Beine wieder zusammengeflickt hatten, schaute er sich die alten Berichte im Fernsehen an und hatte noch immer keine Erklärung für sein Versagen.

Seither betrachtete er sein Spiegelbild und dachte: Du Versager. Seine Träume von einer Weltkarriere als Abfahrtsläufer waren so kaputt wie seine Skier und seine Knie. Manchmal hatte er nur noch das Bedürfnis, der ganzen Welt einen Tritt zu verpassen.

Jetzt betrachtete er sein leeres Glas und war kurz davor, ein neues zu bestellen. Da hörte er ein dunkles Knurren. Im ersten Augenblick hatte er keine Ahnung, woher es kam, dann hörte er die krächzende Stimme von Frau Bauchberg.

Aus, Finca! Platz, Finca!

Aber der angeblich so gehorsame Hund gehorchte nicht. Angespannt, mit zuckenden Muskeln und aufgerichtetem Schwanz, stand er neben dem Tisch und gaffte wie hypnotisiert in eine bestimmte Richtung – zum Tisch von Frau Morgenroth.

Und Frau Morgenroth war aufgestanden. Wie der Hund stand sie neben dem Tisch, wie erstarrt, mit einem von blankem Hass leuchtenden Blick.

Die Bedienung verzog sich hinter den Tresen. Frau

Morgenroth stemmte die Hände in die Hüften und machte einen Schritt auf Finca zu. Das Knurren wurde lauter und böser.

Frau Morgenroth hatte beschlossen, so zu sterben wie ihre Tochter. Sie wollte ihr Leben nicht mehr mit trauern und allein sein verbringen. Sie wollte nachts nicht mehr hochschrecken, weil sie im Traum geglaubt hatte, sie würde ertrinken. Und dann feststellen, dass es nur die vielen Tränen waren, die sie im Schlaf vergossen hatte und in denen sie unterging. Sie wollte jetzt zu Sara im Himmel.

Sie wollte, dass der alte Köter sie zerfleischte, damit sie endlich ihren Frieden fand und sich ihr Schicksal mit dem ihrer unschuldigen Tochter vereinte.

Die Hündin bellte nur ein einziges Mal. Es klang höllenartig und grausam. Eisiger Hauch umwaberte ihren schwarzen Schädel. Dann vibrierten ihre Muskeln und sie setzte zu einem gewaltigen tödlichen Sprung an.

Die Bedienung stieß einen Schrei aus. Doch bevor der Rottweiler die unbeweglich dastehende Frau Morgenroth erreichte, wurde er von etwas so heftig getroffen, dass er sich in der Luft überschlug, auf das Fenster zuflog, die Scheibe durchbrach, die mit einem ohrenbetäubenden Klirren in tausend Stücke zersplitterte, und auf der anderen Straßenseite liegen blieb.

Der Huf eines mächtigen Pferdes, dessen Fell im trüben Licht der Gaststätte goldbraun glänzte, hatte den Hund wie einen Kieselstein ins Freie getreten.

Mit einem verzweifelten Röcheln griff Frau Bauchberg sich ans Herz, fiel vom Stuhl und starb in derselben Sekunde wie draußen ihre Hündin, die ihre einzige Begleiterin im Leben gewesen war.

Frau Morgenroth aber war in Windeseile zuerst auf den Tisch und dann auf den Rücken des Pferdes geklettert, das nun aus dem offenen Fenster sprang und durch die Lüfte galoppierte. Auf den Straßen krachten Autos ineinander, weil die Fahrer nur noch zum Himmel hochschauten.

Und als sie den Strand am blauen Meer jenseits ihres früheren Lebens erreichten und die glühende Abendsonne wie das Auge Gottes den Sand und die Dünen segnete und als der Wind durch die Mähne des Pferdes und die Haare von Frau Morgenroth strich und als Frau Morgenroth sich am Hals des Pferdes – sie hatte es Montag getauft – festhielt und ihren Körper an seinen bebenden, warmen Rücken schmiegte, winkte plötzlich ein kleines Mädchen aus den Dünen.

Frau Morgenroth ermahnte Montag, langsamer zu werden. Und als das Mädchen näher kam, sah Frau Morgenroth, dass es hellbraune Haare und grüne Augen hatte und genauso aussah wie ihre Tochter Sara. Dann stand das Mädchen vor ihr, und Frau Morgenroth umarmte es und wusste, dass sie sich nie wieder trennen würden.

Und so lebten sie länger als die Ewigkeit. Und wenn es ihnen gefiel, setzten sich Frau Morgenroth und Sara auf Montags Rücken und ritten am Meer entlang, Kilometer um Kilometer, Tag um Tag, Jahr um Jahr, denn es gab keine Zeit mehr, kein Leid und kein Alleinsein.«

Danach war es lange still im Keller.

Dann sagte Noah: »Schluchz.«

Niemand reagierte.

Nach einigen Minuten klopfte Noah behutsam, aber bestimmt mit dem Stock auf den Boden.

»Und was genau sind Lefzen?«, fragte er und sah jeden einzelnen an. Er bekam keine Antwort.

Wieder vergingen Minuten in absoluter Stille. Conrad kippte mit dem Stuhl nach hinten und lehnte sich gegen die Wand. Maren bildete sich ein, einen salzigen Geschmack auf der Zunge zu spüren. Jeder verbarg sein Staunen über die Geschichten von Leon und Conrad.

Wie besessen grübelte Noah darüber nach, was er den anderen auftischen könnte, und er hatte auch schon ein paar Ideen, mit denen sie hundertprozentig nicht rechneten. Doch dann vergaß er alles wieder und versank im Zuhören.

»W-oran d-denkst d-du?«, fragte Maren Sophia.

Sophia dachte an ein Spiel, das sie mit ihrer Freundin, die auch Ministrantin war, im vergangenen Jahr erfunden hatte, ein Spiel mit Gestalten aus der Bibel. Die mussten so erzählt werden, wie niemand sie kannte. Die Jungs in der Gruppe lachten sie deswegen aus, aber die hielten auch Computerspiele für origineller als das Alte Testament.

Maren strich Sophia über die Wange. »D-du b-bist d-dran.«

Eigentlich hielt Sophia ihre Geschichte nicht für ein Märchen, sondern eher für eine vielleicht wahre Begebenheit. Aber was die Jungen bisher erzählt hatten, hatte auch nicht unbedingt erfunden geklungen – trotz der vielen Fantasie, die sie den beiden, wenn sie ehrlich war, nicht zugetraut hätte.

Sophia krallte die Hände ins Kleid und holte Luft. »Es war einmal vor langer langer Zeit ...«, begann sie.

Noah hob den Daumen und grinste kurz vor sich hin.

18

»Es war einmal tausend Jahre und mehr vor der Geburt Jesu, da wuchs in einem kleinen Dorf im Philisterland ein Junge auf, der von Geburt an eine besondere Fähigkeit hatte: Er konnte lauter schreien als alle anderen Kinder. Seine Mutter wäre vor Schreck fast gestorben, als die Hebamme ihr das Baby an die Brust legte und es plötzlich mit dämonischer Stimme zu brüllen anfing. Die Nachbarn liefen auf die Straße und flehten Gott an, weil sie einen bösen Geist vermuteten. Der Junge war aber kein böser Geist, er hatte bloß eine starke Stimme und einen wuchtigen Körper. Mit sechs Jahren flitzte er durch die Gassen, sprang über Zäune und kämpfte mit wilden Hunden. Sprechen konnte er noch nicht, doch wenn er zu Hause die Faust auf den Tisch knallte und ein finsteres Gesicht aufsetzte, wusste seine Mama genau, was er wollte. Essen. Eine ganze Schüssel voll. Sein Hunger schien unstillbar. Seine Lieblingsspeise war gebratenes Huhn mit Zuckerschoten, dazu überbackenen Schafskäse und als Nachtisch süße Datteln, übergossen mit Granatapfelsirup, den seine Mutter super zubereitete. Danach legte er sich auf den Boden und schlief sofort fest ein. Schon mit einem Jahr schnarchte er lauter als sein Vater.

Jeden Monat trafen sich die Mütter abwechselnd in einer der fünf Siedlungen an der Küste zum Mittelmeer, um über ihre Sorgen zu sprechen und den neuesten Klatsch auszutauschen. Früher diskutierten sie über Kinderkrankheiten und wie man sie heilte und darüber, ob ihre Männer wieder mal einen Krieg mit den Israeliten oder den Judäern anzetteln würden. Jetzt gab es nur noch ein Thema: die sensationelle Entwicklung von Echnas Sohn. Echna war die Frau eines Waffenschmieds und sie hatte ihrem Jungen einen ungewöhnlichen Namen gegeben.

Goliat.

Es dauerte nicht lange, da kannte jeder im Land seinen Namen. Manche raunten ihn mit Respekt und Furcht, manche mit ein wenig Verachtung. Wer, fragten sich die Skeptiker, nimmt denn schon einen Dreijährigen ernst, der einen Meter fünfzig groß ist und einen Speer dreißig Meter weit werfen kann?

Ein paar Leute hielten Goliat für ein Monster oder sogar für den Teufel. Einige Leute beschlossen, in Zukunft zu einem anderen Schmied zu gehen, weil sie Angst hatten, Goliats Vater würde sie mit seinem toten Blick verhexen.

Goliats Vater hieß Labot, und er war blind, seit ihm bei einem Unfall ein glühendes Eisen die Augen zerstört hatte. Das wusste jeder in der Umgebung.

Aber seit sein Sohn auf der Welt war, hielten manche den Unfall für eine Strafe des Himmels und Goliat für den leibhaftigen Vollstrecker.

Bauerngeschwätz!, meinten dagegen die Krieger und warteten schon ungeduldig darauf, dass Goliat sich zu einem Mann entwickelte, mit dem sie in die Schlacht ziehen und den verhassten Feind ein für alle Mal vernichten könnten. Auch die Mütter beruhigten bei ihren Zusammenkünften ihre Freundin Echna.

Sorg dich nicht wegen seines Aussehens, sagten sie, dein Junge wird bestimmt ein berühmter Feldherr, und König Saul und seine arroganten Leute werden ihm die Füße küssen und um Gnade winseln. Und wenn sie es nicht tun, wird er sie eigenhändig ins Meer werfen, und zwar von hier aus, dreißig Kilometer weit.

Solche Reden interessierten Goliat nicht. Er hockte lieber allein unter einem Baum und blickte rauf zum Nachthimmel. Das Flackern der Sterne faszinierte ihn und er hatte nur einen Wunsch: Astronom zu werden und das Geheimnis des Universums zu erforschen. Nichts anderes wollte er tun, wenn er einmal groß war, also noch größer und richtig erwachsen.

Im Moment war er einen Meter achtzig groß und acht Jahre alt, und er freute sich unbändig darauf, sich eines Nachts auf die Zehenspitzen zu stellen und einen Stern zu pflücken. Nicht, um die Ordnung des Firmaments durcheinanderzubringen, natürlich würde er den Stern später wieder an dieselbe Stelle hängen. Sondern um ihn einfach nur anzuschauen.

Goliat wollte etwas lernen, vielleicht sogar studieren, falls seine Eltern ihm die Reise nach Jerusalem zu den verhassten Israeliten erlauben würden.

Was ihn persönlich anging, so hasste er niemanden.
Nicht einmal die Israeliten. Allerdings hatte er noch nie
einen von ihnen getroffen. Er kannte diese Leute nur aus
Geschichten seiner Freunde und seines Vaters, der behauptete, er würde jeden einzelnen dieser bärtigen Bandi-
ten am liebsten mit einem heiß geschmiedeten Schwert
enthaupten.

Warum hast du solche Angst vor denen?, fragte ihn
Goliat einmal.

Sein Vater erwiderte voller Wut: Ich hab doch keine
Angst vor denen, ich hasse sie einfach!

Also erschien es Goliat unmöglich, jemals nach Jerusalem zu gelangen. Er beschloss, eines Tages heimlich lesen
zu lernen und sich Bücher zu besorgen, weil er gehört hatte, dass die Babylonier eine Sternenuhr erfunden und ein
System entwickelt hatten, mit dem sie das Mond-Sonnen-
Jahr berechneten. Das System nannten sie Kalender.

Sehr aufregend, dachte Goliat, als er wieder einmal
unter seinem Apfelbaum saß.

Übrigens hatte seine Mutter etwas erfunden, das von
den Menschen dann vergessen und erst viel später neu
entdeckt wurde. Von Labot, ihrem Mann, hatte sie sich
ein eckiges Gefäß aus Eisen schmieden lassen, um, wie sie
sagte, Abwechslung in die Küche zu bringen. Sie befestigte
das Gefäß über einem Feuer, füllte mühsam mit Steinen
gemahlene Weizenkörner und mehrere Eier hinein, goss
Milch dazu und streute noch Rosinen rein. Auf diese
Weise erfand sie einen Kuchen, den sie mit feinen Apfel-
scheiben belegte.

Von dieser Köstlichkeit bekam nicht nur Goliat nie genug. Aus den Nachbardörfern strömten die Frauen herbei, um sich das Rezept erklären zu lassen, doch keine von ihnen brachte am Ende einen so schmackhaften Apfelkuchen zustande wie Echna.

Goliat war super stolz auf seine Mama, und wenn er nach dem Abendessen und dem Nachtisch mit warmem Bauch unter dem Baum saß, von dem die saftigen Äpfel stammten, wünschte er, dass auch er irgendwann mal etwas so Einmaliges schaffen könnte wie seine Mama.

Wenn ich ganz groß bin, dachte er, werde ich die Sterne zählen. Ich steck meinen Kopf einfach in die Zwischenräume und seh mich nach allen Seiten um. So werd ich der Wissenschaft einen Dienst erweisen und bekomme, wenn ich Glück hab, ein Empfehlungsschreiben von einem berühmten Astronomen.

So träumte er die ganze Nacht und ahnte nicht, dass er bald tatsächlich ein Schreiben erhalten sollte. Allerdings nicht von einem Meister der Sternenkunde.

Den Brief, den Goliat erhielt, musste ihm ein Nachbar vorlesen, weil in Goliats Familie niemand lesen und schreiben gelernt hatte. In dem Brief stand, dass der Junge nun groß und kräftig genug sei, um seinen Dienst im Heer anzutreten. Er sei fähig, den Speer weiter als jeder andere zu werfen. Auf so einen Krieger könne das Land unmöglich verzichten.

Goliats Mama weinte und sein Vater versank in mürrischem Schweigen. Er hatte gehofft, sein Sohn würde ihm in der Schmiede helfen und diese bald übernehmen. Seine

Mama weinte, weil sie Todesangst um ihren Kleinen hatte. Und er war ihr Kleiner, obwohl er für sein Alter riesengroß und bärenschwer war. Egal, Schwester Regal, er war ein Junge, und ein Junge hatte das Recht auf eine unbeschwerte Kindheit.

Goliat dachte an was ganz anderes.

Wenn ich in den Krieg zieh und gut bin, dachte er, dann krieg ich bestimmt die Erlaubnis zu studieren.

Zu seiner Mama sagte er: Ich geh gleich los und nehm das Schwert mit, das mir Papa zum vierten Geburtstag geschenkt hat.

Unter unaufhörlichen Tränen drückte seine Mama ihn an sich. Er musste ihr versprechen, bald zurückzukehren. Er versprach es, aber hinter seinem Rücken kreuzte er die Finger. Blöde war er nämlich nicht, auch wenn viele Leute im Philisterland das glaubten.

Als er im Lager ankam, waren die Truppen schon ausgerückt. Für die zwanzig Kilometer hatte er nicht mehr als neunundfünfzig Minuten gebraucht. Ein betrunkener Wachmann erklärte ihm, der Angriff gegen die Judäer habe keinen Aufschub geduldet.

Was soll ich jetzt tun?, fragte Goliat verärgert.

Der Wachmann betrachtete den riesigen Kerl mit dem riesigen Schwert. Hol ein paar Vögel aus der Luft und brat sie für die Verletzten, sagte er. Und bevor er ein zweites Mal seinen Kopf heben konnte, hatte Goliat mit bloßen Händen sechs Tauben gefangen und ihnen den Hals umgedreht. Dann rupfte er sie und briet sie über dem Feuer.

Das war echt das Letzte, was er jemals werden wollte: Koch in einem Lazarett.

Vor Zorn entwurzelte er mehrere Birken und verwandelte sie mit gezielten Handkantenschlägen in Kleinholz. Der eine oder andere Verwundete glaubte schon, er wäre ins Delirium gefallen, als er Goliat dabei zusah.

Plötzlich hörte Goliat eine Stimme hinter sich.

Du bist aber ein starker Junge, sagte die Stimme.

Er drehte sich um. Da stand ein rothaariges Mädchen in einem langen weißen Kleid und mit zwei goldenen Ohrringen, die in der Sonne funkelten. Sie lächelte. Goliat starrte sie an. Vor Schreck wich er zurück, trat auf einen Holzscheit, knickte mit dem Fuß um, verlor das Gleichgewicht, ruderte mit den Armen und plumpste wie ein Sack voller Backsteine auf den Boden. Das Mädchen lachte mit heller Stimme, und Goliat wurde rot wie eine Pfefferschote.

Bis er sich mühsam und schweißgebadet aufgerichtet und erst mal ausgiebig Luft geholt hatte, war das Mädchen verschwunden. Spurlos.

Er hielt überall Ausschau nach ihr. Er fragte den betrunkenen Wächter, der jetzt noch betrunkener war als vorher und nichts mitgekriegt hatte. Er durchquerte das ganze Lager und hob den Vorhang vor jedem Zelt. Er lief sogar einen Hügel hinauf, um einen besseren Überblick zu haben.

Das Mädchen war nicht mehr da.

Ich hab geträumt, dachte Goliat traurig, die heiße Sonne hat meine Augen geblendet.

Doch nachts, während er schlief und sein Schnarchen die Wölfe verscheuchte, träumte er immer wieder von dem rothaarigen Mädchen und ihrem wundersamen Lächeln und ihrem eigenartigen Duft. Und jedes Mal, wenn er die Hand nach ihr ausstreckte, löste sie sich in Nichts auf, und er lag wieder allein auf dem Boden.

Und er blieb allein in den folgenden neun Jahren.

Er wuchs zu voller Größe heran und verdiente seinen Lebensunterhalt damit, als der furchteinflößendste Krieger jeden Feind einzuschüchtern und in die Flucht zu schlagen. Nach Jerusalem kam er nicht. Wenn er zu den Sternen hinaufsah, überkam ihn die Wehmut.

Das Leben als Soldat war zermürbend, und Goliat wünschte jeden Tag, seine Landsleute würden endlich einsehen, dass es besser war, mit seinen Nachbarn in Frieden zu leben.

Du bist ein tumber Tor, sagten seine Kameraden dann zu ihm. Und so schwieg er lieber. Unzählige schlaflose Nächte verbrachte er mit Grübeln darüber, wo das rothaarige Mädchen abgeblieben und wie es ihr in der Zwischenzeit wohl ergangen sei.

Eines Tages erfuhr er von einem Späher, dass jenes Mädchen Nasra hieß und sich in einen Israeliten mit dem Namen Schima verschaut hatte. Dieser liebte sie angeblich abgöttisch. Doch Schimas Vater verbot die Verbindung. Und weil sich Nasra und Schima trotzdem heimlich trafen, entführte der Vater das Mädchen und tötete es an einem geheimen Ort. Wie der Späher weiter erzählte, soll Schimas jüngster Bruder bei dem Mord Schmiere gestanden haben.

Wenn ich diesen Feigling in meine Finger krieg, der zugelassen hat, dass das schönste Lächeln unter der Sonne für immer ausgelöscht wurde, dachte Goliat, werd ich ihn zerquetschen wie meine Mama die Granatäpfel für ihren Sirup.

Und nach weiteren drei Jahren passierte es tatsächlich, dass er Schimas jüngstem Bruder in die Augen sah.

Das war genau zu dem Zeitpunkt, als er sich nichts sehnlicher wünschte, als das Heer für immer zu verlassen und zu Hause die Schmiede seines todkranken Vaters zu übernehmen. Stattdessen musste er, wie schon hundert oder tausend Mal vorher, eine schwere Rüstung anlegen, vor die Reihen seiner bewaffneten Landsleute treten und mit seiner riesenhaften Erscheinung dem Feind Furcht und Schrecken einflößen.

Widerwillig tat er, wie ihm befohlen wurde – und stand plötzlich jenem jungen Israeliten gegenüber, den zu töten er sich vor langer Zeit geschworen hatte.

Inzwischen jedoch waren Goliats Rachegelüste versiegt.

Die Erinnerung an Nasra mit den goldenen Ohrringen war fast verblasst und Goliats einzige Sorge galt seinem Vater und seiner Mama. Doch weil immer noch Krieg herrschte, zählten persönliche Dinge nichts, und so kümmerte sich niemand um Goliats flehentliche Bitten.

Vierzig Tage lang, jeden Abend und jeden Morgen, musste er vortreten und mit seiner Stimme, die lauter und unheimlicher klang als die aller anderen Männer auf dem Schlachtfeld, die Knechte König Sauls beschimpfen.

245

Warum seid ihr losgezogen und habt euch zum Kampf aufgestellt?, brüllte er.

Durch die Reihen der Feinde ging ein Beben. Goliats Stimme fegte wie ein Sturm über die Köpfe der Israeliten hinweg.

Bin ich nicht ein Philister, rief er, und ihr die Knechte Sauls? Wählt euch doch einen Mann aus, der zu mir herunterkommen soll. Wenn er mich im Kampf erschlagen kann, wollen wir seine Knechte sein!

Und wie an allen Tagen zuvor gerieten viele Krieger in Panik, ließen ihre Waffen fallen und rannten davon.

Am einundvierzigsten Tag stand Goliat wieder zwischen den Reihen der Philister und denen der Israeliten, und ein Späher flüsterte ihm zu, dass der kleine Jüngling, der sich aus dem Pulk der Feinde hervorgetraut hatte, jener Zeuge des Mordes an dem rothaarigen Mädchen gewesen sei.

Sein Name, sagte der Späher, sei David.

Goliat war egal, wie er hieß, er wollte nach Hause. Ich bin müde, dachte er. Was willst du, Winzling?

Da griff David in seine Tasche aus Ziegenleder, die er über der Schulter trug, und holte etwas heraus. Goliat konnte nicht erkennen, was es war, denn die untergehende Sonne blendete ihn. Er sah nur, dass das blonde Haar des Jünglings golden schimmerte und sein schlanker Körper Anmut und Reinheit ausstrahlte.

Komm nur her zu mir!, rief Goliat mit donnernder Stimme. Ich werde dein Fleisch den wilden Tieren zum Fraß vorwerfen!

246

Gleichzeitig dachte er: Wieso sag ich denn so was? Ich kenne den Kleinen überhaupt nicht, er hat mir nichts getan. Warum bin ich nicht längst bei meinem kranken Papa und meiner hilflosen Mama?

Eine Stimme unterbrach seine Gedanken. Er hob den Kopf. Zum Glück war die Sonne etwas gesunken und blendete ihn nicht mehr so arg.

Heute wird dich der Herr mir ausliefern, rief David, ich werde dich töten und dir den Kopf abschlagen. Die Leichen des Heeres der Philister werde ich noch heute den Vögeln des Himmels und den wilden Tieren zum Fraß geben.

Goliat dachte: Dem fällt auch nichts Besseres ein.

Dann senkte er ein wenig sein eisenschweres Schwert. So muskulös er auch war, in voller Rüstung vierzig Tage lang hintereinander in der prallen Sonne zu stehen, laugte den gesündesten Riesen total aus.

Alle Welt soll erkennen, dass Israel einen Gott hat, hörte Goliat sein Gegenüber rufen und dachte: Das weiß ich doch und jetzt lass uns die Waffen niederlegen und uns um unsere Liebsten kümmern.

Da stutzte er.

Träumte er? Hatte die Sonne seine Augen wieder mal fast blind gemacht?

Oder war das echt wahr, was er jetzt erst bemerkte?

Der Israelit hatte überhaupt keine Waffe bei sich! Nicht das winzigste Schwertlein! Nicht mal einen Speer! Nur einen armseligen Stock!

Und weil Goliat das unmöglich glauben konnte, mach-

247

te er einige Schritte auf seinen Feind zu. Und der zögerte nicht lang und kam ebenfalls näher.

Jetzt sah Goliat es ganz deutlich: Der andere war von Kopf bis Fuß ohne Waffen. Nur eine Tasche hatte er dabei, wie ein Hirte, und darin fummelte er die ganze Zeit herum.

Was er wohl sucht?, überlegte Goliat. Du, wollte er ihm schon zurufen, hast du dich verlaufen?

Da sah er, wie der hübsche Jüngling einen Stein aus der Tasche nahm und dass der Stock eine Schleuder war. David bog sie nach hinten und schoss den Stein ab.

Das ist ja ein Spaß, dachte Goliat. Warte, ich fang den Stein in der Luft.

Stattdessen spürte er einen stechenden Schmerz an der Stirn. Und bevor er begriff, dass er seinen Arm viel zu langsam gehoben hatte, fiel er auf den Rücken.

Und in dieser Sekunde dachte Goliat daran, wie er vor dem wunderschönen rothaarigen Mädchen umgeknickt und hingefallen war.

Er lag in seiner sechzig Kilogramm schweren Rüstung auf dem harten Boden und starrte zum Himmel empor. Und der Himmel war plötzlich voller Sterne. Und er sah, wie einer der Sterne unaufhörlich blinkte. Es war ein hellrotes, leuchtendes Blinken. Goliat kam es vor, als würde der Stern ihm winken, und er dachte: Ich komm schon.

Dann starb er. Aus seiner Stirn floss Blut und versickerte lange nicht in dem von der Sonne ausgedörrten Boden.

David lief zu ihm, ergriff Goliats Schwert und schlug ihm den Kopf ab. Daraufhin flohen die Philister. Die

Männer von Israel und Judäa verfolgten sie und töteten sie, und so starben auch Goliats Mutter und Vater. Und mit dem Kopf Goliats zog David in Jerusalem ein, und auf den Straßen jubelten ihm die Menschen zu und tanzten und spielten und ließen Handpauken und Zimbeln ertönen die ganze Nacht bis zum Morgen.

Und niemand warf einen Blick zum schwarzen Himmel hinauf, an dem zwei Sterne heller leuchteten als alle anderen. Sie hießen Nasra und Goliat, denn der Tod und die Männer Davids hatten nur ihre Körper getötet, nicht aber die Liebe, denn die Liebe scheint ewiglich wie die Sonne.«

In die Stille hinein schlug Noah mit dem Stock auf den Boden und rief:»Jetzt bin ich dran, weil ich der einzige leibhaftige Vollstrecker bin.«

Dann schlug er wieder mit dem Stock auf den Boden und danach beim Reden genauso, nach ungefähr jedem fünften Satz, und später nach jedem dritten und schließlich so oft er es schaffte. Er geriet völlig außer sich und seine Augen glühten wie Kohlen in Labots Schmiede.

19

»Es war mal ein elektrischer Schmetterling, den hatte Doktor Gott in seiner Freizeit aus übrig gebliebenen Sternen gebastelt. Ob's echt Sterne waren, weiß kein Mensch, aber die Menschen wissen eh nichts. Beispiel: Frau Doktor Gott. Sie nannte sich so wegen der Heirat. Glaubte, das wär angemessen und in Ordnung. Glauben ist so toll. Was die alles glaubte, die Frau. Und jetzt der Witz dabei: Sie war aus Luft. Blut auch. Aber hauptsächlich Luft. Knochen und Haut auch. Aber hauptsächlich Luft. Trotzdem: Frau Doktor Gott. Die Leute im Weltall mussten sie so nennen, sonst wurd sie fuchsig.

Putzelig war das. Viele lachten hinter ihrem Rücken, kicherten oder hielten die Klappe. Wie der elektrische Schmetterling. Sein Name war Namsi. Kein Vorname. Namsi langt schon. Servus Namsi, sagten die Leut, und er sagte auch was. Obwohl er ein Schmetterling war, konnt er sprechen wie alle anderen, fiel nicht weiter auf. Er redete sogar mit den Tieren. Am liebsten: mit den Wildschweinen.

Ihr Grunzen und Fauchen begeisterte ihn. Er flippte praktisch aus im Wald. Sie glotzten ihn an aus dem Unterholz und überlegten, ob sie ihn angreifen und fressen soll-

ten. Machen die locker. Am liebsten: Leichen. An Leichen-
schmäusen können die Wildschweine nie genug kriegen,
das ist von der Natur so vorgesehen, wie Mäuse und Dunkelheit. Gibt's eine Natur ohne Mäuse und Dunkelheit?
Im Leben nicht. Also hatte alles seine Ordnung. Und
Doktor Gott sah, dass es gut war, und ruhte sich am Sonntag aus und legte die Hände in den Schoß und dachte an
weiter nichts. Wenn Wildschweine einen Schmetterling
fraßen, zuckte er mit der Schulter, und Frau Doktor Gott
brachte ihm ein Glas grünen Tee. Der Tee musste grün
sein wie die Wiese vor dem Haus, in dem er hauste, wie
die Kohlköpfe auf den Feldern, an denen er entlangspa-
zierte. Im Wald war er selten. Dahin flog Namsi allein.

Manchmal benutzte er auch seine Beine. Er war ein
elektrischer Schmetterling, der sprechen und gehen konnte, und als er größer wurde, sogar Fußball spielen.

Hört, ihr Kinder, was ich euch verkünde: Der elektrische Namsi lief auf den Fußballplatz, schoss ein Tor und
jubelte in den Himmel rauf.

Vom Himmel droben jubelte aber niemand zurück. Da
ging er in den Wald und stellte sich auf eine Lichtung.
Beweis: Er steht da immer noch. Hinschauen, Kinder!

Und wenn die Wildsäue aus dem Unterholz kamen,
rührte er sich nicht von der Stelle. Flatterte vielleicht mit
den Flügeln, das hatte er drauf. Die Schweine grunzten
und schrunzten und dachten angestrengt drüber nach,
was zu tun wär. So oft kam das nicht vor, dass sie einen
elektrischen Schmetterling zu fressen kriegten, eigentlich
nie. Würd ihnen nicht schmecken, dachten die, und dann

trollten sie sich nach einer Weile in ihren lehmigen Dreck zurück und konnten sich auch beim nächsten Mal nicht entscheiden, den Schmetterling abzuschaffen. Auch nicht beim übernächsten Mal, also nie. Umsonst, der Weg von Namsi.

Daheim derweil: großes Geschrei. Wo ist er hingeflogen? Warum kommt er nicht? Wieso hat er sich nicht abgemeldet? Besonders Frau Doktor Gott litt sehr unter solchen Vorkommnissen. Beweis: Sie brüllte Namsi an und sperrte ihn in seinen Käfig. Der war sauber und ordentlich, ein so märchenhaft von allem Müll befreiter Käfig, wie ihn ihr euch nicht vorstellen könnt, liebe Kinder. Ein Meisterwerk. Einzig und allein erschaffen von Namsi und Frau Doktor Gott.

Das war ja das Wundervolle: Nachdem Doktor Gott den elektrischen Namsi erschaffen hatte, erschuf der elektrische Namsi seine Existenz noch einmal selber. Baute sich einen Käfig, putzte ihn, auf Anweisung von Frau Doktor Gott, das ist wahr, aber bald hatte er den Dreh raus und verbrachte genau neun Zehntel seiner Freiheit damit, den Käfig und das umliegende Gebiet sauber zu halten, und zwar extrem sauber. Beweis: Fotos in einem Lederalbum und Erinnerungen im Kopf von Namsi.

Im Innern von Namsis Kopf spielten sich irre Dinge ab, das könnt ihr euch nicht vorstellen, liebe Kinder. Da flog er höher als die Wolken und Flugzeuge, schlug Purzelbäume über den Bäumen. Er sauste von Tag zu Tag, ohne Nacht dazwischen, denn es war immer hell.

An so was glaubte er tatsächlich. Er war der vollkommene Depp, alle wussten es, bloß er nicht. Er hockte auf seiner Stange im Dunkeln und wunderte sich. Über das Leben, über sein Leben, über alles Mögliche. Keine große Sache, aber schon auch anstrengend und böse. In der Welt ist das keine Sensation, dass ein elektrischer Schmetterling im Dunkeln hockt und sich fragt, wieso er Flügel hat, die er nicht benutzen darf.

Durfte er nicht. Beweis: seine Beine. Die durfte er benutzen, allerdings nicht zum Fußballspielen, jedenfalls nicht lang. Zwei, drei Jahre schon. Aber dann wurd Frau Doktor Gott das Spiel zu blöd. Recht so. Als Hausfrau hatte sie die Arschkarte gezogen, ist das nicht lustig? Frau Doktor Gott im Kittel mit der ganzen Wäsche auf dem Buckel. Schlimm war das und zum Weinen. Sie weinte aber nicht, sie hatte doch Namsi. Der weinte für sie mit. Das war gar nicht traurig, liebe Kinder, er hatte doch Übung darin.

Und eines Tages begegnete Namsi einem beschwingten Wesen im Schnee. Stellt euch vor, es schneite und Namsi verbrachte den ganzen Abend in einem Haus bei der Kirche. Da war Musik, und seine Freunde spielten Tischtennis, und Mädchen waren da und redeten die ganze Zeit und aus ihren Augen flogen unglaubliche Blicke. Namsi, dessen Flügel zusammengebunden waren, damit er nicht wegfliegen konnte, stand in der Ecke wie ein Haufen Verwirrnis. Dass seine Flügel zusammengebunden waren, war keine Überraschung, er litt nicht drunter. Er war dran gewöhnt, wie an all das andere.

Verwirrnis in der Finsternis. Es war ziemlich dunkel,

da, wo er stand und nicht vom Fleck kam. Kein Mensch kommt vom Fleck, liebe Kinder, wenn solche Blicke ihn einfangen wie ein Schmetterlingsnetz. Brutal feige kam Namsi sich vor, aber was er tun sollt, wusst er nicht. Zeit verging. Namsi trank ein Bier aus der Flasche, er war vierzehn Jahre alt und biertrinkberechtigt.

In seinem Kopf stolperten die Gedanken übereinander. Beweis: Er brachte kein Wort raus, keinen Ton. Auch als das Wesen vor ihm stand und ihm die leere Flasche aus der Hand nahm, klappte er bloß seinen Mund auf und ließ ihn so offen. Das war peinlich, er wusst es, konnt es aber nicht ändern. Mein Name ist Bibiana, sagte das Wesen.

Bibiana war ihr Name.

So einen Namen hatte er noch nie gehört.

Er wollt ihn aussprechen, aber er brachte die Buchstaben nicht in die richtige Reihenfolge. Unmöglich. Er hasste sich sofort dafür. Aber sie nahm seine Hand und hielt sie fest. Unfassbar. Wieso hatte sie plötzlich seine Hand in ihrer?, fragte er sich, der Depp. Später verließen sie das Haus bei der Kirche und gingen durch die verschneiten Straßen.

Sie hatten beide eine Mütze auf, seine hatte sehr viel Geld gekostet, damit ihr Glanz auch auf Frau Doktor Gott abfärbte, wenn sie neben ihm ging. Die Mütze von Bibiana war einfach aus Wolle und fertig. So gingen sie dahin, und sie hielt immer noch oder schon wieder seine Hand. Das passiert neunundzwanzigtausend Mal am Tag auf dem Planeten. Das wusste der elektrische Schmetterling aber nicht. Er glaubte, es würd nur ein einziges Mal passieren, und zwar jetzt, und zwar nur in der Kleinstadt und zwar nur, wenn es schneite.

Ein Glaube ist so wichtig. An der Kreuzung bei der Sparkasse blieb Bibiana stehen. Plötzlich. Er dann halt auch. Sie standen da und es schneite. Und die Flocken tanzten vor seinen Augen, als hätten sie einen Grund dafür.

Dann passierte was und dann passierte nichts mehr. Und als er durch die tausend Flocken hindurchschaute, war Bibiana verschwunden.

Die war weg und er war noch da. Wozu? Also schleppte er sich nach Hause, wo Frau Doktor Gott und Doktor Gott schon auf ihn warteten. Er setzte sich im Finstern auf die Stange im Käfig, und als der nächste Morgen kam, hockte er immer noch da und hatte keinen einzigen Traum gehabt. Außer den von Bibiana, aber der war ja wirklich gewesen, daran gab's keinen Zweifel.

Frau Doktor Gott wollt Bibiana nicht. Daran gab es auch keinen Zweifel. Für Frau Doktor Gott war Bibiana Abschaum.

Abschaum, liebe Kinder, ist das, was bestimmte Leute nicht mögen, aber nicht wegwischen können, nicht wegputzen, nicht wegkriegen, nicht wegschmeißen. Riesenproblem: Namsi und Bibiana. Dann: kein Problem mehr. Namsi und Bibiana begegneten sich nicht mehr. Wie das? Einfach: Namsi nahm Vernunft an und hatte dann dieselbe Vernunft im Kopf wie Frau Doktor Gott.

Das war ein längerer Prozess, der aber dann endete. Wie

früher sein Verfliegen im Keller. Ständig verlor er die Orientierung und landete in der brutalsten Finsternis vom ganzen Haus.

Da unten war es so dunkel, dass er immer glaubte, er wär selber aus Dunkelheit und hätt keine Knochen mehr und keine Haut, keine Augen und keinen Atem. Ein Glaube ist so wichtig. Er hockte zwischen Mäusen, die ihn nicht auffraßen. Wie später die Wildschweine. Die Mäuse glotzten ihn nur an, und er wusste nicht mal mehr, ob er noch Augen hatte zum Zurückschauen. Klar, er hatte die Mäuse gesehen, aber vielleicht gingen seine Blicke nur noch eine Richtung, versteht ihr, liebe Kinder? Sehen konnt er noch was, aber nicht mehr selber schauen. Davon war er sehr lange Zeit überzeugt. Wie davon, dass Bibiana Abschaum war. Wie davon, dass er, wenn er ein weißes Hemd und eine Krawatte anhatte, ein besonders herausgeputzter Schmetterling wär.

Er war so dumm. Er glaubte sogar, dass Doktor Gott ihn aus purer Gerechtigkeit die Treppe hinuntergeworfen hatte. Denn es gab doch Gerechtigkeit in der Welt, da war er sich sicher, und jemand war dafür verantwortlich und musste Wache halten, dass nichts schieflief.

In dem Haus, wo er hauste, lief selten was schief, fast nie. Doktor Gott brachte die Dinge immer ins Lot, dafür war er weltberühmt. Die Leute liebten ihn, und er liebte die Leute, und was er entschied, stimmte extrem. Deswegen kugelte Namsi wie befohlen die Treppe runter und unten standen seine Beine blöde ab. In verkehrte Richtungen. Die Mäuse erschreckten sich so sehr, dass sie aus Versehen in die falschen Löcher rannten und sich an den Wänden den Kopf anstießen. Das war hart.

Drei Monate lag Namsi im Städtischen Krankenhaus rum und heulte. Das nervte ihn dermaßen, dass er sich öfter mal auf den Kopf schlug und erst aufhörte, wenn eine Krankenschwester oder einer dieser bärtigen Pfleger reinkam und seine Hände packte und so lange festhielt, bis er sich angeblich beruhigte.

Er beruhigte sich nie, das könnt ihr mir glauben. Auch hatte er bei seinen Purzelbäumen in den Keller zwei Zähne verloren, die waren ihm sowieso erst vor Kurzem gewachsen, und jetzt brauchte er schon neue.

Als er aber halbwegs wieder reden konnt und die Schwellungen in seinem Gesicht ihn innerlich nicht mehr so zusammenquetschten, fragte ihn der Oberarzt, was passiert war. Er war ein Oberoberarzt und wichtig, also antwortete Namsi wahrheitsgemäß: Wollt fliegen üben, das muss ich machen als Schmetterling, sonst roste ich ein, und das wär schlecht.

Der Oberoberarzt glotzte wie ein Wildschwein und stellte dieselbe Frage noch mal. Und Namsi antwortete noch mal dasselbe. Am nächsten Tag standen plötzlich zwei Polizisten im Zimmer, eine Frau und ein Mann, hinter ihnen tauchte der wichtige Arzt auf. Und die Frau sagte, der Arzt habe Zweifel an der Version von Namsi.

Namsi verstand Vision, das Wort kannte er nicht, er war erst fünf und ein Volldepp, also drehte er den Kopf weg und berührte mit den Fingerspitzen den Gips, in dem seine beiden Beine komplett drinsteckten.

Die Polizistin wiederholte ihre Bemerkung, und jetzt verstand Namsi das Wort richtig, aber auch Version hatte er noch nie gehört. Weil die Polizisten extrem aufdringlich waren, drehte Namsi sich zu ihnen um und erklärte, er sei ein elektrischer Schmetterling und müsse fliegen üben, sonst fällt er mal aus der Luft und womöglich jemandem auf den Kopf, was nicht lustig wär. Da gaben die Polizisten auf und gingen weg. Nur der Oberoberarzt blieb noch eine Zeit lang an der Tür stehen und machte ein Froschgesicht. Namsi grinste, bis seine Schwellungen sich meldeten und er den Mund besser geschlossen hielt.

Den Mund öffnete er überhaupt extrem ungern. Am liebsten trank er Wasser und Limo mit einem Strohhalm. Zum Essen hatte er keine Lust. Obwohl er einen verdammten Hunger hatte. Scheiß auf Datteln, ein Hendl wär gut gewesen mit Pommes dazu. Ohne Chance. Brei gabs und üble Soße und Pudding und Zeug.

Da lag er und heulte und hasste sich dafür. Dann kam der Gips vom rechten Bein runter, dann der vom linken, und als Namsi vom Bett aufstand, kippte er um und fiel hin. Der Oberoberarzt hatte zu langsam reagiert, die Krankenschwester gar nicht, und Frau Doktor Gott war mit Zupfen an ihrem Mantel beschäftigt gewesen. Kein Riesenproblem.

Einen Monat später schenkte ihm der Bruder von Doktor Gott eine Krücke, die angeblich was wert war. Das erschien dem elektrischen Schmetterling voll logisch, denn Frau Doktor Gott würd ihn nicht mit einem Abschaum von Krücke durch die Gegend laufen lassen.

Für ihn und Doktor Gott änderte sich nichts. Wenn er Unfug trieb, setzte Doktor Gott ihn auf die Stange im Finstern, und das war's auch schon. Wie die Finsternis aussah, wusst er längst, und weil er angefangen hatte, jedes einzelne Gesicht, das ihm in der Welt begegnete, zu verabscheuen, malte er sich da unten allein immer neue Gesichter aus und freute sich schon drauf, sie in echt zu treffen.

Beispiel: Der Mann, der damals als Notarzt verkleidet ins Haus kam und Doktor Gott die Erklärung abnahm, Namsi hätt vor lauter Schnelligkeit die Orientierung verloren und wär gestolpert und die Treppe runtergeplumpst, saß eines schönen Nachmittags im Mai auf der Terrasse eines Cafés am Rathausplatz.

Inzwischen war Namsi schon in der ersten Klasse und kam jeden Tag an dem Café vorüber. Glückssache.

Welche Not ein Notarzt haben kann, liebe Kinder, das glaubt ihr nicht.

Der Notarzt auf der Caféterrasse hatte eine solche Not, nach Luft zu schnappen, dass es extrem schlau von der Natur eingefädelt war, dass der Mann kein Fisch geworden war. Er röchelte und spuckte Blut und riss einen Haufen Tische um und belästigte die Leute und hatte keine Ahnung, was er mit sich selber anstellen sollte.

Namsi schaute von der Tür aus zu. Was der Mann für ein Glück hat, dachte er, dass von der Terrasse keine Treppe in einen Keller runterführt. Der wär sauber da runtergehechtet, der Notarzt.

Eigentlich hatte der elektrische Schmetterling gar nicht dran geglaubt, dass das Abflussfrei-Pulver tatsächlich eine

Wirkung haben würde. Vielmehr hatte er geglaubt, das Pulver wär bloß ein Trick von Frau Doktor Gott, um so zu tun, als würd sie echt märchenhaft saubermachen, bis in die letzten Rohre rein.

Und jetzt? Spuckte der Notarzt eine Sauberkeit aus, die niemand sehen wollt. Namsi hatte das Zeug einfach in den Milchkaffee des Notarztes gekippt. Von daheim hatte er extra eine kleine Portion in eine Tüte gefüllt. Das würd im Haus nicht auffallen, und so war's auch, liebe Kinder.

Ach, der Notarzt musst mit einem Notarztwagen ins Städtische Krankenhaus gebracht werden. Dort wurde ihm der Magen ausgepumpt. Wieder standen plötzlich zwei Polizisten im Zimmer und stellten Fragen, und am Ende wurde der Besitzer des Cafés verhaftet, ein Italiener. Angeblich verkaufte er auch Drogen und nicht nur Eiskaffee und Milchkaffee und Zeug. Die Gerechtigkeit hatte also gesiegt. Und der elektrische Schmetterling, den alle Namsi nannten, wuchs zu einem Jüngling heran und erfreute sich seiner Jugend und schwor sich jeden Tag Rache und wurd ein Meister im Schwören.

Und er funktionierte immer noch! Das erfreute alle Menschen in und um die Kleinstadt rum, in der er beheimatet war. Da war ein Juchzen und Jubeln, und dann kam Bibiana aus dem Schnee und verschwand im Schnee, und er funktionierte einfach weiter, und die Leute sagten: Was für ein Meisterwerk ist Doktor Gott da geglückt.

Denn im Glauben der Leute, liebe Kinder, gibt es das Glück, und es gibt auch die Freiheit in ihren Köpfen. Aber draußen gibt's nichts davon. Kein Glück, keine Freiheit, außer ihr seid ein Schmetterling und elektrisch noch dazu.«

Noah schlug mit dem Stock auf den Boden. Tack tack tack tack. Beide Hände umklammerten den gebogenen Griff, und er hörte nicht auf zu hämmern, nach jedem Satz: TACK. Dann nach jedem Wort: TACK. Von den anderen machte keiner einen Mucks. TACK. TACKTACK. TACK.

»Und weil der elektrische Schmetterling auf die Welt geschickt wurde, um Gerechtigkeit zu üben an den Menschen und den Mensch gewordenen Göttern, warf er kraft der Elektrizität, die in ihm steckte, einen Blitz auf Doktor Gott. Und Doktor Gott sah noch mal zum Himmel rauf, zu den Sternen, die von mir aus Nasra und Goliat hießen, und staunte und kam aus dem Staunen nicht mehr raus. Er blieb im Staunen drin, bis er tot war. Und Frau Doktor Gott erging es nicht viel besser. Der elektrische Schmetterling flog aus dem Haus und kehrte nie mehr zurück. So war Frau Doktor Gott gezwungen, in den Abschaum einer Wohnung zu ziehen, einsam und vergessen, und wenn sie nicht gestorben ist, wird sie das garantiert eines Tages noch tun.

Auch der elektrische Schmetterling verließ die kleine Stadt und siedelte in die Großstadt um und lernte einen Beruf und niemand sagte mehr Namsi zu ihm, sondern Noah, denn das war sein wahrer Name. Und er nahm seine

Hand nicht weg, als Sarina sie ergriff. Er stand im Halbdunkel der Küche und sah durchs Fenster, dass es schneite und eine große weiße Gerechtigkeit die Erde bedeckte. Ihr Name war Sarina. Sie hieß wie eine Stadt, von der er bald rauskriegte, wo sie war. Und er versprach Sarina, mit ihr dort hinzureisen, und er schwor, ihren Namenstag nicht zu vergessen, den fünften März.

Am fünften März wollt er vor ihr stehen und um ihre Hand anhalten. Und er wusst, sie würd nicht verschwinden. Und er wusst, er würd nicht verschwinden. Und sie würd was zu ihm sagen, und es würd wahr sein.«

TACK. TACK. TACKTACKTACKTACK.

»Und er wollt alle ihre Feinde vernichten, denn er war der furchteinflößendste Gegner, den die Leute sich vorstellen konnten. Er würd sie töten und an die Wildschweine verfüttern. Und dann würd er Sarina zum Namenstag ein Geschenk machen, was Kleines vom Herzen. Und sie würd lächeln wie Nasra. Und die Sonne wär da und nirgends wär Finsternis mehr, ihr Kinderlein alle. Nirgends ein Keller. Nirgendwo eine Stange zum Draufsitzen. Und nirgendwo Mäuse. Und das wär dann die wirkliche Welt. Und er wär dann am Leben zum ersten Mal ganz. Und so wird es sein, ihr Kinderlein alle. Und so wird es sein und so wird es sein. Und nichts ist mehr putzelig. Sondern größer als Goliat. Und schöner als die Stimme von Marissa, der Sängerin.«

Noah hatte so heftig und laut und unaufhörlich mit dem Stock auf den Boden geschlagen, dass niemand die Männer kommen hörte. Der eine sperrte die Eisentür auf, und zu zweit stürzten sie auf Noah zu, packten ihn und wollten ihn nach draußen zerren.

Er riss sich los und schlug mit dem Stock um sich, stach mit der Spitze in die Luft und schrie:»Ich fang mir Möwen aus der Luft und dreh ihnen den Hals um! Ich werd euch an die Wildschweine verfüttern! Rache für ...«

Einer der Männer, die schwarze, schwere Jacken trugen, bekam Noah zu fassen und riss den Kopf des Jungen herum.

Die Stille war ein Grab aus Luft.

Minutenlang starrten die beiden Männer und die Jugendlichen den toten Jungen an. Dann bückte sich der Mann, der Noah das Genick gebrochen hatte, und schleifte den Jungen an den Armen in den Kellerflur. Der andere Mann hob den Stock auf, ging nach draußen und verriegelte das Schloss.

Die Jugendlichen, die bei Noahs Gegenwehr vom Tisch aufgesprungen waren, standen reglos da. Sekunden später ging das Licht aus.

»Vater unser, der du bist im Himmel«, flüsterte Sophia.

Aber niemand stimmte ein, und so verstummte auch sie wieder, bis zu den Lippen angefüllt mit schwarzer Angst.

20

DAS BILD

Sie glaubten, dass sie Schatten
wären, weil sie keine Gesten,
keine Blicke, keine Stimmen hatten.

Sie glaubten, dass sie Schatten
wären, weil sie mundtot unterm
Erdreich hausten, weggesperrt wie Ratten.

Sie glaubten, dass sie Schatten
wären, weil sie niemals schwebten,
nie zum Himmel sahn aus Hängematten.

Sie glaubten, glaubten immer,
alles, was noch käme, wären
neue Wunden, neue Schmerzenszimmer.

So ausgesetzt im Glauben,
wagten sie nicht mehr zu ahnen,
fingen beinah an, sich selbst zu rauben.

Und eines Morgens, eines
bleichen Tags wie viele, kam ein
Bild ins Herz der Vier und schien wie keines.

Von diesem Bild erfahren
alle, die sich traun: Sophia,
Conrad, Leon, du und wir und Maren.

DRITTER AKT

21

Jeden Morgen zwischen neun und elf Uhr standen sie nebeneinander vor der Wand und durften sich nicht an den Händen halten. So lautete die Anweisung seit dem Tag von Noahs Tod. Noah, der nicht einfach gestorben, sondern ermordet worden war, in der Gegenwart von fünf Zeugen, von denen einer niemals die Wahrheit sagen würde. Und nach mehr als einem Monat lebten die vier anderen Zeugen immer noch. Sie begriffen nicht, wieso. Das ewige Nachdenken laugte sie nicht weniger aus als das Dastehen und Warten und der Hunger.

Sie waren so hungrig, dass sie stundenlang ihre Angst vergaßen. Einer der Männer – nicht der Mörder, der andere – brachte ihnen morgens auf einem Tablett vier Scheiben Bauernbrot mit Margarine und ein Glas süßen, nach Plastik schmeckenden Orangensaft. Der Mann hatte einen dunklen Schnurrbart, dunkelbraune Haare, die fast so kurz geschoren waren wie die von Conrad, und einen starren, unnahbaren Blick.

Der Mann trug keine Brille, keine Maske, die Jugendlichen mussten sich jetzt auch nicht mehr umdrehen, wenn er die Tür aufsperrte. Sie durften ihn ansehen, während sie im Stehen aßen und er an der Tür wartete, die Hände mit dem Tablett hinter dem Rücken, den Blick reglos auf die Wand gerichtet. Wenn sie aufgegessen und ausgetrunken hatten, stellten sie die Gläser zurück aufs Tablett, und der Mann nahm einen von ihnen mit. Die übrigen drei blieben weiter vor der Wand stehen, bis die zwei Stunden vorüber waren.

Der Mann kam jeden Tag gegen zehn Uhr.

Und jeden Tag sehnte Conrad ihn herbei. Weil er endlich sterben wollte, wie Noah, wie Eike. Und weil er die Gegenwart der anderen, die er für Lügner und Verräter hielt, nicht mehr ertrug. Aus Feigheit und Furcht, davon war er überzeugt, spielten sie ein Spiel mit den Mördern und glaubten, auf diese Weise davonzukommen. Aber sie würden genauso enden wie Eike und Noah, nur dümmer, weil sie sich selbst betrogen hatten.

Als Einziger war Conrad seither nicht mehr nach oben geholt worden, und er wusste auch, wieso: Die anderen hatten einen Pakt mit den Mördern geschlossen und wurden nicht mehr gequält und misshandelt. Es sah jedenfalls nicht so aus, dachte Conrad jedes Mal, wenn Leon, Maren oder Sophia zurückkamen und sich an den Tisch setzten und nicht, wie all die Wochen zuvor, im Bad oder unter der Matratzendecke verschwanden und leise wimmerten. Sie taten nur so, als ginge es ihnen schlecht. In Wahrheit schämten sie sich bloß und verbargen ihr Gesicht vor ihm. Conrad hasste sie dafür.

Während die Mörder die drei Verräter in Ruhe ließen, gaben sie ihm, Conrad, zu verstehen, dass er der nächste

Tote sein würde. Bis es so weit war, durfte er im Keller bleiben und musste nicht mal das Bad sauber halten. Auch keiner der anderen hatte sich seit jenem Tag um das Bad gekümmert, was Conrad völlig logisch erschien. Zu ihrem Deal gehörte die Befreiung vom Putzdienst, und sie dachten, er würde nicht merken, wie sie ihn austricksten. Bestimmt glaubten sie, er habe, als er vor etwa drei Wochen an der Reihe war und sich wortlos geweigert hatte, aus eigenem Willen eine mutige Tat begangen. Stattdessen war ihm, da von oben niemand kam und ihn bestrafte, ein für alle Mal klar geworden, dass es keine Rolle mehr spielte, ob er Anweisungen befolgte. Sein Tod war beschlossene Sache und die anderen wussten es. Ihnen konnte nichts passieren, sie hatten sich arrangiert. Nur ihn stellten sie als Blödmann hin. Eigentlich überraschend, dachte er, dass sie ihn nicht auslachten.

In seinem Inneren tobte ein Krieg unter Kriegern aus blankem Hass. Sie hassten einander und sich selbst. Conrad kapierte nicht, wieso er nicht längst den ersten Schritt gemacht hatte und dem Mann, der das Frühstück brachte, folgte, bis der keine andere Wahl hätte als ihn mitzuschleifen und den Rest zu erledigen. Für Conrad hatten sich nicht nur die Welt und seine Freunde gegen ihn verschworen, sondern auch er selbst.

Wenn er genau darüber nachdachte – und das tat er an diesem Freitagmorgen im November –, wucherte seit Noahs Ermordung ein Selbsthass in ihm, gegen den der Verrat der anderen ein Mensch-ärgere-dich-nicht-Spiel war.

Eigentlich hatte Conrad gar nicht angefangen, sie zu hassen, das war eine Selbsttäuschung. Er hatte nur aufgehört, noch einen Funken Hoffnung in sie zu investieren. Sie waren kleine Kinder und erzählten sich Märchen.

Wie er sich dafür hasste, ebenfalls ein Märchen erzählt zu haben.

Doch obwohl sie Kinder waren, bewiesen sie genügend Cleverness, ihn einige Tage in falschem Glauben zu wiegen. Zwei, drei Tage nach Noahs Tod hatte er die Unterschiede noch nicht bemerkt und Leon und die beiden Mädchen bemitleidet, wenn der Mann einen von ihnen nach oben mitnahm. Er hatte geglaubt, alles wäre wie immer. Dass sie unverändert zurückkehrten, fiel ihm nicht auf. Er schaute sie nicht einmal an. Um ihnen die Scham zu ersparen. Dabei war er es, den sie heimlich beobachteten und kontrollierten, damit er sie weiterhin für gleichgesinnte Opfer hielt.

Er hasste sich für seine Naivität. Zum Glück begriff er schließlich, was vor sich ging, und hörte auf zu sprechen. Sie fragten nicht nach, kümmerten sich nicht weiter darum, redeten zu dritt weiter. Verrätergewäsch.

»Du kommst mit«, sagte der Mann.

Conrad hatte nicht hingehört. Dann hob er den Kopf und sah in die unbeweglichen Augen des Mannes.

»Raus hier!«

Mit einem Mal kam es Conrad vor, als würde er von den Zehen bis zur Stirn zu Eis erstarren.

»Bist du taub?«

Plötzlich stand der Mann direkt vor ihm. Conrad sah die Augen und wollte etwas erwidern. Da packte der Mann ihn im Nacken und schob ihn nach draußen in den Flur. Ohne den Griff zu lockern, drehte der Mann mit der anderen Hand den Schlüssel im Schloss, steckte ihn in seine schwarze Jacke und trieb Conrad vor sich her die Steintreppe hinauf.

Sein Herz, dachte Conrad vage, schlug unter einer meterdicken Eisschicht.

Oben band der Mann einen fusseligen Wollschal um Conrads Augen und dirigierte den Jungen in einen überhitzten Raum. Conrad zitterte am ganzen Körper. Er hörte, wie seine Zähne aufeinanderschlugen, und hatte keine Kraft, seine Muskeln zu kontrollieren.

Er stand da und nichts passierte.

Er musste nichts tun, sich nicht ausziehen, keine Befehle befolgen. Der Geruch kam ihm vertraut vor. Dann dachte er, es war vielleicht sein eigener. Eigentlich glaubte er nicht, dass er noch fähig war, über sich hinaus zu riechen.

Alles, was ihm geblieben war, waren Gedanken, die durch seinen Kopf galoppierten wie das Pferd Montag, das er erfunden hatte.

Eine Minute lang tröstete ihn die Vorstellung, dass er einmal etwas erfunden hatte, was anderen eine Freude bereitete. Sofort wünschte er sich zurück in einen Traum vom Autofahren oder Fliegen übers Meer.

Dann bildete er sich ein, den Geschmack von Salz und Sand auf der Zunge zu spüren.

Er war sich nicht sicher. Er schwankte. Er konnte es nicht verhindern.

An seinen Hass dachte er nicht mehr.

Er kam sich vor wie ein anderer. Das stimmte nicht, dachte er. Er war kein anderer, er war er selbst, nur schon tot.

Das war es, was er die ganze Zeit in der klirrenden Kälte seiner Empfindungen dachte: dass so das Sterben ging, genau so, genau in diesem Moment, der viele Minuten dauerte, vielleicht eine Stunde.

Sein Vater hatte ihm einmal von einem Freund erzählt, der beim Skifahren in eine Lawine geraten und verschüttet worden war und dabei fast gestorben wäre. Er habe, berichtete der Mann später, nichts gespürt und sei in der Kälte eingeschlafen wie in einem schützenden Mantel.

In einem schützenden Mantel, dachte Conrad. Dann fiel ihm auf, dass er an seinen Vater gedacht hatte. Diese Vorstellung erfüllte ihn mit einer so unbändigen Freude, dass er einen lauten Seufzer ausstieß.

Er war kaum fähig, seine eigene Stimme zu erkennen.

Eine Zeit lang horchte er dem Geräusch nach, das aus seinem Mund, den er anscheinend unbemerkt geöffnet hatte, gesprungen war.

Gern hätte er etwas gesagt, doch ihm verrutschten dauernd die Buchstaben im Kopf. Und als er mit unendlicher Anstrengung in Gedanken das Wort *DANKE* zustande brachte und sein Mund schon beinah darauf wartete, durchbrach eine andere Stimme die gefrorene Stille.

»Woran denkst du? Hast du Angst?«

Das war die Stimme einer Frau. Er glaubte, sie wieder-zuerkennen. Wenn es dieselbe war, kannten die anderen sie ebenfalls.

Zum ersten Mal, seit er jetzt hier oben war, erinnerte er sich an die anderen. Sie waren so weit außerhalb von ihm gewesen wie der Rest der bewohnten Welt.

Er war nicht allein, dachte er. Wir sind alle nicht allein. Oder doch?

»Wer bist du?«, fragte die klanglose Stimme. Jetzt war Conrad sich sicher, dass es die Frau war. »Meinst du, du bist jemand?«

»Was?« Er wusste nicht, woher seine Stimme kam.

»Warum bist du hier? Was meinst du, Kind?«

»Ich bin …« Erschrocken verstummte er wieder.

Die Frau musste näher gekommen sein. Er roch süßes Parfüm und noch etwas Anderes, Unbekanntes. Sie ging um ihn herum, das spürte er. Er hörte das Rascheln ihrer Kleidung. Wieder war da dieser Geruch, wie nach Abfall. Sonst schien niemand im Zimmer zu sein, er hörte kein Keuchen, kein sonstiges Geräusch. Offensichtlich hatte der Mann, der ihn abgeholt hatte, die Tür hinter sich geschlossen. Conrad drehte den Kopf. Er hatte keine Ahnung, wo die Frau gerade stand.

»Was bist du, mein Kind?« Ihre Stimme kam aus der Entfernung, wie vorher. »Du täuschst dich, du bist niemand. Weißt du, warum ich dich hab holen lassen? Um dich noch einmal zu sehen. Wir werden verreisen, du auch. Ich hab versucht, euch wirklich zu lieben, das ist mir nicht gelun-gen. Der arme kleine Noah. War sein Name nicht Noah?«

»Er hieß Hoan«, sagte Conrad. Seine Stimme war stärker als seine Furcht.

»Nein, mein Kind, da irrst du dich. Er hieß Noah, das weiß ich. Der arme Kleine. Er war so empört am Ende, so voll von kindlichem Zorn. Wie ich das verabscheue. Diese Selbstherrlichkeit. Ihr vergöttert euch und seid doch nichts als blinde, schmutzige Kreaturen. Ich hab ihn beinah geliebt, den kleinen Noah, und auch Leon ...«

»Er heißt Noel«, sagte Conrad. Er hatte das Gefühl, aus seinen Beinen floss das Blut in den Boden und würde ihn mit hinunterziehen.

»Ach was«, sagte die Frau gleichgültig. »Sie gehorchten alle nicht, Noah, Leon, die eingebildeten Mädchen. Alle standen sie noch einmal an dieser Stelle, wie du, standen da und rührten mich nicht an, wie die armen Kinder in den Märchen. Ekelhaft, dieser Anblick. Und nun bist du an der Reihe. Du bist der Älteste und siehst doch aus wie ein Kind, das verzweifelt überlegt, wie es seinen Eltern Schaden zufügen kann. Wir haben dir den Kopf geschoren und du warst trotzdem nicht folgsam. Ich wollte dich retten, zu einem besseren Menschen machen. Die Mühen waren vergebens. Warum? Gib mir eine Antwort, Conrad. Gib mir einmal die richtige Antwort, das würde mir genügen. Und was tust du? Wieder? Du sagst nichts. Stehst nur da und zitterst und hast Angst. Nicht einmal deine Angst schützt dich vor deiner Nichtsnutzigkeit. Wenn du dich sehen könntest! Wenn ihr euch alle sehen könntet! Zurück unter die Erde! Zurück!«

Conrad spürte seine Beine nicht mehr.

»Wo ist Noah?«, fragte er mit winziger Stimme. »Wo ... wo ist Eike?«

Er fuchtelte mit den Armen, streckte sie aus, griff mit den Händen in die Luft wie nach einem Geländer und kippte vornüber. Im selben Moment ging die Tür auf. Schritte waren zu hören. Der Mann, der ihn hergebracht hatte, packte ihn unter den Achseln und schleifte ihn durch die Wohnung, die Treppe hinunter. Conrads Knie schlugen auf den Kanten der Steinstufen auf.

Im Kellerraum warf der Mann ihn auf den Boden, riss ihm den Wollschal vom Kopf, verriegelte die Tür und verschwand.

Wimmernd zog Conrad die Beine an den Körper und presste die Hände vor sein Gesicht. Von irgendwo aus den Katakomben seines ausgehöhlten Körpers stieg eine Melodie in ihm hoch und drang durch seine geschlossenen Lippen. Für die drei anderen klang sein Summen wie eine Beschwörung. Sie wechselten kein Wort, keinen Blick, sie schoben ihre Matratzen nebeneinander und legten die Hände auf ihre Rücken. Am nächsten zu Conrad lagen die Mädchen, Leon berührte Sophias Seite und hätte am liebsten seine Wange an ihre geschmiegt.

Das raue, unheimliche Summen dauerte an, während sie ihre Gedanken verscheuchten und ihr Herz schlagen hörten und darauf warteten, dass das Licht ausging und die Dunkelheit sie für immer verschlang.

So, wie die Dunkelheit Noah und Eike und all die anderen Kinder verschlungen hatte, von denen das Fernsehen berichtete und aus deren Gesichtern vielleicht eines

277

Tages Sonnenblumen wuchsen, die niemand erkannte, sondern die einfach bloß gepflückt wurden.

Ich will jetzt tot sein, dachte Leon.

Ich will jetzt tot sein, dachte Sophia.

Ich will jetzt tot sein, dachte Maren auf der anderen Seite von Conrad.

Und Conrad hob ein wenig den Kopf. »Entschuldigung«, sagte er heiser. »Ich möcht mich bei euch allen entschuldigen.« Dann bettete er sein Gesicht wieder in seine eisigen Hände.

Von den dreien wusste keiner, was er meinte, aber sie fragten nichts.

Die Glühbirne unter dem blauen Lampenschirm an der Decke brannte die ganze Nacht.

22

»W-weißt d-du, d-dass i-ich...« Seit einigen Tagen brachte Maren keine ganzen Sätze mehr heraus. Aus Scham kauerte sie im Bad auf dem Boden und holte hektisch Luft in der Hoffnung, die Buchstaben blieben dann besser aneinander hängen. Sie murmelte vor sich hin, verschluckte sich oft und kehrte erst wieder in den Raum zurück, wenn Sophia zu ihr kam, sie in den Arm nahm und ihr versicherte, Leon, Conrad und sie würden ihr immer zuhören, egal, wie lang sie für einen Satz brauchte. Das glaubte Maren nicht, aber ein wenig tröstete sie es doch.

»W-weißt d-du...« Sie saß am Tisch vor der Wand, neben Sophia, die beiden Jungen ihr gegenüber. Die meiste Zeit schwiegen sie, hockten reglos da und kreuzten scheu die Blicke, die Mädchen in ihren grau gewordenen Kleidern, Conrad und Leon in ihren schmutzigen Trainingshosen und Sweatshirts, farblos wie ihre Gesichter. Mit dumpfer, müder Verzweiflung horchte jeder auf Schritte vor der Tür, und weil diese ausblieben, misstrauten sie ihren Ohren und lauschten noch verbissener.

Nur ein einziges, immer wiederkehrendes Ereignis riss

sie aus ihrer Starre und fegte ein flüchtiges Lächeln über ihre Münder.

Jedes Mal, wenn ein Magen knurrte, zeigten drei von ihnen blitzschnell mit dem Finger auf den Betreffenden. Jeder wusste sofort, woher das Knurren kam, und wenn es das eigene war, war es beinah zum Lachen.

Wie das Lachen ging, wussten sie nicht mehr.

Auch ihr Lächeln nahmen sie nicht wahr. Sie meinten, ihre Lippen würden bloß sinnlos zucken.

Das Licht brannte Tag und Nacht.

Den Fernseher hatte Conrad nach Noahs Tod nicht wieder angestellt.

Manchmal schlief einer von ihnen am Tisch ein, vornübergebeugt, mit dem Kopf auf den Armen. Jemand holte dann die Wolldecke und legte sie dem Schlafenden um die Schultern.

Wenn einer glaubte, es wäre Nacht, legten alle sich auf ihre Matratze, zogen die Decke über den Kopf und harrten aus.

So verging ein Tag, ein zweiter, ein dritter, stundenlos in unbarmherziger Stille.

Maren gab nicht auf. »W-weißt d-du, d-dass i-ich …«, begann sie an diesem namenlosen Kellertag – auf der Insel Vohrland und in der westlichen Welt war es Dienstag, der sechsundzwanzigste November –, »… d-dir ein M-Märchen er-erzählt h-hab, So-Sophia …« Sie rang nach Luft und empfand eine große Erleichterung. Endlich war ihr wieder ein Satz geglückt. Das hoffte sie zumindest. Sie hatte verlernt, zu sprechen und sich dabei zuzuhören.

»Wann denn?«, fragte Sophia.

»G-gestern, v-vorgestern, i-irgendw-wann …«

Ihr zu widersprechen, hätte Sophia niemals gewagt. An-lügen wollte sie ihre Freundin jedoch auch nicht. »Bist du dir sicher?«, fragte sie.

»G-ganz, g-ganz s-sicher. A-a …«

»Nicht so schnell, Maren.« Sophia griff nach ihrer Hand.

»A-aber … n-nur im K-Kopf, i-ich w-wollt d-dich d-doch n-nicht st-stören.«

»Du störst mich doch nicht.«

»D-doch sch-schon. U-und d-das M-Märchen ist w-wahr, g-ganz w-wahr, w-weißt du? A-alles ist W-Wirk-lichk-keit.«

»Ja«, sagte Sophia und drückte Marens Hand fester. »So wie alle Geschichten, die wir uns erzählt haben.«

»J-ja. W-wir s-sind st-stark.«

»Wir sind stark«, wiederholte Sophia, obwohl es absurd klang und sie nicht begriff, was Maren damit meinte.

»F-fantastisch«, sagte Maren und legte ihren Kopf auf Sophias Schulter.

Stille breitete sich aus. Bevor sie übermächtig wurde, sagte Leon: »Eigentlich schade, dass wir nicht durch Wän-de fliegen oder sie niedertrampeln können.« Er sah Conrad an. »Welcher Tag ist heut?«

Conrad starrte weiter auf den Tisch. »Keine Ahnung.«

»Montag?« Leon blickte in die Runde, als erwarte er ernsthaft eine Antwort. Niemand sagte etwas. »Weil, wenn Montag wär, wären wir alle Montag, dann könnten wir mit unseren Hufen zuschlagen.«

Conrad stützte beide Arme auf den Tisch und hielt sich die Ohren zu.

»Ich sterb gleich vor Hunger«, sagte Leon.

»Ich auch«, sagte Sophia. Schon seit Stunden versuchte sie, an etwas anderes als an den Geschmack von frischem Apfelkuchen zu denken. Von ihrer Nase aus hatte sich der Geruch nach gebackenen Äpfeln bis in ihren Gaumen ausgebreitet, so dass sie schon glaubte, sie müsse nur noch hineinbeißen. Sie leckte sich die Lippen, und als sie unverhofft schmatzte, sahen die anderen sie irritiert an. Niemand sagte etwas, jeder kaute an seinem eigenen Hunger.

Nach einer Weile sagte Sophia: »Die lassen uns verhungern.«

Leon rieb seine Fäuste aneinander. »Stimmt nicht. Wir kriegen jeden Tag Brot und Saft.«

»Wirst du davon satt?«

»Nein.«

»Sie sollen die Heizung ausmachen und uns erfrieren lassen, das wär besser«, sagte Conrad.

Verblüfft sahen alle vier zum kleinen, zerkratzten, elektrischen Heizkörper in der Ecke, er funktionierte noch. Die Wärme, die er abstrahlte, war minimal und wurde von der Kälte der Steine in den Wänden aufgefressen. Trotzdem war er da, und wenn Maren ihre Hände davorhielt, hörte sie sekundenlang auf zu sterben. Seit Tagen hatte sie das nicht mehr getan und als sie jetzt hinschaute, erinnerte sie sich nicht mehr an das letzte Mal.

Wahrscheinlich, dachte Leon, war das nur ein Trick und die Heizung schon lange abgeschaltet. Sie bildeten sich alle nur etwas ein, weil sie eigentlich Schneemänner waren, für die schon ein Stück Kohle was Warmes war.

»Wir sind alle blöde«, sagte Leon.

»S-sei s-still, b-bitte.«

»Wieso sind wir blöde?« Sophia saß Leon gegenüber, und ihr Blick schüchterte ihn schon wieder ein.

»Weil ... weil wir bloß so tun.«

»Was tun wir bloß so?« Woher sie die Kraft für ihre Stimme nahm, begriff Sophia selbst nicht.

»So ... als ... als käm da Wärme woher. Ist doch alles kaputt hier. Merkst du das nicht?«

»Merk ich nicht.«

»Tust du schon.«

»Nein.«

»N-nicht s-streiten, b-bitte, b-bitte.«

»Wir streiten nicht, Maren, ich lass mir von Leon nur nichts einreden. Vielleicht legst du dich besser hin und lässt uns ins Ruhe.«

»B-bleib da, L-Leon.«

Leon senkte den Kopf und klemmte die Fäuste zwischen die Knie. Er musste an die Schneemänner denken, die er früher gebaut hatte.

Früher, dachte er und überlegte, wann das gewesen sein mochte. Niemand hatte ihm helfen dürfen, er rollte die Schneekugel allein über den Kalvarienberg, den ovalen, mächtigen Bauch, den knubbeligen Kopf, in den er zwei Kohlestücke und eine kleine Gurke statt einer Karotte steckte. In den mit zwei Fingern geformten Mund bohrte er einen länglichen runden Holzstecken als Zigarre. Auf den Kopf kamen zwei weiße Schwanenfedern, die er am Fluss gesammelt hatte. Die Federn wurden jedes Jahr geklaut, aber mit der Zeit hatte er genügend auf Vorrat. Es gab ein Foto von ihm neben dem Schneemann, das bewahrte seine Mutter auf. Wenn er einmal tot wäre, dachte Leon, hätte sie eine Erinnerung an ihn, die niemals schmolz.

Er hätte nicht an seine Mutter denken dürfen. Jetzt quollen ihm wieder Tränen aus den Augen und er traute sich nicht, sie abzuwischen. Conrads Stimme, die plötzlich ertönte, erleichterte ihn.

»Ich will was wissen«, sagte Conrad und umklammerte mit beiden Händen die Tischkante. »Ich will wissen, was ihr da oben erlebt habt. Und du fängst an, Sophia.«

Seltsamerweise erschrak sie nicht über die Aufforderung. Vor einer Weile hatte sie begonnen, darüber nachzudenken, was eigentlich passieren würde, wenn sie entgegen aller Befehle und Einschüchterungen die Wahrheit sagten. Oder einfach nur redeten. Wie man sich etwas erzählte, wenn man aus den Ferien zurückkehrte. Nur mit dem Unterschied, dass es sich diesmal nicht um Ferien, sondern um die Hölle handelte.

Was würde passieren? Jetzt. Am Ende ihres Lebens. Dass sie abgeholt und getötet wurden wie Eike? Sie würden sowieso abgeholt und wie Noah im Handumdrehen getötet werden, dachte Sophia.

Sie hatte Maren angesehen, die sich an sie drängte und ihre Hand hielt, und sich eingebildet, es ginge ihr genauso. Dass auch Maren alles sagen und die Dinge aussprechen wollte, die ihr zugestoßen waren und sie ausgehöhlt hatten wie ein Abgrund. Und Leon. Statt zu sprechen, weinte er dauernd und wurde dabei immer schmächtiger, in seinem Gesicht spiegelte sich die Furcht von Adam und Eva.

Der Herr ist mein Hirte, betete Sophia im Stillen. Sie streckte ihre rechte Hand auf dem Tisch aus – ihre linke umklammerte Marens Hand – und sah die beiden Jungen an. Endlich legte Leon seine rechte Hand auf ihre und Conrad seine linke Hand obenauf.

Nichts wird mir fehlen, betete Sophia wortlos, denn die vertrauten Worte sprachen von allein in ihr. Er lässt mich lagern auf grünen Auen und führt mich zum Ruheplatz am Wasser. Er stillt mein Verlangen, er leitet mich auf rechten Pfaden, treu seinem Namen. Muss ich auch wandern in finsterer Schlucht, ich fürchte kein Unheil, denn du bist bei mir, dein Stock und dein Stab geben mir Zuversicht. Du deckst mir den Tisch vor den Augen meiner Feinde. Du salbst mein Haupt mit Öl, du füllst mir reichlich den Becher. Lauter Güte und Huld werden mir folgen mein Leben lang, und im Haus des Herrn darf ich wohnen für lange Zeit.

»Gut«, sagte sie laut. Dann begann sie zu reden.

Sophias Geschichte dauerte eine Stunde. Es war, als würden die Worte Funken in ihrem Mund schlagen. Die anderen hatten die Blicke gesenkt. Ab und zu drehte Leon den Kopf zur Seite und schämte sich für die Welt. Sophia wunderte sich, dass sie beim Erzählen nicht im Erdboden versank. Aber das Zuhören der anderen war wie ein Mantel, der ihre Nacktheit umgab. Mehrmals wiederholte sie ein Detail, und wenn sie – aus welchen Gründen auch immer – den Eindruck hatte, sie hätte etwas Falsches gesagt oder übertrieben, korrigierte sie sich, als wäre sie zur Objektivität verpflichtet.

Je länger sie sprach, desto kürzer und härter kamen ihr die Sätze vor. An einigen Stellen erschien es ihr beinah lächerlich, dass sie selbst gemeint war. Sie spürte die Schmerzen wieder, die Blicke. Sie hörte das Klicken der Fotoapparate und konnte noch immer – bis zu dieser Stunde am Tisch im Kreis ihrer Verbündeten – nicht begreifen, warum Erwachsene so etwas taten und andere Erwachsene existierten, die sie beauftragten und dafür bezahlten.

So zu denken, war naiv, das war ihr klar, aber sie dachte es trotzdem hundert und ein Mal.

Am Ende war kein Winkel in ihr heller. Keines ihrer ausgesprochenen Worte kehrte als sanftmütiges Echo in ihre Erinnerung zurück. Sie empfand das Grauen auf die gleiche Weise wie vorher und doch hatte sich etwas verändert.

Irgendwann während der vergangenen Stunde hatte sie bemerkt, wie die Verachtung, mit der sie sich seit ihrer Entführung selbst strafte, allmählich von ihr wich. Das irritierte sie. Nachdem sie verstummt war und ein vierfaches Schweigen den kälter gewordenen Raum erfüllte, versuchte sie, dieses eine Gefühl zu entschlüsseln.

Da war keine Verachtung mehr für das, was sie getan

oder zugelassen hatte, kein Schuldgefühl, höchstens eine Ahnung von Feigheit. Vielleicht hätte sie doch rechtzeitig aus dem Lieferwagen springen können und vorher beim Volksfest besser aufpassen sollen.

Das war nicht mehr wichtig. Der Ekel war wichtig und dass sie ihn auf dem Weg vom ersten Wort bis zum letzten ausgespuckt hatte, in der Gemeinschaft, endlich und gerade noch rechtzeitig vor dem Tod.

»Danke«, sagte Sophia zu Conrad. »Danke fürs Mutmachen.«

»I-ich d-dank dir a-auch«, sagte Maren und begann mit ihrer Geschichte. Am Anfang stotterte sie nicht nur, sie verhaspelte sich und verlor den Zusammenhang. Aber sie gab nicht auf und wurde von niemandem unterbrochen. Für jeden Satz baute sie mit unbändigem Vertrauen ein Gerüst aus Buchstaben, an dem ihre Stimme, so kam es den anderen vor, mit wachsender Gewandtheit emporkletterte.

Als sie schon weit gekommen war, fiel Maren auf, dass sie beim Sprechen öfter an ihre Freundin Annabel dachte. Eigentlich war sie es, der sie vor allem mitteilen wollte, was die Männer mit ihr und aus ihr gemacht hatten. Eine geschundene Frau war sie geworden, obwohl sie erst dreizehn war und noch nie mit einem Jungen geschlafen hatte.

So innig dachte sie an Annabel, dass sie sie vor sich liegen sah, in ein weißes Laken gehüllt, friedvoll und jung, und sie flehte sie an, keinem Menschen zu vertrauen.

Zwischen den Bruchstücken ihrer Sätze holte Maren tief Luft, drückte Sophias Hand noch fester und keuchte verzweifelt wie jemand, der im weiten Watt der Flut zu entkommen suchte. Eine halbe Stunde, eine Stunde, zwei Stunden, zweieinhalb Stunden. Und sie schaffte es. Sie hob den Kopf, ihr Gesicht glühte, ihre Lippen waren ausgetrocknet, ihre Lider flackerten wie hauchdünne Dochte, deren Kerzen niedergebrannt waren.

Maren wusste nicht, wie viel Zeit vergangen war, es schien ihr, als hätte sie ein Jahr lang gesprochen und wäre inzwischen alt geworden, bereit zu gehen und noch einmal Annabel zu winken, die wieder ein echtes Leben führte.

»D-danke, C-Conrad.« Sie legte ihren Kopf auf Sophias Schulter und schloss die Augen.

Obwohl Leon neben ihm mit dem Oberkörper vor und zurück schaukelte und einen so angespannten Eindruck machte, als wollte er jeden Moment anfangen zu sprechen, kam Conrad ihm zuvor. »Sie haben mich geschoren wie ein Tier«, sagte er und erzählte dreißig Minuten lang von all dem, was bisher niemand hören durfte. Leon hörte auf zu schaukeln und tastete nach Sophias Hand. Seine Finger waren kalt und knochig.

Conrad fragte, warum sie über ihre Erlebnisse und den an ihnen verübten Verbrechen nicht sprechen durften. Sie würden doch eh am nächsten oder übernächsten Tag wieder misshandelt. Er fragte, wieso sie überhaupt noch am Leben waren und nicht schon längst ermordet worden waren wie Noah.

In allen Einzelheiten beschrieb Conrad, wie sie ihm die Haare vom Körper schnitten und was er tun musste, bevor

288

er einen Schluck Wasser bekam und sich ein paar Minuten ausruhen durfte. Dann fragte er die Wände, wieso er sich all die Wochen über nicht gewehrt hatte. Er wollte wissen, seit wann er so feige war und seine Träume verloren hatte. Conrads Stimme wurde immer lauter. Er hörte es und wollte es verhindern. Doch die Worte trampelten wie wilde Pferde durch seinen Kopf und aus seinem Mund, er hatte keine Kraft, sie zu bändigen, und eigentlich wollte er es auch nicht. Sein Vater, dachte er dauernd und schrie fast die Worte, die von etwas ganz anderem handelten, würde ihn verachten und jeden Respekt vor ihm verlieren. Seine Ma würde ihm nicht helfen, weil sie für Feiglinge nichts übrighatte und seinen Vater verlassen hätte, wenn er einer gewesen wäre.

Am Höhepunkt seines inneren Wütens hasste Conrad sich so sehr, dass er den Tisch anbrüllte.

Wieso die Männer ihn nicht sogar noch härter rangenommen hätten? Wieso sie ihm nicht die Fingernägel ausgerissen und ihn bis zum Kinn in der Erde vergraben hätten, um ihm zu zeigen, was für eine nichtsnutzige Kreatur er war?

Die kalte Hand vor seinem Mund bemerkte Conrad erst, als die Worte an seinem Gaumen zurückprallten und nur noch ein dumpfes Gemurmel übrig ließen. Er wollte weiterreden, aber etwas versperrte seiner Stimme den Weg.

Erschöpft drehte Conrad den Kopf. Er sah Leons erhobenen Arm und neigte den Kopf. Leon hielt Conrad den Mund zu und nahm seine Hand nicht weg.

Niemand sagte etwas.

Leons trauriger Blick brachte Conrad in den Keller zurück, an den Tisch, in die Nähe seiner letzten Freunde.

Mit einer behutsamen Bewegung senkte Leon den Arm. »Du bist nicht feige«, sagte er leise. Vorhin hatte er Sophias Hand losgelassen, jetzt suchte er sie mit Blicken und zögerte, sie erneut zu ergreifen.

Vieles von dem, was Conrad erzählt hatte, entsprach Leons eigenen Erlebnissen, und er würde sie nicht wiederholen. Also begann er mit dem Zimmer der Frau, wo er die meiste Zeit gewesen war. Er erzählte nicht alles, denn das war unmöglich. Niemals würde er jemandem sagen, wie grausam es ihm dort ergangen war und was die Frau von ihm verlangt hatte. Das alles bliebe auf ewig sein sinnloses Geheimnis. Außerdem, dachte er schließlich erleichtert, würde er nie in eine Situation kommen, in der jemand ihn nach der Wahrheit fragen würde. Er würde doch vorher auf jeden Fall sterben und das war ein Glück.

Wenn Leon an jenes Zimmer dachte – jede Nacht, jeden Tag, jetzt –, überkam ihn eine solche Scham, dass er sich fragte, warum er überhaupt geboren worden war. Er war überzeugt, dass er sich an einem Baum im Wald erhängen würde, sollte seine Mutter davon erfahren. Für Leon waren die Erzählungen der anderen das Grausamste, was er jemals gehört hatte, und er fand keine Worte dafür, wie sehr er ihren Mut bewunderte, das alles auszusprechen. Doch was ihn selbst betraf, so würde er sich lieber die Zunge herausschneiden lassen, als ein Wort zu viel zu sagen.

Nach zwanzig Minuten verstummte Leon. Ohne Hass

zu empfinden, ohne Tränen, kälter als ein Schneemann in der Nacht, mit Sophias Hand in seiner und den starren Blicken der anderen auf seinem Gesicht.

»Von mir aus können sie kommen«, sagte er, leise wie zuvor.

Sie warteten ab.

Die Stille veränderte sich nicht. Die Temperatur sank weiter.

Niemand kam.

Ob es Nacht oder Tag war, wussten sie nicht. Sie saßen am Tisch, überwach vor Hunger und Durst.

Dann sagte Sophia: »Ich bete zu dir, Herr, zur Zeit der Gnade, erhöre uns in deiner großen Huld, Gott, hilf uns in deiner Treue ...«

»Gott kannst du vergessen«, sagte Conrad.

Maren sah ihn erschrocken an. »S-sowas d-darfst d-du nicht s-sagen.«

»Gott ist weg«, sagte Conrad. »Der kann uns nicht helfen.«

Leon fand, dass Conrad recht hatte, aber er schwieg.

»Gott ist da«, sagte Sophia. »Er wartet auf uns.«

Conrad schlug die Hände vors Gesicht und schüttelte den Kopf.

»Er sagt: Fürchtet euch nicht.«

Nach einem ewigen Schweigen sagte Leon: »Ich fürcht mich aber.«

»I-ich a-auch«, sagte Maren.

Conrad nahm die Hände vom Gesicht, das grau war wie die Wand. »Wir fürchten uns alle.«

»Fürchtet euch nicht«, sagte Sophia. »Fürchtet euch nicht. Fürchtet euch nicht. Ihr dürft euch nicht fürchten. Fürchtet euch nicht. Fürchtet …«

Noch nie in ihrem Leben hatten Leon, Maren und Conrad einen Menschen so gottserbärmlich weinen sehen wie Sophia.

23

Dann ging das Licht aus. Zwei Tage lang funktionierte die Heizung nicht und es gab kein warmes Wasser. Conrad schaltete den Fernseher ein, nichts passierte. Auch die Glühbirne im Bad brannte nicht mehr. Die vier Jugendlichen hatten sich in ihre Decken gehüllt, lagen auf ihren Matratzen, hofften auf Schlaf, und wenn er kam, trauten sie ihren Träumen nicht. Wie unter Zwang brachten sie sich bei, mittendrin den Schauplatz zu verlassen und aufzuwachen. Wie das ging, wussten sie nicht genau, aber sie schafften es, jeder und jede von ihnen, drei bis vier Mal in der Nacht.

Oder war es Tag, wenn sie schliefen?

Immer wieder dachte Conrad an den Freund seines Vaters, der beinah erfroren wäre und dabei angeblich keine Angst gehabt hatte. Die Vorstellung tröstete ihn nicht im Geringsten.

Am dritten Tag – es war Freitag, der neunundzwanzigste November, aber sie wussten weder den Tag noch den Monat – ging das Licht unter dem blauen Lampenschirm wieder an. Die Glühbirne im Bad war offensichtlich kaputt, dafür erwärmte sich der Heizkörper. Die vier schoben ihre Matratzen in die Nähe, knieten sich davor hin, die Decken fest um den Leib geschlungen, und horchten auf Schritte.

Manchmal stand einer von ihnen auf und trank aus dem Wasserhahn im Bad. Sie schlotterten. Ihre Mägen knurrten, doch sie machten kein Spiel mehr daraus.

Spielen war lange vorbei.

Maren wurde es schwindlig, sie legte sich hin, deckte sich bis zur Nase zu und sah zu den anderen. Sie überlegte, was die wohl dachten und ob sie wirklich so viel tapferer waren als sie selbst. Wenn sie Sophia oder die beiden Jungen beobachtete, bildete sie sich ein, sie würden keine Miene verziehen, wenn die Männer kämen und sie ein letztes Mal abholten. Sie würden ihnen ins Gesicht sehen und den Kopf nicht beugen, sie würden sich nicht mehr umschauen, sondern ohne jedes Anzeichen von Furcht und Bedauern den Raum verlassen, wie Helden, wie große Menschen.

Sie selbst dagegen, dachte Maren und zog die Decke bis zu den Augen, würde schreien und sich wehren und um sich schlagen und um Hilfe flehen. Dass sie seit Tagen stumm war, lag an ihrer Müdigkeit und dem Hunger, der, so stellte sie sich vor, begonnen hatte, ihre Stimme zu fressen. In Wirklichkeit war sie gar nicht stumm. Sondern ein einziger, unvorstellbar lauter Schrei. Der quoll schon in ihrem Bauch auf, sie konnte es spüren. Und wenn die Männer sie holten, würde ihr Bauch platzen und sie einen Schrei gebären, wie ihn noch niemand im Universum je gehört hatte.

Wieder warf sie den dreien einen Blick zu und verharrte beim dünnen Leon, dessen blonde Locken aussahen, als wären sie grau geworden.

Wenn Leon seine Haare im Spiegel sah, erschrak er und schaute weg und glaubte, er wäre in einem Traum. Jetzt war er froh, dass die Glühbirne im Bad kaputt war und das Licht vom Kellerraum nicht ausreichte, einen Opa aus ihm zu machen. Dabei hatte der einzige Opa, den er persönlich kannte, gar keine grauen Haare. Der alte Mann hatte kein einziges Haar auf dem Kopf. Seine Mutter behauptete, das käme daher, dass er sich früher die Haare zu oft gefärbt habe, oder mit den falschen Farben, das wusste Leon nicht mehr genau. Sie begegneten sich zu selten, seine Mutter hatte wenig Kontakt mit ihrem Vater. Den Vater seines Vaters hatte Leon nie kennengelernt, der lebte irgendwo im Osten, und wenn sein Vater alle Jubeljahre von ihm erzählt hatte, klang es, als läge der Osten auf der anderen Seite der Erdkugel.

Als Leon den Kopf hob, bemerkte er Marens Blick. Eine Zeit lang schauten sie sich an. Leon dachte, dass er sich am liebsten zu ihr legen würde, weil Sophia vergessen hatte, sein Gesicht zu streicheln.

Maren dachte, wie schön es wäre, wenn Leon sich zu ihr legen und ihre Hand halten würde, wie vorher Sophia, die niemanden mehr zu beachten schien.

Aber Leon wandte sich wieder der Heizung zu und fragte, ob Conrad das mit Gott ernst gemeint habe.

Conrad hielt seine Hände vor die Heizung, seine Arme zitterten und sein Gesicht war eine finstere Grimasse. Er sah Schlangen von Menschen vor sich, und die Szene wiederholte sich, wie in einem grausamen Traum, wieder und wieder.

Die Leute pilgerten hintereinander her einen Berg hinauf, festlich gekleidet, begleitet von Glockenschlägen aus der nahen Kirche. Die Frauen beteten einen Rosenkranz, die Jungen trugen Anzüge und die Mädchen geschmückte Dirndln. Alle sahen aus wie erleuchtete Halbheilige auf dem Weg in den Himmel. Conrad verachtete ihre Untertänigkeit. Er hielt die Predigten des Pfarrers für Gerede, schon in der Grundschule. Als der Religionslehrer ihn einmal gefragt hatte, wie er sich Gott vorstelle, hatte Conrad erwidert: wie eine Vogelscheuche. Daraufhin wollte der Lehrer wissen, wie er auf diesen Blödsinn käme, und der achtjährige Conrad erklärte, dass Gott Mensch und Tier erschreckte und nichts weiter sei als ein Geist in der Landschaft. Im Gymnasium nahm er Ethik als Unterrichtsfach, doch auch andere Religionen interessierten ihn wenig. Seinen Eltern war seine Einstellung egal, solange die Noten passten.

Wenn Conrad im Fernsehen das Ausmaß des menschlichen Elends in der Welt sah, fragte er sich, woran die Christen und all die anderen Gläubigen eigentlich glaubten. An eine bessere Welt, wenn sie erst mal tot waren? Das Paradies, dachte er, war die Wiese, auf der die Vogelscheuche stand. Und in der Wiese wuchsen vergiftete Gräser, Blumen und Kräuter, und jeder, der davon kostete, fing an zu sterben und hörte nie wieder damit auf.

Sie hatten alle gekostet, Maren und Leon, Sophia und

er, und sie hatten keine Chance zu überleben, ihr Schicksal war besiegelt. Die Vogelscheuche drehte sich im Wind. Wenn man genau hinhörte, konnte man ihr Lachen hören. Sie lachte Tränen über die Dummheit der Kinder, die, genau wie Noah erzählt hatte, nichts als elektrische Schmetterlinge waren, ferngesteuert und arm, so arm, dass sie sogar vom Sterben zehrten, weil sie nie etwas anderes besessen hatten.

Und Sophia, dachte Conrad und sah sie an, klammerte sich an die zerrissenen Klamotten der Vogelscheuche, weil sie nie etwas anderes gelernt hatte. Man durfte ihr nicht bös deswegen sein. Sie wollte doch immer nur umarmt werden. Aber die Vogelscheuche, dachte Conrad, hatte keine Arme, sie bluffte bloß mit ihren Holzstecken und ihrer verlogenen Fratze.

Ach, Sophia, dachte Conrad und wünschte, sie würde ihn ansehen.

Da hob sie den Blick und sah Conrad in die Augen. »Du könntest Jesus sein«, sagte sie. »Du trägst auch unser Kreuz.«

Drehst du durch?, dachte er und wollte ihr die Frage ins Gesicht schleudern. Er bildete sich ein, ihr Blick verbot es ihm, und er kam sich deswegen abergläubisch vor. Auch Leon war aufmerksam geworden. Maren richtete sich von ihrer Matratze auf und schwankte ein wenig, krallte die Finger in ihr zerknittertes Kleid und streckte die Arme nach dem Stuhl an der rechten Schmalseite aus, auf dem Sophia gesessen hatte, als sie noch zu fünft waren und Eike einer von ihnen gewesen war.

Maren tastete nach der Lehne, stützte sich mit der anderen Hand auf dem Boden ab und unterdrückte ein Keuchen. Ihr war wieder schwindlig, sie schaffte es nicht, hochzukommen.

Da stand Conrad auf, beugte sich zu ihr hinunter, nahm sie unter den Armen und zog sie in die Höhe. Einen Moment lang lehnte sie sich an ihn. Dann schleppte sie sich um den Tisch, vorbei am verlassenen Stuhl, und ließ sich erschöpft auf ihren alten Platz fallen. Sophia gab ihr einen Kuss auf die Wange.

»Ich will euch etwas erzählen«, sagte Sophia. »Und danach hab ich eine Bitte an euch.«

»Was für eine Bitte?«, fragte Leon.

»Gleich.«

Nach vorn gebeugt, mit übereinandergeschlagenen Beinen, hockte Leon auf seinem Stuhl und schien immer weiter in sich zu versinken. Conrad kamen die dünnen Beine des Jungen wie die abgewetzte Stange einer einbeinigen Vogelscheuche vor. Zum ersten Mal hatte er Mitleid mit ihm. Zum ersten Mal überwältigte Conrad beim Anblick der drei anderen ein Gefühl bedingungsloser Traurigkeit, stärker noch als jenes nach Eikes Verschwinden und Noahs Tod und Sophias markerschütterndem Weinkrampf.

In diesem Augenblick gelang es Conrad, die Nähe der anderen wie seine eigene zu akzeptieren und darin zu verweilen. Ich bin da, dachte er atemlos, am selben Ort wie sie, in der gleichen Gestalt, ich bin Leon und Noel, Noah und Hoan, ich bin Maren und Sophia, ich bin die ganze Menschheit und dies ist unser Planet.

»Das ist unser Planet«, sagte er. »Und wir sind die Sonne. Seht ihr das nicht?«

Sie sahen ihn an und verstanden ihn nicht, aber Sophia sagte: »Als Jesus die vielen Menschen sah, stieg er auf einen Berg und setzte sich hin und seine Jünger traten zu ihm.«

»Ja«, sagte Conrad.

»Ja«, sagte Leon.

»J-ja«, sagte Maren.

»Er sagte, selig, die arm sind vor Gott«, fuhr Sophia fort. »Ihnen gehört das Himmelreich. Selig die Trauernden, denn sie werden getröstet werden. Selig, die keine Gewalt anwenden, denn sie werden das Land erben. Selig, die hungern und dürsten nach der Gerechtigkeit, denn sie werden satt werden. Selig die Barmherzigen, denn sie werden Erbarmen finden. Selig, die ein reines Herz haben, denn sie werden Gott schauen. Selig, die Frieden stiften, denn sie werden Söhne Gottes genannt werden. Selig… Weiter weiß ich nicht.«

»Selig, die voller Zorn sind und einsam«, sagte Conrad. »Denn sie werden erlöst und umsorgt werden.«

»W-wie Ei-Eike«, sagte Maren. »W-weil er w-wird s-sein Eis d-doch n-noch k-kriegen. S-selig s-sind d-die Eing-gesperrten, d-denn sie w-werden b-befreit w-werden.«

»Und müssen keine elektrischen Schmetterlinge sein, wie Noah«, sagte Leon. »Selig sind die verschwundenen Kinder, denn sie werden vielleicht gefunden werden.«

»J-ja«, sagte Maren.

»Ja«, sagte Conrad.

»Ihr seid das Salz der Erde«, sagte Sophia. Wieder hörte sie den Gesang in ihrem Inneren. »Ihr seid das Licht der Welt. Eine Stadt, die auf einem Berg liegt, kann nicht verborgen bleiben. Man zündet auch nicht ein Licht an und stülpt ein Gefäß darüber, sondern man stellt es auf den Leuchter, dann leuchtet es allen im Haus. So soll euer Licht vor den Menschen leuchten, damit sie eure guten Werke sehen und euern Vater im Himmel preisen.«

In die Stille hinein fügte sie hinzu: »Ich möcht, dass jeder sich jetzt gründlich wäscht. Damit wir sauber und rein vor den Herrn treten und er sich nicht geniert für uns.«

»Und wir uns auch nicht«, sagte Leon. Sophia nickte, und er sprang auf und rannte als Erster ins Bad und ließ die Tür offen, damit er im Spiegel seine Haare besser sehen konnte. Unter dem Strahl des eisigen Wassers erschauderte er, zappelte mit Armen und Beinen, rieb sich mit dem Rest Seife ein, ließ weiter Wasser auf seinen mageren Körper hageln und rubbelte sich schließlich mit dem kratzigen, muffigen Handtuch ab, das er seit mehr als einem Monat benutzte. Auch die anderen Handtücher waren nicht mehr gewechselt worden und vom Toilettenpapier war nur noch eine Rolle vorrätig. Die Luft roch abgestanden und faulig.

Wie einen Auftrag befolgten sie Sophias Wunsch. Sie gaben sich die größte Mühe, als wären sie zu einem Fest eingeladen, auf dem sie neue Kleider trügen. Ein wenig redeten sie sich ein, ihre Sweatshirts und Trainingshosen, ihre Kleider und Unterwäsche kämen frisch aus der Reinigung und alles wäre ganz anders als in Wirklichkeit.

Dann saßen sie wieder am Tisch und schnupperten und kamen sich verlorener vor als je zuvor. Jeder auf seine Weise weigerte sich, von Neuem nachzudenken. Da war nichts mehr zu entdecken, es gab keine Ausflüchte mehr, keine Schlupflöcher, keine Geschichten, keine Vergangenheit, nichts als die verlorene Gegenwart.

Nur Leon hatte immer noch Worte übrig. »Glaubt ihr, sie beobachten uns noch?«

Maren warf einen schnellen Blick zur Eisentür. An die Kamera hatte sie, wie die anderen, überhaupt nicht mehr gedacht. »U-und w-wenn sch-schon«, sagte sie.

»Wenn sie uns zuschauen, wieso kommen sie dann nicht?«, fragte Conrad.

Nach einer Zeit lang sagte Sophia: »Egal.«

»V-vielleicht s-sind sie n-nicht m-mehr d-da.«

Conrad, der Maren gegenüber saß, verzog das Gesicht zu der abfälligen Grimasse, die die anderen schon kannten. »Du meinst, sie lassen uns hier unten verhungern?«

Wieder verging Zeit, dann sagte Maren: »J-ja.«

Der Heizkörper strahlte immer noch Wärme ab. Das gelbliche, fahle Licht an der Decke brannte, es gab also noch Strom im Haus.

»Sie sind oben«, sagte Sophia. »Sie beratschlagen, was sie tun sollen.«

»Was sie tun sollen?« Conrad starrte wieder den Tisch an. »Das ist doch einfach: Sie bringen uns um, wie Eike und Noah. Das war von Anfang an geplant. Sie haben uns fernsehen lassen, sie haben uns zu essen und zu trinken gebracht, sie haben uns eingelullt, damit wir nicht durchdrehen. Und es ist ihnen gelungen, oder nicht?«

Das Wort einlullen hatte Leon noch nie gehört, aber er fragte nicht nach. Er sagte: »Ich will aber nicht verhungern.«

»I-ich a-auch n-nicht«, sagte Maren.

»Was?« Mit einem Ruck hob Conrad den Kopf. Zwischen seinen struppig nachwachsenden Haaren zogen dunkle Adern über die Schädeldecke. »Wer will denn verhungern auf der Welt? Sei einfach still, Leon, wenn du nichts zu sagen hast. Ihr redet alle immer nur daher, als würd das irgendwas bewirken. Das bewirkt überhaupt nichts. Und jetzt haben wir alle schön geduscht, bravo, und jetzt reißen wir uns zusammen, verdammt, verdammt ...«

»A-aufhören«, sagte Maren und wollte nach Conrads Hand greifen, aber er zog sie weg. »B-bitte, n-nicht l-laut ...«

Conrad hörte ihr nicht zu. Seine Stimme schoss aus seinem Mund und überschlug sich fast. »Ich hab euch lang genug zugehört, ich mag nicht mehr. Wir kommen hier nicht mehr raus, darüber muss man doch nicht labern. Wir werden verhungern und vielleicht essen wir uns gegenseitig auf, alles ist möglich. Es war nett mit euch. Wir haben üble Dinge erlebt. Wir haben mit anschauen müssen, wie ein Junge ermordet wurde. Was wollt ihr jetzt noch? Die Märchenstunde ist vorbei. Ich weiß auch nicht, warum niemand uns gefunden hat und wieso die Leute

302

mit uns machen können, was sie wollen, ohne dass wir auch nur einmal zurückschlagen. Noah hat's getan und sie haben ihn gekillt. Sie haben ihn gekillt vor unseren Augen und wir haben zugesehen. Wir haben hingeschaut, was wollt ihr denn noch? Wir sind Zeugen und haben nichts getan. Wir sind die größten Feiglinge auf der Welt. Wenn wir verhungern, kümmert sich keine Sau um uns, und das ist gerecht. Das haben wir verdient, jeder von euch und ich auch. Wir haben das alles mit uns machen lassen und hocken immer noch hier. Am Tisch. Als gäb's gleich was zu essen, Leberkäs mit Spiegelei oder Schnitzel mit Pommes. Schaut euch an: Ihr seht aus wie Ratten und ihr seid Ratten. Wir ernähren uns von unseren eigenen Kadavern, kapiert ihr das nicht? Hör auf, mich anzufassen, Maren! Hört alle auf, mich anzuschauen. Ich kann euch nicht mehr ertragen, ich will jetzt meine Ruhe, und wenn ich sterb, möcht ich, dass ihr wegschaut. Habt ihr mich verstanden, ihr Ratten? Ja? Ich will ...«

Weiter kam er nicht. Maren stieß einen Schrei aus, der so laut war, dass er an den Wänden widerhallte.

Sie schrie aus vollem Hals, mit einer solchen Inbrunst, dass Sophia vor Schreck von ihr wegrückte und sogar Conrad den Körper nach hinten beugte.

Marens Schreien war dreifach so laut wie Conrads Stimme, und woher sie den Atem nahm, wusste niemand. Sie schrie immer weiter, die fiebrig leuchtenden, dunkel drohenden Augen weit aufgerissen. Und auch als Sophia zwischen Leon und Conrad hindurch erschrocken zur Tür schaute, ließ Maren sich nicht irritieren.

Erst als die beiden Jungen sich gleichzeitig zur Tür umdrehten, hörte Maren so abrupt zu schreien auf, wie sie begonnen hatte. Ihr Körper bebte. Mit einem heiseren Keuchen schnappte sie nach Luft.

Sophia streckte ihren Arm über den Tisch, und die anderen drei legten ihre Hände darauf.

Jemand drehte den Schlüssel im Türschloss.

24

Der Mann mit dem Schnurrbart brachte ein Holztablett mit einem grauen Topf, vier weißen Schälchen und vier Löffeln. Bevor er die Tür aufgesperrt hatte, hatte er das Tablett auf den Boden gestellt, und jetzt wartete er, dass jemand es abholte.

»Suppe für euch«, sagte er. »Brav aufessen. Mehr kriegt ihr nicht.« Die Hände hinter dem Rücken, stand er reglos vor der offenen Tür.

Die Jugendlichen saßen am Tisch, Leon und Conrad mit dem Rücken zur Tür, sechs Hände auf Sophias Arm.

Etwas in ihnen hatte sich verändert und war nicht wiedergutzumachen, sie wussten es und konnten es nicht benennen. Sie spürten es auf Sophias Haut, die ihre eigene war.

In dem Moment, als sie das vertraute Geräusch des Schlüssels hörten, war ihnen bewusst, dass, wenn sie sterben mussten, die Menschen von ihnen erlöst wären.

Wenn sie jedoch wider Erwarten nicht starben, würden sie nie wieder zu den üblichen Menschen gehören.

Darüber brauchten sie nicht zu sprechen. Sie lasen sich gegenseitig aus ihren Blicken. Da stand, dass Conrad keine

Träume mehr besaß und Maren keine Sanftmut mehr, dass Leon sein Blut verabscheute und Sophia von niemandem mehr umarmt werden wollte.

Sophia stand auf, ging zu dem Mann, hob das Tablett hoch und trug es zur Anrichte. Er sah ihr hinterher und berührte mit der Zungenspitze seine Unterlippe.

Bevor sie das Tablett abstellte, zögerte Sophia. Dann warf sie einen Blick über die Schulter zum Tisch und verschwand im Bad. Kurz darauf war ein Stöhnen zu hören. Es klang, als würde jemand ersticken.

»Rauskommen«, rief der Mann an der Tür. Conrad stand auf. Gleichzeitig setzte der Mann sich in Bewegung. Er schob Conrad, der das Bad schon erreicht hatte, beiseite und trat ins Dunkel. Conrad folgte ihm. Als er sah, was Sophia tat, reagierte er sofort.

In der verschatteten Nische vor der Duschkabine hatte sie auf den Mann gewartet. Sie nutzte seine Verblüffung, wickelte in einer einzigen schnellen Bewegung eines der nassen Handtücher um seinen Hals und zog zu. Conrad packte das eine Ende des Handtuchs und trat dem Mann mit dem Knie zwischen die Beine.

In der Zwischenzeit waren auch Leon und Maren näher gekommen.

Conrad und Sophia zerrten den taumelnden Mann zurück in den Raum und zogen das Handtuch wie eine Schlinge immer fester zu.

Maren nahm den Suppentopf und schüttete ihn dem Mann ins Gesicht. Die Brühe war nicht heiß genug, aber es reichte, um ihn zu blenden. Während er auf die Knie sackte, holte Leon wie bei einem Elfmeter aus und trat zu. Und weil er den Eindruck hatte, sein Schuss war noch nicht perfekt genug, nahm er Anlauf und erwischte den Ball voll mit dem Spann. Der Ball spuckte etwas aus, dann kam eine gerötete Zunge zum Vorschein.

Beide, Conrad und Sophia, hatten das zusammengerollte Handtuch um ihre rechte Hand gewickelt und zogen mit der linken weiter zu. Das Gesicht des Mannes nahm eine fantastische Farbe an, die keiner der Jugendlichen je vorher gesehen hatte.

»Hat jemand die Zeit gestoppt?«, fragte Leon beim Anblick des Toten.

Conrad und Sophia waren im Bad und tranken gierig Wasser.

»Z-zehn M-Minuten u-ungefähr«, sagte Maren.

»Der hat uns böse unterschätzt.«

Conrad und Sophia kamen zurück und machten einen Bogen um den schwarzen Körper und die Sauerei auf dem Boden.

»B-Bravo«, sagte Maren. Sie stand an der offenen Eisentür und behielt den Keller im Auge, wie eine Wächterin.

Leon ging zu ihr. »Wenigstens hat er nicht rumgebrüllt.«

»Hab Angst gehabt, wir schaffen es nicht«, sagte Conrad.

»Ich wusste, wir schaffen es«, sagte Sophia. »Der Kerl ist alt.«

Eine Weile standen sie zu viert an der Tür. Dass niemand auftauchte, erschien ihnen eigenartig.

307

»Gehen wir«, sagte Conrad. Er wartete, bis die anderen bei der Treppe waren, schloss leise die Tür und drehte den Schlüssel, der immer noch im Schloss steckte.

»Verhungern braucht der da drin nicht mehr«, sagte Leon.

Die Luft war kalt und roch nach Moos und nasser Erde. Trotz ihrer dünnen Kleidung spürten die vier die Kälte nicht. Hintereinander – Conrad und Sophia vorneweg – stiegen sie die schmale Steintreppe hinauf. Sie kannten den Weg, die Wände und Türen. Die Kellertür zum Hausflur war angelehnt, aus einem Zimmer drangen Stimmen. Ein Fernseher lief.

An der Garderobe im Flur hingen ein Pelzmantel, ein gelbes Regencape und drei Wolljacken. Daneben war ein Spiegel, an dessen Rahmen ein blauer Gehstock lehnte. Sie erkannten ihn sofort. Conrad nahm den Stock, betrachtete die Spitze, sah die anderen an – Sekunden vollkommener Gemeinschaft – und riss die Tür auf, aus der die Stimmen ertönten.

Auf einer dunkelroten Ledercouch saß die Frau in einem weißen Unterrock und trank aus einer Tasse. Sie kam nicht mehr dazu, die Tasse abzustellen. Conrad schlug so überraschend und hart zu, dass sie lautlos zu Boden kippte und vor Schreck liegen blieb. Ihr Unterrock war hochgerutscht, und Leon sah die Narbe an ihrem Bauch, die aussah wie eine Kerbe im Fleisch.

Was Conrad mit ihr machen sollte, wusste er nicht. Auch die anderen hatten keinen Plan. Deswegen schauten sie der Frau erst einmal zu, wie sie sich den Kopf rieb und wimmerte. Leon ging näher hin, weil er nicht begriff, was da aus ihren Augen floss. Tränen, dachte er, konnten es unmöglich sein. Er sah auf sie hinunter, sie sah zu ihm herauf, als würde sie ihn zum ersten Mal sehen.

Dann nahm Leon Conrad den Stock aus der Hand und stieß zu. Er nahm beide Hände zu Hilfe und drehte den Kopf zur Seite. Da bemerkte er, dass auf dem Wohnzimmertisch das Mensch-ärgere-dich-nicht-Spiel ausgebreitet war, mit Figuren auf dem Spielfeld. In der Mitte lagen ein blauer und ein gelber Würfel. Lustig, dachte Leon und wiederholte den Stoß mit dem Stock. Er traf auf Widerstand im Körper der Frau, vielleicht, weil die Spitze des Stocks bloß aus Gummi war. Aber spitz genug war sie trotzdem. Er wandte sich ab.

Maren stand immer noch an der Tür und hatte ein Messer in der Hand, das sie aus der Küche nebenan geholt hatte. »Willst du das klauen?«, fragte Leon.

Maren hob den Arm mit der nach oben ragenden, langen Klinge. »W-wenn i-ich j-jemand er-stechen m-muss, d-dann n-nicht, d-dann lass i-ich's st-stecken.«

»Gut«, sagte Sophia.

Wie auf ein Zeichen hin verließen die vier das Zimmer. Sonst schien niemand mehr im Haus zu sein.

Vor den Fenstern war es dunkel. Außer im Flur und im Wohnzimmer brannte nirgendwo Licht.

Im Vorbeigehen öffnete Sophia die Tür zum Badezimmer. Auf einer auf dem Boden ausgebreiteten blauen Plane lagen Messer und Zangen in unterschiedlichen Größen, ein Hammer, ein Beil, eine Unmenge von Schnüren und mehrere Rollen schwarzer Müllbeutel.

»P-passt d-doch«, sagte Maren und warf ihr Messer auf die Plane.

Leon überlegte, ob er in den ersten Stock gehen sollte – dort war das Zimmer der Frau –, um Feuer zu legen. Er konnte sich nicht entscheiden.

»Wir brauchen was zum Anziehen«, sagte Sophia.

»Meinst du, die haben unsere Sachen aufgehoben?« Conrad beobachtete Leon, der unschlüssig an der Treppe stand.

»Da hinten ist noch ein Zimmer«, sagte Sophia. Sie ging zur geschlossenen Tür am Ende des Flurs und drückte die Klinke. Die Tür war abgeschlossen, der Schlüssel steckte.

Das Erste, was ihr in dem fensterlosen Raum auffiel, war ein alter Holzschrank an der Stirnseite. Sie wollte schon hingehen, da hörte sie ein Wimmern.

Auf einer schmalen Liege hinter der Tür lag gekrümmt ein Körper, dessen Hände auf dem Bauch gefesselt und dessen Füße mit Schnüren zusammengebunden waren. Das Gesicht war so bleich, dass es in der Finsternis schimmerte.

»Eike«, sagte Sophia.

Sie kniete sich hin und riss die Schnüre auf. Dann drückte sie seinen Kopf an ihre Brust und strich ihm behutsam durch die Haare.

»Kannst du aufstehen?«, fragte sie.

Sie hielt Eike fest, während er zitternd seine Beine bewegte.

»Ein W-Wunder«, sagte Maren und griff nach Leons Hand. Die Berührung kam ihm vor wie aus einer anderen Zeit.

»Bleib sitzen.« Sophia erhob sich und öffnete die Tür des Bauernschranks. Er war leer bis auf den Kleiderhaufen am Boden. »Das sind unsere Sachen, glaub ich.«

Maren setzte sich neben Eike auf die wacklige Liege. »J-jetzt h-hauen wir ab, Ei-Eike, m-mit d-dir.«

Eike starrte vor sich hin. Dann sah er mit großen, glühenden Augen zur Tür. » Ist der ... der Blödschädel auch da?«

»Ich bin hier«, sagte Conrad und trat in den Türrahmen.

Vor Erschöpfung ließ Eike den Kopf hängen. »Hat jemand ein Schokoeis für mich?«

Die Kleidungsstücke waren ihnen zu groß geworden. Mit um die Beine schlabbernden Hosen und sackartig herunterhängenden Hemden betrachteten sie sich im Flur gegenseitig. Ihre Schuhe hatten auch im Schrank gelegen, sie kamen ihnen so fremd vor wie alles andere. Jahre schienen vergangen zu sein, seit sie die Sachen zum letzten Mal getragen hatten.

Niemand sprach.

Zweimal warf Conrad einen Blick ins Wohnzimmer, flüchtig. Ihm genügte es, festzustellen, dass die Frau noch am Boden lag. Wo sich der zweite Mann aufhielt, wagte keiner zu fragen. Wenn Maren wieder einmal zur Treppe blickte, zupfte Sophia sie am Ärmel, und Maren wandte sich ab.

Nach einem ewigen Schweigen sagte Leon: »Können wir endlich gehen?«

»Auf was wartet ihr noch?«

Eike hielt sich den Bauch. Es sah aus, als würde er in Ohnmacht fallen. Maren wollte etwas zu ihm sagen, dann lief sie in die Küche.

»Ich geh oben nachsehen«, sagte Conrad.

»Bleib da«, sagte Leon. »Lass uns endlich hier raus.«

Conrad dachte einen Moment nach und machte sich dann auf den Weg zur Treppe.

»Ich komm mit«, sagte Sophia. Mit grimmiger Miene hob Conrad den Zeigefinger und sie blieb stehen. Conrad ging die Treppe hinauf.

»Das ist doch voll blöde, was er da macht«, sagte Leon.

Eike trat von einem Fuß auf den anderen und schien nichts wahrzunehmen, während Sophia trotz Conrads Drohung einen Schritt auf die Treppe zu machte und horchte.

Maren kam aus der Küche zurück. Sie brachte eine angebrochene Schachtel mit Keksen und ein kleines blaues Buch mit. Eike riss ihr die Packung aus der Hand und stopfte sich einen Keks nach dem anderen in den Mund.

»Gib mal her.« Leon nahm Maren das blaue Buch aus der Hand.

»St-stopp«, sagte sie und fuchtelte mit den Armen und wusste nicht recht, wohin mit ihren plötzlich leeren Händen. Sie hörte das hastige Knacken aus Eikes Mund und hatte Sorge, er würde sich verschlucken. Dann stachelte ein Gedanke ihr Herz auf.

Sie war frei. Sie alle waren dem Keller entronnen. Sie waren am Leben! »W-wir s-sind am L-Leben«, rief sie.

Eike verschluckte sich fast. Sophia zuckte an der Treppe zusammen und legte mit strengem Blick den Zeigefinger auf ihre Lippen.

Nur Leon blätterte ungerührt in dem Buch, das vor allem aus einem Verzeichnis von Geschäften, Institutionen, Betrieben und Hotels bestand. In der Mitte entdeckte er eine Landkarte. Und als würde nichts sonst vor sich gehen und die Zeit keine Rolle spielen, stellte Leon sich neben Maren und erklärte ihr die Welt.

»Wir sind hier«, sagte er. »Auf Vohrland. Siehst du? Da ist der Strand, da ist das Meer. Und hier …« Er deutete auf ein rotes Rechteck, von dem schwarze Striche wegführten. »… ist der Bahnhof. Lies, was da steht.« Er wartete nicht, bis Maren den Kopf vorstreckte. »Autoreisezug. Da müssen wir hin. In Seilheim, das ist wahrscheinlich die Hauptstadt von der Insel Vohrland. Da geht's nach Berup, Arnum, Gerbstedt und …«

»U-und w-wo sind w-wir j-jetzt?«

»Woher soll ich das wissen?«

»U-und w-wie k-kommen wir d-dann n-nach S-Salzheim?«

»Seilheim.«

»Könnt ihr endlich die Klappe halten, verflucht«, sagte Sophia mit gepresster Stimme.

313

Eike ließ die leere Kekspackung fallen und schmatzte und leckte sich die Lippen. An der Biegung der Treppe tauchte Conrad auf. Er schüttelte den Kopf und stieg wortlos die Stufen hinunter. Sophia sah ihn eindringlich an, weil sie eine Erklärung erwartete. Doch er ging an ihr vorbei zur Garderobe. Auch die anderen sahen ihn an und ein Teil ihrer alten Angst kehrte zurück.

Conrad war oben gewesen und sie hatten ihn allein gehen lassen. Er redete nicht. Sein graues Hemd hing ihm aus der Jeans, es war zerrissen und fleckig. Conrad sah aus wie ein alter Mann.

Wir sind alle alt, dachte Leon, alte Männer, alte Frauen, niemand wird uns wiedererkennen. Außerdem war er überzeugt, dass sie diese Insel niemals lebend verlassen würden. Der zweite Mann, Noahs Mörder, käme zurück und würde sie erschießen, alle fünf, und ihre Leichen im Meer versenken. Das war nicht schwer. Danach würde der Mann seinen Kumpel aus dem Keller wegschaffen, und wenn die Frau tot war, auch sie. Am Ende gäbe es keine Spuren mehr. Niemand hatte etwas bemerkt, obwohl die Insel bewohnt war und sogar einen Bahnhof hatte, an dem Leute ankamen und abreisten, Leute mit Augen und Ohren.

Die Leute hörten und sahen wahrscheinlich nur sich selber, dachte Leon und nahm ohne Widerrede die braune Wolljacke entgegen, die Conrad ihm hinhielt.

»Zieh das an«, sagte Conrad und gab Eike ebenfalls eine Wolljacke. »Wer will den Pelzmantel?«, fragte er die beiden Mädchen.

314

»S-Sophia«, sagte Maren.

Ohne darauf einzugehen, nahm Sophia den gelben Regenmantel vom Haken an der Garderobe und wollte ihn anziehen. Conrad drückte ihr stattdessen die dritte dicke Jacke in die Hände. Dann hielt er den Pelzmantel am Kragen fest, drehte ihn um und wartete, dass Maren hineinschlüpfte. Ungelenk steckte sie erst den linken, dann den rechten Arm hinein und machte den Eindruck, als würde ihr eine bleischwere Rüstung übergestülpt.

Conrad streifte die gelbe Öljacke mit der großen Kapuze über, schloss die Druckknöpfe auf der Vorderseite und ging zur Haustür. Im selben Moment bremste draußen ein Fahrzeug.

Der Motor lief, während jemand ausstieg und eine Schiebetür aufriss. Schritte auf Kies waren zu hören. Dann Stille.

Conrad wandte sich zu den anderen um. Sie drängten sich im Flur nah aneinander, verschreckt, mit flehenden Blicken. Conrad zuckte mit der Schulter, kniff die Augen zusammen, schien eine Entscheidung zu treffen. Vor der Tür klirrte ein Schlüsselbund.

Conrad hob und senkte den Arm und nickte den anderen zu. Sie wussten nur ungefähr, was er meinte. Er wiederholte die Geste. Sie knieten sich hin, und er bedeutete ihnen, sich noch weiter zu ducken. Dann drückte er auf den Lichtschalter neben der Tür. Aus dem Wohnzimmer fiel nur noch ein schmaler Strahl durch die angelehnte Tür.

Conrad trat einen Schritt zurück und ging in die Hocke.

Die Haustür wurde geöffnet. Im selben Moment sprang Conrad auf die Person zu, schlug ihr mit den Fäusten ins Gesicht und brachte sie zu Fall. Eine Kiste voller Flaschen schlug auf der Steinterrasse auf. Das Klirren hallte durch die Nacht.

Der Mann, der Noah ermordet hatte, war von dem Angriff so überrascht, dass er die Fußtritte nicht kommen sah. Er versuchte, eines der Beine zu fassen zu kriegen, hatte aber keine Chance.

»Rein hier!«, schrie Sophia, die hinter das Lenkrad des großen schwarzen Wagens gesprungen war. »Schneller! Schneller!«

Conrad packte Maren und warf sie durch die Schiebetür ins Innere. Dann hob er Eike hoch und hievte ihn hinterher. Sophia drückte das Gaspedal im Leerlauf mehrmals hintereinander durch.

Mit einem Sprung hechtete der Mann auf Leon zu, der nicht schnell genug weglaufen konnte, und packte dessen Fuß. Leon fiel mit dem Gesicht voran in den Kies und stieß einen Schrei aus.

Conrad verlor keine Sekunde. Er rannte zurück und trat dem Mann in den Nacken. Leon befreite sich aus dem Griff, rappelte sich auf, und bevor er begreifen konnte, was geschah, hatte Conrad ihn zum Auto geschleift. Er stieß den dürren Körper auf den Rücksitz, schob die Tür zu, kletterte auf den Beifahrersitz, und Sophia gab erneut Gas.

Der Wagen schlitterte. Sophia schaltete in den zweiten, den dritten Gang und raste eine schmale Straße hinunter.

»Licht an«, rief Conrad. Er drückte alle möglichen Knöpfe und fand den richtigen Schalter.

»Wo fährst du hin?«, fragte er aufgeregt und wandte sich um. Auf den beiden Plätzen hinter ihm saßen Leon und Maren, die Hände ineinandergekrallt, und in der Mitte auf der Bank dahinter Eike, der sich mit beiden Händen in den Sitz klammerte und vor Entsetzen kaum Luft bekam. Rechts und links neben ihm standen zwei Holzkisten voller Konserven und abgepackter Lebensmittel.

»Frag nicht so dumm.« Sophia steuerte den schweren Wagen auf die Hauptstraße, auf der keine Autos unterwegs waren. Die Uhr auf dem Armaturenbrett zeigte fünfundzwanzig Minuten nach zwanzig Uhr. »Schalt das GPS ein, beeil dich, Conrad.«

Ihm ging es wie den anderen. Er konnte nicht glauben, was er sah, und dennoch war es wirklich. Die vierzehnjährige Sophia steuerte eine Art Geländewagen, als wäre sie eine gelernte Chauffeurin, und jedem war klar, dass es keine gute Idee wäre, sie zu fragen, wo sie das gelernt hatte. Sie wirkte nicht im Geringsten unsicher, hielt das Lenkrad fest, schaute in den Rückspiegel, nahm jede Kurve souverän und erteilte ihrem Beifahrer Anweisungen. »Das ist ein Touchscreendisplay, Conrad. Also berühr es und find raus, wo wir hinmüssen.«

Offensichtlich gab es nur eine einzige Hauptstraße, und die führte zwischen Dünen hindurch über die gesamte

Insel. Das Display zeigte eine bunte Karte. »Wir kommen von hier«, sagte Conrad. »Der Ort, wo wir waren, heißt Engen.«

»Wie?«, fragte Sophia, den Blick konzentriert auf die Fahrbahn gerichtet.

»Engen. Und wir fahren hier entlang, direkt nach … nach Seilheim.«

»Da ist der Bahnhof«, sagte Leon. Er wagte aber nicht, sich nach vorn zu beugen. Außerdem musste er Marens Hand festhalten.

»Wir kommen nicht weg von der Insel.« Conrad irrte mit dem Finger über das Display. »Anscheinend muss man den Zug nehmen, da gibt's keine Straße zum Festland.«

Ein Auto kam ihnen entgegen. Sophia drosselte unmerklich die Geschwindigkeit.

Sie erreichten ein Dorf, auf dessen gelbem Ortsschild »Arnum« stand. Hinter den Fenstern der meisten Häuser brannte kein Licht. Kein Mensch war unterwegs. Sie verließen das Dorf, und die Straße, gesäumt von Schilf und Gebüsch, tauchte wieder ins Dunkel. Blaue Reflektoren blinkten an den Begrenzungspfeilern am Straßenrand.

»Es gibt einen Zug für Autos.« Vorsichtig neigte Leon den Oberkörper nach vorn. »Den nehmen wir.«

»Das geht nicht«, sagte Sophia. »Der kostet was und wir haben kein Geld.«

»Dann gehen wir einfach zur Polizei«, sagte Leon.

Auf beiden Seiten der Straße ragten schwarze Bäume in den Himmel. Der Wagen fuhr beinahe lautlos. Im Rückspiegel begegneten sich Sophias und Leons Blicke, und als Conrad sich wieder nach hinten umdrehte, senkte Leon den Kopf.

Sophia schaltete in den dritten Gang, bremste ab und bog in einen Weg ein, an dem ein Schild zu einem Campingplatz wies. Sie schaltete den Motor aus und wartete ab.

Im Wagen war es warm, aber niemand zog seine Jacke aus oder öffnete auch nur die Knöpfe.

Das Schweigen störte sie nicht.

Dann sagte Eike: »Ich geh nicht zu den Bullen. Die glauben mir eh nicht. Niemand wird mir was glauben.«

Sophia sah niemanden an. »Wir könnten unsere Eltern anrufen.«

Wieder schwiegen sie lange. »Bin ich blöde, oder was?« Eikes Stimme schien von viel weiter weg zu kommen. Sie klang hohl und ungewohnt.

»Ich will nicht ins Fernsehen«, sagte Conrad. »In so eine Jauche von Talkshow, wo immer so Opfer vorgeführt werden.«

»Wir haben zwei Menschen umgebracht«, sagte Sophia.

Conrad verschränkte die Arme vor der Brust. »Das wissen wir nicht, vielleicht nur einen.«

»Hoffentlich nicht«, sagte Leon. »Die Frau muss tot sein.«

»Sind wir Mörder?« Sophia sah zum Seitenfenster hinaus.

Sie erhielt keine Antwort. Zwei Autos fuhren auf der Hauptstraße vorbei. Als Sophia keine Reaktion mehr erwartete, wandte sie sich an Conrad. »Sieh im Handschuh-fach nach, ob da Streichhölzer sind, oder ein Feuerzeug.«

»Was willst du damit?«

»Schau nach.«

Er klappte das Fach auf. Ein Licht blinkte und beleuch-tete eine Pistole. Conrad nahm sie heraus und roch an ihr. Das hatte er in einem Film gesehen.

»Ist die geladen?«, fragte Leon.

Eike konnte nicht sehen, was Conrad in der Hand hielt. Er beugte sich zu Leon und Maren vor. »Eine Knarre«, sagte Leon.

»Zeig mal her.« Eike streckte den Arm aus. Conrad drehte die Waffe ein paar Mal neugierig in den Händen und legte sie dann auf Eikes flache Hand. Eike lehnte sich sofort zurück und spielte am Griff herum.

Im Handschuhfach lagen zwei Schachteln Zigaretten, zwei Feuerzeuge, eine Packung Streichhölzer und ein schwarzer, rechteckiger, prall gefüllter Geldbeutel. Conrad zog den Reißverschluss auf und zeigte Sophia den Inhalt. Leon und Maren sahen zu, wie er die Fünfziger- und Hunderter-Scheine zählte. »Eintausenddreihundertach-tzig Euro«, sagte Conrad.

»Das reicht für einen guten Kaugummi«, sagte Leon.

Maren gab ihm einen Klaps auf den Hinterkopf, der ihm wie die Berührung eines Engels vorkam. Er drehte den Kopf zu ihr und küsste sie auf den Mund. Dann nickte er ein paar Mal wie zur Bestätigung und griff wieder nach ihrer Hand. Sie zog sie nicht weg.

»Wir kehren um.« Sophia drehte den Zündschlüssel.

»Was?«, sagten Conrad und Leon gleichzeitig.

Eike ließ die Pistole in den Schoß sinken und rief: »Was ist?«

Der Turbo-Diesel-Motor heulte auf. Sophia gab Gas, wendete, indem sie zwei Mal zurücksetzte, und jagte den Wagen zurück zum Dorf, aus dem sie geflohen waren.

»Bist du verrückt?«, rief Conrad. »Kehr sofort um.«

»Lass den Scheiß, dumme Kuh!«, brüllte Eike.

Maren streckte verängstigt den Kopf vor. »A-aber d-der M-Mörder ist d-da im H-Haus.«

»Egal, Schwester Regal.« Sophia schaltete in den sechsten Gang. »Engen muss brennen«, sagte sie ohne besonderen Ausdruck in der Stimme. »Engen muss brennen.«

25

Sie taten es.

Während der Fahrt sprachen sie kein Wort.

Als sie das Dorf erreichten, verstaute Eike die Pistole in seiner Jackentasche und kippte den Inhalt der Kisten neben sich auf den Boden.

Sophia lenkte den Wagen einen Hang hinauf, von wo aus sie in der Ferne einen Leuchtturm sahen. Die meisten Häuser ähnelten einander und waren mit Reet gedeckt. Sophia brachte den Wagen auf der schmalen, abschüssigen Straße zum Stehen und behauptete, das Reet auf dem Dach sei wie eine Art Stroh. Das habe ihr eine Freundin erzählt, die aus dem Norden stammte.

»Kann man gut anzünden«, sagte sie.

Bevor sie ausstieg, wandte sie sich zu den anderen um. »Ihr bleibt hier. Gib mir die Kisten, Eike.«

»Spinnst du, oder was?«, sagte Eike. »Ich komm mit.« Er drängte Maren und Leon beiseite, kletterte in dem geräumigen Fahrzeug über die Sitze nach vorn, in jeder Hand eine Kiste.

Draußen wehte ein kalter Wind, der nach Algen roch. Im Haus war es dunkel. Um das Grundstück verlief eine

Hecke. Im verwilderten Garten standen sechs Tannenbäume und Büsche und eine Laterne, die nicht brannte. Das hauptsächlich aus getrocknetem Schilfrohr bestehende Dach reichte fast bis zum Boden.

Mit dem Feuerzeug zündete Sophia eine der Kisten an und warf sie aufs Dach. Sofort fraßen sich die Flammen ins Schilf.

Eike schleuderte die zweite Kiste hinterher und Conrad steckte unaufhörlich brennende Streichhölzer ins Dachgeflecht.

»Wenn einer rausrennt, schieß ich.« Eike zog die Pistole aus der Jackentasche.

Niemand kam aus der Tür.

Der Wind fachte das Feuer an.

»Wir fahren wieder«, sagte Sophia.

Eike zielte weiter auf die Tür.

»Komm jetzt.« Sophia packte ihn an der Schulter und zerrte ihn zum Auto.

Fünf Minuten später waren sie zurück auf der Hauptstraße und versäumten das Spektakel der vom Dach rutschenden Reetbündel.

Das Haus hatte keine Brandtür mit einem schützenden Giebel darüber. Das bedeutete, dass der Mann, der Noah ermordet hatte, die Eingangstür aufriss und ins Freie laufen wollte. In diesem Moment fiel eines der lodernden Bündel auf ihn.

Bevor der erste Feuerwehrwagen und der Notarzt eintrafen, war der Mann – obwohl er sich natürlich zu retten versuchte – bis zur Unkenntlichkeit verbrannt. Aufgrund einer DNS-Analyse wurde er später im Gerichtsmedizinischen Institut doch noch identifiziert – als Emanuel Borg, ledig, gelernter Kfz-Mechatroniker.

Auch den verkohlten Leichen der beiden anderen Personen im Haus ordnete die Polizei im Lauf der folgenden Woche Namen zu. Es handelte sich um das Ehepaar Inge und Franz Wells – sie einundsechzig, er vierundsechzig Jahre alt –, das bis vor sechs Jahren in Seilheim auf der Insel Vohrland ein Restaurant mit Meerblick betrieben hatte. Ihr Haus in den Dünen an der Südspitze galt bei den Nachbarn als unauffällig und ordentlich, auch wenn das Ehepaar offensichtlich sehr zurückgezogen gelebt und kaum noch alte Bekanntschaften aus ihrer Zeit in der Gastronomie gepflegt hatte.

Wenige Tage nach dem Brand und der Entdeckung des illegal ausgebauten Kellers und der Räume, in denen sich – wie Reporter berichteten – Kameras und Abhöranlagen, diverse Folterwerkzeuge, ein deckenhoher Käfig und zwei Metallbetten befunden hatten, entdeckte ein Mann in einem Parkhaus nahe des Seilheimer Bahnhofs den schwarzen Geländewagen, nach dem die Polizei fahndete.

Nachbarn hatten ausgesagt, sie hätten ein entsprechendes Fahrzeug in der Nacht des Feuers auf dem Grundstück bemerkt. Im Parkhaus waren keine Überwachungskameras installiert, aber über das Kennzeichen fand die Polizei den Namen des Halters schnell heraus: Emanuel Borg. Da er den Wagen nicht selbst dort abgestellt haben konnte, kamen dafür vermutlich nur jene Personen in Frage, deren

DNS-Spuren die Spurenleser der Kripo im Inneren des Wagens und nach mühseliger Kleinarbeit auch in dem Endener Haus entdeckt hatten.

Sechs Jugendliche, die seit Wochen und Monaten als vermisst galten.

Auf einer Pressekonferenz im von Journalisten überfüllten Rathaus in Seilheim erklärte der Leiter der Sonderkommission Enden, Kriminalhauptkommissar Jens Paulsen, die Polizei habe bedauerlicherweise weiterhin keinerlei konkrete Hinweise auf den Aufenthaltsort der zwei Mädchen und vier Jungen. Die bisherigen Ermittlungen würden darauf hindeuten, dass die Kinder in dem Haus gefangen gehalten und missbraucht worden seien. Reste entsprechender Fotos hätten die Fahnder sichergestellt.

Was die Hintermänner oder Helfershelfer des Ehepaars Wells betreffe, so wollte der Soko-Leiter unter Hinweis auf bundes- und europaweit geführte Ermittlungen derzeit keine näheren Angaben machen.

Er bestätigte eine Agenturmeldung, wonach Polizeibeamte Anfang Oktober das Ehepaar Wells befragt hätten, nachdem Nachbarn ein unbekannter Lieferwagen in der Gegend aufgefallen war. Die Vernehmung hätte jedoch keine Verdachtsmomente ergeben.

Auf die Frage, ob die Kinder definitiv noch am Leben seien, antwortete Paulsen: »Davon gehen wir im Moment aus.«

Warum die Kinder sich nach ihrer Flucht nicht meldeten, stellten sowohl die Kripo als auch die Angehörigen vor ein unfassbares Rätsel, meinte Paulsen.

Hundertschaften des Landeskriminalamtes würden seit Tagen die Insel durchkämmen, bisher ohne Erfolg. Die Tatsache, dass die Kinder die Insel ausschließlich mit dem Zug verlassen haben könnten – die wenigen Fähren zu anderen Inseln, die zu dieser Jahreszeit fuhren, seien überprüft worden –, verwirre die Ermittler zusätzlich. Kein Schaffner habe die Kinder gesehen, das sei sicher, betonte Paulsen.

Seit Tagen schlief der siebenundvierzigjährige Kommissar kaum noch, und wenn, dann träumte er, seine Kinder, die fünfjährigen Zwillinge, seien verschwunden und er irre durch einen schwarzen Wald und wollte ihre Namen rufen. Doch sie fielen ihm nicht mehr ein.

26

»Deine Idee war superclever«, sagte Sophia.

»D-danke«, erwiderte Maren, in ihren Pelzmantel gehüllt.

»Da hat uns niemand gesucht.«

»N-niemand, n-nie.«

»Wie bist du draufgekommen, Maren?«

»I-Intu-Intuition.«

»Magst du noch ein Stück Kuchen?«

»N-nein, d-danke. Sch-schmeckt r-richtig nach Ä-Äpfeln.«

»Deswegen hab ich ihn gekauft.« Mit den Händen aß Sophia den Rest des Kuchens auf und dachte wieder daran, wie sie unter die Autos auf dem Zug gekrochen waren, nachdem sie den schwarzen Protzwagen einfach im Parkhaus abgestellt hatten.

In den Autos saßen die Besitzer und kriegten nichts mit. Es war Nacht, niemand achtete auf einen stinknormalen Autoreisezug. Alles, was sie schaffen mussten, war, ungesehen über die Zufahrtsstraße und den Parkplatz zu gelangen.

Sie hatten schon so vieles andere geschafft.

In Nering auf dem Festland, wo die Fahrzeuge den Zug verließen, waren sie von den Waggons gesprungen und hatten sich hinter einem Schuppen versteckt. In welchem Ort der Autozug halten würde, wussten sie von einem Fahrplan am Seilheimer Bahnhof. Alle waren stolz auf Marens Idee gewesen und sie freute sich noch immer darüber.

Von Nering in die Hafenstadt, in der sie jetzt waren, hatten sie sich ein Taxi genommen. Der Fahrer war in der Nähe pinkeln gewesen und verhedderte sich irgendwie an seinem Hosenschlitz, sodass er es nicht rechtzeitig zurück zu seinem Auto schaffte.

Wer achtete in der Nacht auf ein unbeleuchtetes Taxi?, hatte Sophia während der Fahrt gedacht. Im Vergleich zu dem schwarzen Voyager kam ihr der alte Mercedes wie ein vertrautes Spielzeugauto vor. Die Kiste hatte nicht einmal ein Touchscreendisplay und offensichtlich auch kein GPS. Jedenfalls kamen sie unbehelligt nach zwei Stunden an ihrem Ziel an.

Sie hatten keine Ahnung, was sie in der Stadt sollten. Und wie lange sie bleiben und wohin sie danach gehen würden.

Über solche Dinge redeten sie nicht.

Am Hauptbahnhof hatten sie zwei Mädchen und einen Jungen angesprochen, die aussahen, als kämen sie im Leben alleine zurecht. Sie hatten Glück. Die Jugendlichen lebten auf der Straße und übernachteten gelegentlich in einem Abbruchhaus am Rand eines Straßenstrichs. Sophia und die anderen folgten ihnen dorthin.

Dann waren Leon und Eike noch einmal mit dem Trio losgezogen, um etwas zu essen und zu trinken zu besorgen. Geld hatten sie genug. Conrad war im Haus geblieben, um, wie er sagte, Wache zu schieben. In einer Ecke des leeren Zimmers ging er hin und her und wollte nicht angesprochen werden.

Er kam nicht damit zurecht, dass er nicht das kleinste Bedürfnis verspürte, seine Eltern anzurufen. Dass er schon tot gewesen und wieder am Leben war. Dass ihm die beiden toten Männer nicht leid taten und die tote Frau auch nicht. Dass er nichts spürte. Dass er, wenn er die Augen schloss, nichts sah, nicht den Funken eines Traums. Dass ihm das alles egal war und alles andere genauso.

»W-woran d-denkst d-du?«, fragte Maren Sophia.

»An die Frauen unten auf der Straße. Könntest du deinen Körper verkaufen?«

»M-mein K-Körper ist n-nichts m-mehr w-wert.«

»Meiner auch nicht.«

»Ich werd nie Kinder haben.«

»W-wir waren j-ja auch n-nie w-welche.«

»Doch«, sagte Sophia.

»W-wann denn?«

»Früher. Als wir noch schön waren. Damals.«

Sie schwiegen und ertrugen es kaum.

»V-vermisst d-du j-jemanden?«

»Ja.«

»W-wen d-denn?«

»Noah.«

Maren zog den Pelzmantel noch enger um ihren Körper. »I-ich a-auch. U-und verm-vermisst d-du i-irgendwas?«

»Weiß nicht.« Sophia vergrub die Hände in den Taschen ihrer Wolljacke. »Mein Leben vielleicht, das von früher.«

»V-vielleicht k-kriegst d-du ein n-neues.«

»Von wem denn?«

»V-vom l-lieben G-Gott.«

»Glaub ich nicht.«

»G-glauben ist a-aber w-wichtig, h-hat N-Noah i-immer ge-gesagt.«

»Lass uns ein wenig schlafen, Maren.«

»A-aber t-träumen w-will ich n-nichts.«

»Ich weck dich auf, wenn du was Schlimmes träumst.«

»V-versprochen?«

»Ja.«

»Sch-schon w-wieder M-Matratzen!«

»Schlaf, Maren, schlaf.«

Maren schloss die Augen und dachte an ihre Freundin Annabel, die bestimmt noch ein neues Leben vor sich hatte.

Als Maren still und friedvoll atmete, stand Sophia leise auf und ging zum Fenster, dessen Glas grau und schmierig war. Verschwommene Lichter schimmerten dahinter.

Sophia sah hinunter und wandte sich wieder ab. Aus dem zweiten Stock zu springen, würde nichts nutzen, dachte sie.

Bevor sie in das gelbe Haus mit der abbröckelnden Fassade und den eingeschlagenen Fenstern im Erdgeschoss zurückkehrten, musste Leon zur Telefonzelle an der Ecke mitkommen. Eike, der vor Erschöpfung kaum noch aufrecht gehen konnte, hatte ihn dazu gezwungen. Leon schleppte zwei Plastiktüten mit Brot, abgepackter Wurst, Müsliriegel und fünf fetten Flaschen Cola. Seine Arme leierten schon aus, und er zuckte jedes Mal zusammen, wenn irgendwo in der Nacht ein Hund bellte.

Die drei Jugendlichen, die sie zum Supermarkt geführt hatten, waren nicht mit zurückgekommen, sie hätten, erklärten sie, noch was Dringendes zu erledigen und würden eventuell zum Frühstück vorbeischauen.

»Halt die Tür auf«, sagte Eike. »Hier drin stinkt's.« Der Boden der Telefonzelle war übersät von Taschentüchern und Essensabfällen. Eike kramte ein Geldstück aus der Hose, nahm den Hörer, steckte die Münze in den Apparat und tippte eine Nummer.

Eine Straßenlampe baumelte schräg über der Zelle im Wind. Leon sah hinauf und kniff die Augen zusammen.

Leichter Regen hatte eingesetzt. Leon hätte gern den Kragen seiner Jacke hochgeschlagen, aber er musste die Tüten festhalten.

»Wer ist da?«, fragte eine Stimme am anderen Ende der Leitung.

»Hallo?« Eike sah Leon so eindringlich an, als spreche er mit ihm.

»Wer ist da?«

Eike schien durch Leon hindurchzuschauen.

»Du kannst mich mal«, sagte die Stimme im Telefon.

»Hallo?« Eike hielt den Hörer ans andere Ohr. »Bist du's, Linus?«

»Wer ist da?«, brüllte die Stimme.

Nach einem Moment schrie Eike: »Icke!« Dann knallte er den Hörer auf und schob sich an Leon vorbei nach draußen. »Los, komm. Die Mädchen warten schon.«

Im Treppenhaus, in dem es ungefähr so roch wie in der Telefonzelle, dachte Leon an seine Mutter. Was sie sagen würde, wenn er plötzlich vor ihr stünde. Vielleicht: Was ist mit deinen Haaren passiert? Oder: Wenn ich meine Stimme nicht verloren hätt, könnt ich uns ein angenehmeres Leben bieten. Und er würde sagen: Vielleicht kommt deine Stimme wieder, ich bin ja auch wieder da. Und dann würde sie ihn an sich drücken wie in der schönen Zeit. Und er würde sagen: Ich helf dir beim Putzen. Und sie: Nein, du bist doch noch ein Kind. Und er würde ihr den Lumpen aus der Hand nehmen und erwidern: Meine Kindheit ist doch eh vorbei. Oder er würde ihr einfach was vorsingen, weil er anders nicht sprechen konnte.

So würde es vielleicht sein, dachte Leon. Er stellte die Tüten ab, schüttelte seine Arme aus und ging zum großen Fenster zu den anderen.

»Sch-schau, L-Leon«, sagte Maren. Trotz der Schmutzschlieren und des Staubs und des verwaschenen Lichts auf der Straße sahen sie die weißen, flatternden Punkte, und es wurden immer mehr.

Maren lehnte die Stirn an die Scheibe und dachte, dass die ersten Schneeflocken des Jahres für sie seit jeher Boten aus einer besseren Welt gewesen waren. Jetzt wusste sie nicht, ob das noch stimmte.

Sie griff nach Sophias und Conrads Hand, die neben

ihr standen. Mit der anderen Hand tastete Sophia nach Leons knochigen Fingern, und Leon umfasste Eikes Handgelenk, der sich neben ihn gestellt hatte.

So verharrten sie am Fenster dieser Wohnung, die für sie so wenig ein Zuhause war wie das ganze Land.

Leon dachte an Noah, dessen Leiche wahrscheinlich niemals gefunden würde. Eike strich in seiner Jackentasche über das kühle Metall der Pistole. Conrad rechnete aus, dass sie mit den etwa eintausend Euros, die sie noch hatten, eine Zeit lang durchkämen, wo und wozu auch immer. Sophia versuchte aus alter Gewohnheit zu beten, doch dann dachte sie, tanzende Schneeflocken in unterirdischer Nacht waren Gebet genug.

»Amen«, sagte sie.

»Amen.«

»Amen.«

»Amen.«

»A-Amen.«

Ich bin die Stimme aus dem Kissen
Ich singe bis der Tag erwacht
Ein heller Schein am Firmament
Mein Herz brennt

Rammstein

Friedrich Ani wurde 1959 geboren und lebt in München. Er schreibt Romane, Gedichte, Jugendbücher, Hörspiele und Drehbücher. Seine Werke wurden in mehrere Sprachen übersetzt und vielfach prämiert, u. a. mit dem Deutschen Krimipreis, dem Adolf-Grimme-Preis und dem Bayerischen Fernsehpreis. Friedrich Ani ist Mitglied des Internationalen PEN-Clubs.